FRAUKE SCHEUNEMANN

HOCHZEITSKÜSSE

FRAUKE
SCHEUNEMANN

HOCHZEITSKÜSSE

ROMAN

PAGE & TURNER

Dieses Buch ist auch als E-Book erhältlich.

MIX
Papier aus verantwortungsvollen Quellen
FSC® C014496

Verlagsgruppe Random House FSC® N001967
Das FSC®-zertifizierte Papier *Danube* für dieses Buch
liefert Salzer, St. Pölten

Page & Turner Bücher erscheinen im
Wilhelm Goldmann Verlag, München,
einem Unternehmen der Verlagsgruppe
Random House GmbH.

1. Auflage

Gesetzt aus der Janson-Antiqua
Druck und Einband: GGP Media GmbH, Pößneck
Printed in Germany
ISBN: 978-3-442-20392-5
www.pageundturner-verlag.de

Besuchen Sie den Goldmann Verlag im Netz

»Angeblich ist der Hund der beste Freund des Menschen. Ich würde eher sagen: Er ist seine Lebensversicherung. Ohne seinen Hund wäre der Zweibeiner völlig aufgeschmissen. Völlig!«

Carl-Leopold von Eschersbach, genannt Herkules

»Ich liebe meinen Hund.
Allerdings muss ich Herkules ständig im Auge behalten –
auf Ideen kommt der manchmal!
Ohne mich wäre er völlig aufgeschmissen.
Völlig!«

Carolin Neumann, Frauchen von Herkules

EINS

So, Mädels, jetzt geht's um die Wurst! Also volle Aufmerksamkeit!«

In der Kombination mit dem Wort »Wurst« ist so eine Aufforderung an mich natürlich völlig überflüssig. Ich bin sofort ganz Ohr.

Gut, wahrscheinlich falle ich nicht unter »Mädels« im engeren Sinne, dafür bin ich als ausgewachsener Dackel aber für jede Art von Wurst zuständig. Schnell renne ich also dorthin, wo sich nun auch alle Frauen dieser obskuren Veranstaltung aufgestellt haben. Fast alle Frauen. Nur die eine, die eben die Ansage gemacht hat, geht zu einem Tisch auf der anderen Seite des Raumes. Ob sie nun die versprochene Wurst holt? Ich mache Männchen, um das erkennen zu können. Was tut man nicht alles für eine Extraportion Fleisch. Aber falscher Alarm – die Frau nimmt nur den Blumenstrauß aus der Vase, den sie vorhin noch mit sich herumgeschleppt hat. Jetzt dreht sie sich wieder zu uns herum und schwenkt den Strauß über ihrem Kopf.

»Seid ihr bereit?«

Hä?

»Jaaahaaa!«, schreien die anderen Frauen. Außer mir scheint jeder zu wissen, was gleich passieren wird. Aber egal, diesen kleinen Nachteil werde ich durch mein wahnwitziges Reaktionsvermögen ausgleichen. Da können Menschen sowieso nicht mithalten. Die Frau dreht uns wieder den Rücken zu – und wirft den Strauß plötzlich in hohem Bogen über ihren Kopf, direkt auf uns zu.

Verstehe! Hier soll apportiert werden! Und wahrscheinlich gewinnt derjenige, der den Strauß zurückbringt, eine Wurst. Blitzschnell hechte ich in Richtung Strauß und will hochspringen, um ihn mir zu schnappen – da werde ich von den Damen hinter mir regelrecht überrannt. Wie eine völlig überhitzte Meute, die Witterung aufgenommen hat, stürzen sie über mich hinweg und taumeln der Beute entgegen. Ich muss höllisch auf meine Pfoten aufpassen und ducke mich weg. Eine Frau mit sehr tiefer Stimme scheint den Strauß erwischt zu haben, jedenfalls kreischt sie »Hab ihn gleich!«, nur um eine Sekunde später ein herzhaftes »Scheiße!« auszurufen. Wenig damenhaft! Mein Züchter, der alte Schlossherr von Eschersbach, hätte bei so einer Bemerkung garantiert die Brauen gehoben. Bevor ich aber noch dazu komme, über gutes Benehmen beim Menschen nachzudenken, rauscht direkt neben mir der Strauß auf den Boden. Offensichtlich hat meine Konkurrentin nicht nur keine Manieren, sie kann auch nicht gut fangen. Ich zögere nicht, sondern packe gleich zu, und bevor die Meute weiß, wie ihr geschieht, schlängele ich mich zwischen den vielen Damenbeinen hindurch Richtung Tisch. Hier irgendwo muss doch die Werferin mit meinem Hauptgewinn stehen. Also, her mit der Wurst!

Stimmengewirr über mir, lautstarke Unmutsbekundungen.

»Wo ist denn der Strauß jetzt?«

»Und ich hatte ihn schon so gut wie sicher!«

»Verstehe ich nicht – der kann doch nicht einfach verschwunden sein!«

Ich packe den Strauß noch fester. Den nimmt mir keiner mehr weg! So unauffällig wie möglich schleiche ich noch weiter zum Tisch. Ich traue mich zwar nicht mehr, nach oben zu schauen, aber aus den Augenwinkeln kann ich schon den Saum des langen, hellen Kleides sehen, das die Werferin trägt. Nur noch ein, zwei Dackellängen, dann habe ich es geschafft.

»Da! Der Köter hat ihn!«

Mist! Aufgeflogen! Jetzt wage ich doch den Blick nach oben – und stelle fest, dass ich mich ganz offensichtlich in einer äußerst misslichen Situation befinde. Mindestens zehn sehr entschlossen und vor allem sehr finster dreinblickende Frauen steuern direkt auf mich zu. Wuff, das sieht nach mächtig Ärger aus! Auf der Suche nach einem geeigneten Fluchtweg drehe ich mich einmal um die eigene Achse – Fehlanzeige! Die Frauen haben mich umstellt. Jetzt weiß ich, wie sich ein Fuchs fühlen muss, wenn ihn die Meute erst mal hat: Entsetzlich! Hätte mir jemand vorher gesagt, welchen Gefahren ein kleiner Hund auf dieser Veranstaltung namens Hochzeit ausgesetzt werden würde, ich wäre freiwillig im Auto geblieben!

Natürlich könnte ich den Strauß auch einfach ablegen und mich vom Acker machen. Aber kampfloses Aufgeben kommt für mich, einen stolzen Dackel aus einem alten Jagdhundgeschlecht, selbstverständlich überhaupt nicht in Frage. Andererseits: Genau genommen bin ich nur ein Dackelmischling. Das Ergebnis der Liebe meiner Frau Mama zum falschen Mann. Also könnte ich vielleicht doch … Für weitere feige Gedanken bleibt mir keine Zeit, denn auf einmal höre ich mein Frauchen Carolin rufen.

»Herkules! Wo steckst du denn?«

Dem Himmel sei Dank! Das ist meine Rettung! Ich packe den Strauß noch ein Stück fester, dann renne ich entschlossen los in die Richtung, aus der Caros Stimme gekommen ist. Eine Frau will noch nach mir greifen, aber ich knurre einmal kurz und werfe den Turbo an. Schwupps, schon sitze ich vor

Caros Füßen und gucke sie so treuherzig an, wie man es mit einem Strauß Blumen im Maul nur vermag. Caro kniet sich neben mich.

»Hast du etwa den Brautstrauß geklaut? Du böser, böser Hund!«

Sie packt mich im Nacken und schüttelt mich. Sanft zwar, aber tadelnd. Beleidigt lasse ich das Gebinde fallen. Was heißt denn hier »geklaut«? Das war ein harter, aber fairer Wettkampf, Mann gegen Mann. Na gut, Frau gegen Hund. Noch härter also. Ich schmolle, was mein Frauchen leider nicht sehen kann, weil es mir als Dackel schwerfällt, einen Flunsch zu ziehen.

Caro hebt den Strauß auf und winkt den anderen Frauen damit zu.

»Ich habe hier was gefunden, was ihr bestimmt schon vermisst.«

Oh, nein, dann soll sie die Blumen doch wenigstens selbst behalten und die Wurst kassieren. Das steigert die Chancen, dass ich auch etwas davon abbekomme. Die alte Besitzerin des Straußes kommt auf uns zu und lacht.

»Kommt gar nicht in Frage, meine Liebe! Die Regel besagt, dass diejenige Frau, die den Strauß als Erste fest in den Händen hält, ihn behalten muss. Du weißt, was das bedeutet – oder denkst du, dein Dackelchen heiratet als Nächstes?«

Jetzt lachen auch die anderen Frauen. Hä? Versteh ich nicht – wie kommt die Frau auf solch einen Unsinn? Das machen wir Hunde doch gar nicht. Und nach dem heutigen Tag weiß ich auch, warum!

Auf einmal steht auch Caros Freund Marc neben uns.

»Aha! Ein Zeichen! Siehst du, Carolin – du kannst deinem Schicksal eben nicht entgehen. Jetzt hast du den Brautstrauß gefangen, obwohl du gar nicht mitgemacht hast.« Dann bückt sich Marc und streichelt mir über den Kopf. »Gut gemacht, Kumpel. Bist ein braves Hundchen.«

Komisch. Eben war ich noch der böse Hund, und nun der brave. Das verstehe, wer will. Ich nicht. Aber was auch immer es bedeutet, es führt jedenfalls dazu, dass der Frauenmob sich wieder auflöst und mir anscheinend keiner mehr ans Leben will. Also entspanne ich mich und trotte mit Caro und Marc zu dem Tisch, an dem beide eben noch gesessen haben. Als sie sich wieder setzen, lege ich mich neben Marcs Stuhl und beschließe, nicht mehr von seiner Seite zu weichen. Ist schließlich ein gefährlicher Ort hier. Marc krault mich noch einmal hinter den Ohren, dann greift er nach Caros Hand.

»Eine schöne Hochzeit, nicht?«

Caro nickt, ich zucke zusammen. Auch wenn nicht jede Hochzeit so gefährlich sein sollte wie diese – für meinen Geschmack handelt es sich in jedem Fall wieder um eine dieser völlig überflüssigen Menschenveranstaltungen, auf denen viel Lärm ohne greifbares Ergebnis gemacht wird. Auf einer Treibjagd geht es zwar auch hoch her, aber dafür liegen nachher wenigstens fünf, sechs ordentliche Wildsauen auf der Lichtung.

Aber Marc lasst nicht locker.

»Ich finde, wir sollten langsam auch mal unsere Hochzeit planen. Das wollten wir doch eigentlich längst tun.«

Wie bitte? Die beiden wollen ihre Hochzeit planen? Wieso weiß ich davon nichts? Und vor allem: Ist das denn wirklich eine gute Idee? Der heutige Tag hat es doch eindeutig gezeigt: Hochzeit ist, wenn Frauen hysterisch werden. Ich weiß nicht, ob das das Richtige für unsere Caro ist. Ich finde, wir sollten das lassen. Aber mich fragt ja wieder keiner.

»So, Caro und Marc planen jetzt also ihre Hochzeit. Wie schön.«

Herr Beck liegt langgestreckt auf dem flauschigen Teppich in der Wohnung von Caros Freundin Nina und sieht sehr zufrieden aus. Ein schöner Gegensatz zu meiner momentanen Gemütsverfassung, was übrigens fast an ein Wunder grenzt. Normalerweise ist der dicke schwarze Kater, der gleichzeitig mein bester Freund ist, für schlechte Laune zuständig und ich für gute. Und diese übliche Rollenverteilung gefällt mir deutlich besser, ich bin nämlich nicht besonders gern schlecht gelaunt.

Heute lässt es sich aber nicht ändern, denn mein Gefühl sagt mir, dass diese Hochzeitsnummer für mächtig Unruhe in meinem Dackelleben sorgen wird. Dabei hatte ich mich schon so auf einen netten, beschaulichen Frühling mit meiner Familie gefreut. Endlich mal Ruhe nach dem ganzen Tohuwabohu der letzten Jahre. Mein Frauchen Carolin ist natürlich der tollste Mensch der Welt, aber in den drei Jahren, die wir schon zusammenleben, ist für meinen Geschmack bereits genug passiert: Erst mussten wir Caros alten Freund loswerden, dann einen neuen finden, als Nächstes mit ihm und seiner kleinen Tochter zusammenziehen und schließlich noch ein eigenes Baby bekommen. Gut, wenn ich »wir« sage, ist das nicht ganz korrekt, tatsächlich musste sich ja Carolin trennen, neu verlieben und das Baby bekommen – aber irgendwie hat es sich für mich so angefühlt, als wäre ich mindestens zur Hälfte beteiligt. Vor allem musste ich das ganze Chaos ausbügeln, das mein Frauchen und die anderen Menschen dabei verursacht haben. Ich habe mir also eindeutig eine Schonzeit verdient, aber das Kitzeln in meiner Schwanzspitze lässt ahnen, dass es nicht so kommen wird. Und meine Schwanzspitze irrt sich nie. Niemals.

»He, alles in Ordnung, Kumpel? Du guckst ja so trübe.«

Alle Achtung! Jetzt hat sogar mein sonst für Hundebelange so unsensibler Freund Beck bemerkt, dass ich schlecht gelaunt bin.

»Ja, dieses Hochzeitsdings macht mich nervös. Wir waren gerade erst auf einer, das war schrecklich. Nie im Leben hätte ich gedacht, dass die beiden jetzt auch so was veranstalten wollen.«

»Hm.« Beck streckt sich noch ein bisschen mehr, dann rappelt er sich hoch, kommt zu mir geschlichen und setzt sich. »Aber hast du mir nicht irgendwann schon mal erzählt, dass die beiden heiraten wollen?«

»Ja. Dagegen habe ich auch nichts. Aber was hat das mit unserem Thema zu tun?«

Beck starrt mich verständnislos an.

»Hä?«

»Na, wie kommst du jetzt aufs Heiraten? Was hat das mit der Hochzeit zu tun?«

»Bist du wirklich so blöd oder stellst du dich nur so, um mich zu ärgern?«

Jetzt ist es an mir, verständnislos zu gucken.

»Nee, ich verstehe es gerade wirklich nicht. Caro und Marc wollen sich heiraten, weil sie sich lieben und für immer zusammenbleiben wollen. So von wegen *ewige Treue* und so. Wie Jäger und Jagdhund.« Diese Erklärung habe ich mir jedenfalls aus dem zusammengereimt, was Marc und Caro in dem Zusammenhang schon besprochen haben. Das ist für einen kleinen Hund schon eine ziemliche Leistung, finde ich! »Was aber ewige Treue mit so einer Gruselnummer zu tun hat, bei der man wahllos Blumensträuße durch die Gegend wirft, das erschließt sich mir überhaupt nicht.«

Beck seufzt.

»Jäger und Jagdhund. Also echt jetzt. Ich erkläre es dir mal: Wenn Menschen heiraten, dann feiern sie ein großes Fest. Und dieses große Fest nennt man Hochzeit. Verstanden?«

Ich hab's gehört. Verstanden habe ich es nicht.

»Und wieso machen sie das? Heiraten tun doch bei den Menschen immer nur zwei Exemplare. Wieso müssen dann so viele von ihnen zu einer Hochzeit kommen?«

Die Beck'sche Schwanzspitze wedelt hin und her. Ein untrügliches Zeichen für schweres Nachdenken.

»Hm, keine Ahnung. Schätze mal, damit möglichst viele von ihnen merken, dass ein Paar verheiratet ist.«

»Du meinst, damit das mit der ewigen Treue auch besser klappt? Weil die anderen dann ja wissen, dass die beiden Menschen vergeben sind?«

Herr Beck legt den Kopf schief.

»Wäre denkbar.«

»Okay. Dann sollte man natürlich möglichst viele Menschen auf so eine Hochzeit kriegen. Eigentlich alle, die man kennt. Sicher ist sicher.« Das würde natürlich auch erklären, warum es bei der Hochzeit, auf der ich mit Marc und Caro war, so voll war. Und warum die Frauen alle so verrücktgespielt haben. Denen war auf einmal klar geworden, dass schon wieder ein Mann vom Markt verschwunden war. Da sind sie ein bisschen durchgedreht. Klare Sache. Und deswegen ist Caro so ruhig geblieben. Weil die ja weiß, dass sie Marc so gut wie sicher hat. Was das mit dem Blumenstrauß sollte, weiß ich zwar immer noch nicht, aber vielleicht konnten die Frauen den verbliebenen Männern in dieser Art Wettbewerb zeigen, dass sie eine gute Kandidatin zum Heiraten wären. Puh, ich glaube, ich qualme langsam aus den Öhrchen.

»Sag mal, sind Nina und Alex eigentlich verheiratet?«, will ich von Beck wissen.

Der schüttelt den Kopf.

»Nicht dass ich wüsste. Ich bin mir sogar ziemlich sicher, dass sie es nicht sind. Nina sagt nämlich immer, dass sie nicht an die Ehe glaubt. Dann guckt Alex jedes Mal ein bisschen unglücklich, aber was will er machen? Ich glaube, man kann einen anderen nicht zum Heiraten zwingen. Selbst wenn man es ganz doll möchte. Nur ihn wieder loswerden, das geht auch, wenn der andere gar nicht will. So funktioniert das bei den Menschen.«

Aha. Nina, die alte Ziege. Da möchte ihr Freund ihr ewige Treue schwören, und sie will nicht. Wundern tut es mich allerdings nicht. Nina ist Caros beste Freundin, aber trotzdem ganz anders als Caro. Schon rein äußerlich: Nina ist groß und dunkelhaarig, Caro zierlich und blond. Und während Caro immer etwas Warmes, Liebes hat, kann Nina ganz schön ätzend zu ihren Mitmenschen sein. Sie weiß meist genau, was sie will, und auch, was sie nicht will, und lässt das die anderen sofort spüren. Dass Alex sich gleich in sie verliebt hat, kaum dass sie in die Wohnung über Caros Geigenbauwerkstatt gezogen war, ist mir bis heute schleierhaft. Wieso verbringt der gerne Zeit mit jemandem, der oft so kratzbürstig ist? Andererseits: Ich verbringe ja auch viel Zeit mit Herrn Beck. Und das ist auch nicht immer die reine Freude.

Ein Schlüssel wird im Schloss gedreht. Caro und Nina haben ihren kleinen Einkauf, für den ich hier geparkt wurde, offenbar beendet. Schon höre ich ihre Stimmen – sie scheinen bestens gelaunt, jedenfalls kichern beide, als sie in den Flur kommen. Jede hat mehrere große Tüten in der Hand, ein sicheres Indiz, dass es sich bei dem Einkauf um eine sogenannte *Shoppingtour* gehandelt hat. Da kann ich wirklich froh sein, dass ich nicht mitmusste. Nichts ist langweiliger, als stundenlang in irgendwelchen Geschäften rumzulungern, in denen kein einziger Zipfel Fleischwurst verkauft wird.

Die Frauen stellen die Tüten ab und gehen ins Wohnzimmer, ich hinterher. Hier ist ein Haustier, das gestreichelt werden will!

Leider sind die beiden Damen so in ihr Gespräch vertieft, dass mich Caro völlig ignoriert. Sie setzt sich neben Nina auf die Couch und begrüßt mich nicht einmal richtig, als ich mich direkt auf ihre Füße lege. Na, das muss ja ein rasend interessantes Thema sein, das die beiden da am Wickel haben!

»Ja, also Stefanie sah in diesem langen, weißen Ungetüm aus wie ein riesiges Baiser. Vielleicht hätten es zwei Lagen Tüll weniger auch getan«, berichtet Caro.

»Schade, dass ich nicht dabei war. Das hätte ich gern gesehen: Stefanie als Baiser. Ich meine, eine Elfe ist sie ja nicht gerade – wenn dann noch ihr schlechter Geschmack hinzukommt …«

»Ts, ts, ts, Nina! Und das ist auch der Grund, warum du so selten auf Hochzeiten eingeladen wirst: Du bist einfach zu boshaft!«

»Ooch, und ich wäre sooo gerne dabei gewesen!«

Wieder lachen beide. Ich verstehe nicht ganz, worüber. Dass Nina bisweilen sehr boshaft ist, würde ich sofort unterschreiben. Ich meine, wenn ich schreiben könnte. Ansonsten finde ich nicht, dass Nina etwas verpasst hat. Denn seit der Name *Stefanie* in der Kombination mit *Hochzeit* gefallen ist, ist mir klar, dass es hier um die Veranstaltung mit der total verrückten Frauenmeute vor ein paar Tagen gehen muss.

»Aber mal im Ernst: Es gab tatsächlich einen rasend komischen Auftritt von Herkules. Er hat sich nämlich den Brautstrauß geschnappt und ihn mir gebracht. Das hättest du mal sehen sollen: Stefanie wirft, und alle stürzen sich wie die

Geier auf das Teil. Und wer hat ihn am Ende? Mein kleiner Herkules! Und dann ab durch die Mitte damit zu Frauchen. Zum Wegschmeißen!«

Nina schüttelt den Kopf.

»Und jetzt heiratest du als Nächstes, oder wie?«

Jetzt kichert Caro wieder, und soweit ich das von hier unten beurteilen kann, nickt sie.

»Klar, so will es der Brauch. Wer den Strauß fängt, heiratet als Nächstes!«

WUFF! Ach deswegen waren die alle so hinter den Blumen her! Da wird mir ja so einiges klar. Ein *Brauch*. Also etwas eigentlich völlig Sinnfreies, was die Menschen aber schon seit grauer Vorzeit machen und es deswegen für immens wichtig halten, ja, ihm sogar eine gewisse Zauberkraft zusprechen. Ich habe in meiner Zeit als Haustier schon die seltsamsten menschlichen Bräuche kennengelernt, aber dieser hier zählt definitiv zu den blödesten. Blumen werfen, um mit dem Heiraten dran zu sein. Lächerlich. Wieso eigentlich halten sich die Menschen für vernunftbegabt?

»Wenn das so ist, dann muss ja eigentlich Herkules als Nächstes heiraten.« Ninas spöttischer Unterton verrät mir, dass sie eine ähnliche Einschätzung hinsichtlich dieser Art von Brauchtum hat.

»Hach, nun sei doch nicht so. Ich finde, es ist ein netter Brauch. Und außerdem wollte ich auch gar nicht mitmachen«, erklärt Caro und klingt dabei entschuldigend.

»Gut. Also keine Hochzeit. Dann bin ich beruhigt.«

»Äh, na ja, heiraten wollen wir ja schon länger, und tatsächlich findet Marc jetzt, dass wir mal langsam mit der Planung anfangen sollten.«

»Also doch«, seufzt Nina, »ich hab's ja geahnt.«

»Mensch, Nina, mach's mir doch nicht so schwer.«

»Bitte? Was mach ich dir denn schwer?«

»Na, die Frage zu stellen, die ich trotz deiner Hochzeitsallergie die ganze Zeit an dich loswerden will. Deswegen rede ich auch schon den halben Nachmittag über das Thema.«

»Welche Frage denn?« Nina klingt erstaunt.

»Ob du meine Trauzeugin werden möchtest. Ich meine«, Caro schluckt, »ich weiß ja, du und Marc, das ist nicht immer einfach … Aber es würde mir sehr viel bedeuten. Wirklich!«

Jetzt sagt Nina erst mal gar nichts, dann schluckt auch sie und umarmt Caro. Was auch immer das Wort *Trauzeugin* genau bedeutet, es muss etwas enorm Wichtiges sein.

»Aber natürlich. Du bist doch meine beste Freundin.«

Jetzt kichern wieder beide – oder ist das eher ein Schluchzen? Ich lausche genauer hin. Tatsächlich, sie scheinen vom Lachen zum Weinen übergegangen zu sein. Sehr seltsam. Eine Weile sagt keine von beiden etwas, dann räuspert sich Caro und sagt mit belegter Stimme:

»Danke, ich freue mich sehr darüber. Und ich gelobe hiermit hoch und heilig: Es wird ein kleines, intimes Fest. Keine Riesenhochzeit. Kein Brautstraußgewerfe. Und garantiert kein Baiser. Indianerehrenwort!«

Wuff! Da bin ich jetzt aber wirklich froh! Könnte mir jetzt noch mal schnell jemand erklären, was eine Trauzeugin ist?

ZWEI

Ja, wo ist denn der kleine Henri? Da ist der kleine Henri! Ja, wo ist denn der kleine Henri? Daaaa ist der kleine Henri! Ja, wo ist denn der kleine Henri? Daaaaaaa …«

Eine gefühlte Ewigkeit geht das schon so. Oma Hedwig legt Baby Henri ein Stofftuch über das Gesicht, dann zieht sie es schnell weg. Baby Henri gluckst vor Freude, und auch Oma strahlt über das ganze Gesicht. Dass man Menschenkinder mit einem dermaßen stupiden Spiel bei Laune halten kann – unglaublich! Jeder Hundetrainer, der sich so an einem Welpen versuchen würde, wäre gleich die Lizenz los. Aber Henri ist begeistert und jedes Mal wieder überrascht, seine Oma hinter dem Tuch zu entdecken.

Eines steht schon mal fest: Henri ist nicht die hellste Kerze auf der Torte. Ich kann mir nicht vorstellen, dass er bei seinen begrenzten intellektuellen Fähigkeiten jemals so einen komplizierten Menschenkram wie Lesen und Schreiben lernt. Aber auch für einfache Kommandos wie *Sitz! Platz!* oder *Bring's!* sehe ich schwarz, ich glaube, Henri hätte bei einer Gebrauchshundeprüfung keine Chance.

Der sich klar abzeichnende Schwachsinn ihres Enkels tut Hedwigs Freude trotzdem keinerlei Abbruch. Seltsam. Sonst ist sie doch immer so ehrgeizig. Mit Luisa, Henris großer Schwester, übt sie zum Beispiel gern und viel für die Schule. Wenn es dann gut klappt, ist sie furchtbar stolz auf Luisa und erzählt jedem, der es hören will, wie schlau und begabt ihre

Enkeltochter ist. Weil sie es offenbar auch jedem erzählt, der es nicht hören will, bekommt sie dann manchmal sogar Ärger mit Marc. Dem ist so viel Angeberei nämlich ein bisschen peinlich. Hedwig ist das allerdings egal – kein Wunder, sie ist schließlich Marcs Mutter. Meine Mutter hätte sich von mir auch nichts sagen lassen. Von mir nicht und auch von keinem anderen Junghund. Da war sie ganz klar die Chefin des Rudels, als ältester Hund nach meinem Opili. Und genauso ist Hedwig. Eindeutig Chefin, auch wenn das den anderen überhaupt nicht passt. Insbesondere Caro rollt sehr gerne mit den Augen, wenn Hedwig allen anderen Menschen mal wieder gute Tipps zur allgemeinen Lebensführung gibt.

Interessanterweise tun sich Menschen nach meiner mittlerweile jahrelangen Beobachtung überhaupt schwer mit der Rangordnung in der Familie. Wie viel Zeit die damit verdaddeln zu klären, wer gerade recht hat und demzufolge bestimmen darf. Das ist bei uns Hunden eindeutig besser geregelt. Es gibt nur einen Häuptling, die anderen sind Indianer. Ganz einfach. Kann sich selbst der dümmste Dackel merken. Wäre insofern auch die beste Lösung für den dummen Henri. Mit allem anderen ist das kleine Kerlchen doch völlig überfordert.

Wo wir gerade bei *überfordert* sind: Die Sauberkeitserziehung scheint kleinen Menschen auch sehr schwerzufallen. Gerade in diesem Moment fängt Henri nämlich an, einen sehr unschönen Geruch zu verströmen. Ist es denn zu glauben? Schon fast ein Jahr alt und immer noch nicht stubenrein. Der alte von Eschersbach wäre fuchsteufelswild geworden, wenn ich in diesem Alter noch einen Haufen in den Salon von Schloss Eschersbach gesetzt hätte. Aber auch hier genießt Henri Narrenfreiheit – im Gegenteil, Hedwig entlockt der infernalische Gestank sogar ein Lächeln. Sie beendet ihr albernes Tuch-wegzieh-Spiel und hebt Henri vom Boden hoch.

»Mein Süßili, hast du etwa Pupsi in der Windel? Oma macht schnell wischi-wischi, dann ist alles wieder gut.«

Okay, der Fairness halber muss ich sagen, dass Henri bei so einer Ansprache auch überhaupt keine Chance auf eine angemessene Entwicklung seiner geistigen Fähigkeiten hat.

Caro, die bis eben noch damit beschäftigt war, Einkäufe in den Kühlschrank einzuräumen, kommt zu uns ins Wohnzimmer.

»Komm, Hedwig, ich wickle ihn schnell selbst.«

»Ach, meine Liebe, nun lass doch mal die Oma machen. Koch du dir doch in Ruhe einen Kaffee und entspann dich etwas.«

»Vielen Dank, aber ich *bin* entspannt. Ich finde es total nett, dass du heute Morgen auf Henri aufgepasst hast, aber jetzt bin ich ja wieder da – da musst du dich nicht noch mit Henris dreckigen Windeln rumschlagen.«

Täusche ich mich, oder klingt Carolin ein wenig gereizt? Warum nur? Es war doch wirklich nett von Hedwig, sich um den Stinker zu kümmern. Bei Beck und mir hätte sie ihn nicht parken können, für eine sachgerechte Betreuung hätte ich jedenfalls nicht garantiert. Und dann hätte sie ihn mit zum *Shoppen* nehmen müssen, was – unter uns gesagt – auch in die Hose hätte gehen können. Im wahrsten Sinne des Wortes: Ich war einmal bei einer solchen Tour dabei, ich weiß genau, wovon ich spreche.

Es war das nackte Grauen. Henri hatte auf einmal die Windel voll, Caro aber keine neue dabei. Erst stank das Baby nur, dann fing es an zu heulen. Und zwar ununterbrochen. Anstatt jetzt aber von Caro angefaucht zu werden, wie sie es bei mir sicherlich getan hätte (*»Aus, Herkules!!!«*), wurde Klein Henri noch getröstet. Pah! Keine Dackelmutter würde ihre Welpen so verzärteln! So wird man niemals ein richtiger Jagdhund.

Das Ende vom Lied war, dass wir den Laden schließlich verlassen haben, ohne auch nur eine einzige Sache gekauft zu haben. Also, ohne Oma Hedwig hätte es für Caro heute bestimmt keinen entspannten Einkaufsbummel mit Nina gegeben.

Etwas Ähnliches scheint sich auch Hedwig zu denken, jedenfalls sieht ihr Gesichtsausdruck gerade sehr nach *Undank ist der Welt Lohn* aus. Im Deuten von menschlichen Gesichtsausdrücken bin ich inzwischen ziemlich gut, was enorm wichtig ist, da Menschen nur in den seltensten Fällen sagen, was sie wirklich meinen. Oder wirklich meinen, was sie sagen. Insofern lohnt sich das Studium der menschlichen Körpersprache und Mimik für ausnahmslos jedes Haustier, denn selbst ein Wellensittich will doch irgendwann einmal wissen, woran er bei Herrchen oder Frauchen tatsächlich ist.

»Du, ich wollte dir nur helfen. Aber wenn du lieber selbst die Windeln wechselst – bitte sehr! Ich habe zwar selbst einen Sohn großgezogen, aber ich muss mich nicht aufdrängen. Dann gehe ich jetzt.«

Bingo. Hedwig ist beleidigt. Und Caro rollt bestimmt gerade wieder mit den Augen.

»Tut mir leid, so war das doch gar nicht gemeint. Ich freue mich doch, dass du dich so lieb um Henri kümmerst. Komm, ich setz uns jetzt beiden einen Kaffee auf, ein Rest Streuselkuchen ist auch noch da.«

Aha. Die Friedenspfeife.

»Na gut, wenn du meinst … dann bleibe ich noch ein bisschen. Aber vorher wickle ich Henri.«

Ich sag's ja. Hedwig ist der Boss.

Caro und Marc sitzen mit einem Glas Rotwein auf dem Sofa, ich liege davor. Wobei – eigentlich liegt auch Caro. Sie hat die Beine über die eine Sofalehne geschwungen, ihr Kopf liegt auf Marcs Schoß, er wuselt mit seinen Händen durch ihre Haare. Sieht sehr gemütlich aus. Gerne würde ich mich jetzt heimlich dazwischenmogeln und mich auch kraulen lassen, aber wahrscheinlich würde Marc das sofort merken und mich runterschmeißen.

Also bleibe ich, wo ich bin, und genieße den Moment. In der Wohnung hat sich nämlich eine herrliche Stille ausgebreitet. Baby Henri schläft endlich, und seine große Schwester Luisa ist noch auf dem Ponyhof, es sind Märzferien. Das Leben kann so schön friedlich sein. Anders als Herr Beck mag ich Kinder – ehrlich! Und unsere beiden eigenen natürlich besonders, aber manchmal sind die ganz schön laut. Wie überhaupt die meisten Menschen laut sind. Das muss irgendwie rassespezifisch sein. Ohne Geräusch läuft da fast gar nichts. Selbst Marc und Caro reden fast ununterbrochen, wenn sie zusammen sind. Umso schöner, dass auch sie jetzt schweigen – ich könnte stundenlang so mit ihnen herumliegen.

Kurz bevor mir die Äuglein zufallen, räuspert sich Caro. Okay, für stundenlanges Schweigen ist der Mensch wohl einfach nicht gemacht.

»Ich habe Nina heute übrigens gefragt, ob sie meine Trauzeugin sein mag.«

»Hm.« Marc gibt nur eine Art Grunzen von sich.

»Du findest das also doof.«

»Nö. Wieso?«

»Weil du gar nichts dazu sagst.«

Marc lacht.

»Das ist ja nun typisch – ich sage nichts, und du hörst aus meinem Nichtssagen trotzdem etwas heraus.«

Caro rappelt sich von seinem Schoß hoch.

»Nun tu mal nicht so. Es ist die Art, *wie* du nichts gesagt hast. Die war ganz eindeutig.«

Jetzt lacht Marc nicht mehr, sondern seufzt.

»Okay. Wie habe ich denn bitte nichts gesagt?«

»Na, total missbilligend. Weil du es eben doof findest, dass Nina meine Trauzeugin wird. Du magst sie nicht.«

»Stimmt doch gar nicht. Ich mag Nina. Ich habe eher das Gefühl, dass ich nicht sonderlich hoch bei ihr im Kurs stehe. Eben als der Typ, der mit ihr geflirtet, aber sich dann in ihre beste Freundin verliebt hat.«

Richtig. Genauso war es. Damals, als Nina und Caro mit mir in Marcs Tierarztpraxis auftauchten, weil er eine Zecke bei mir entfernen sollte. Erst ging Marc mit Nina aus, am Ende landete er bei uns. Begeistert war Nina darüber nicht. Sollte Caro das etwa vergessen haben? Ich lege meine Schnauze auf die Sofakante und mustere sie.

»Das ist doch nun schon Jahre her. Ich bin mir sicher, dass du dir das einbildest. Ich meine, so toll, dass Frauen dir noch ewig hinterhertrauern, bist du nun auch wieder nicht.«

Sie lacht und knufft Marc in die Seite, der guckt belämmert.

»Wie, bin ich etwa nicht?«

»Nee. Noch dazu, wo Nina gar nicht wissen kann, dass du der weltbeste Küsser bist, den frau garantiert nie vergisst. Oder?«

Marc zuckt mit den Schultern.

»Hm, weiß sie das etwa nicht? Moment, da muss ich mal überlegen ... also, vielleicht weiß sie es ja doch ... oder ... äh ...«

»Hey!« Jetzt knufft ihn Caro noch mal, allerdings deutlich fester als beim ersten Mal. »Weiß sie es doch? Frechheit! Ich dachte, ihr habt nie ...«

Marc fängt ihre Hand ab, die wieder in Richtung seiner Rippen zielt.

»Aua! Das war doch nur ein Spaß! Nein, wir haben uns nie geküsst. So weit ging's nicht.«

Caro grinst, zieht Marc zu sich herüber und küsst ihn.

»Na, dann ist ja gut. Ich bin auch wirklich sicher, dass Nina ohne bleibende Schäden über dich hinweggekommen ist. Und mit Alex ist sie doch für ihre Verhältnisse schon ziemlich lange in festen Händen.«

Marc nickt.

»Gut, dann gestehe ich hiermit aufrichtig, dass mein Schweigen vorhin in der Tat vielsagend war, aber meine Vorbehalte gleichzeitig völlig unberechtigt. Nina wird bestimmt eine tolle Trauzeugin.«

Sie küssen sich wieder. Schön, dass ihr euch da so einig seid. Ich bin hingegen noch kein Stück schlauer, was die Geschichte mit der Trauzeugin anbelangt. Was bedeutet das? Und was hat Nina damit zu tun? Was ein Zeuge ist, weiß ich ja. Das ist jemand, der etwas gesehen hat, worauf es ankommt, und das dann nachher anderen Menschen erzählen kann. Als Beweis für irgendetwas. Beweise sind bei Menschen nämlich sehr wichtig, mit dem einfachen Glauben haben die es oft nicht so. Das hat mir Herr Beck erklärt, der mal bei einem Anwalt gewohnt hat. Was könnte Nina gesehen haben, was nun so wichtig ist? Es muss ja mit dem Heiraten zu tun haben, das hat Caro selbst gesagt. Also, wie war das noch?

Beim Heiraten schwören sich zwei Menschen ewige Liebe und Treue. Liebe und Treue, Liebe und .... ha! Ich hab's! Nina hat gesehen, dass sich Caro und Marc wirklich lieben! Das hat sie schon daran gemerkt, dass Marc nicht sie, sondern Caro geküsst hat. Und genau das kann sie jetzt bezeugen. Deswegen ist sie nun natürlich die ideale Trauzeugin. Ich bin einfach ein superschlaues Kerlchen, das muss ich schon sagen. Was mir noch nicht ganz klar ist: Vor wem muss Nina das bezeugen? Vor den ganzen Hochzeitsgästen? Oder vor Marcs Mama Hedwig? Darf die die Heirat sonst möglicherweise verbieten? Oder wie oder was?

Während ich noch darüber grüble, was das wohl alles zu bedeuten hat, steht Marc vom Sofa auf – und tritt mir dabei genau auf die Rutenspitze. Aua! Ich jaule laut auf, Marc springt erschreckt zur Seite.

»Oh, Mann, Herkules, das tut mir leid! Dich habe ich gar nicht hier liegen sehen. Tut's noch weh?«

Na, ehrlicherweise nein. Ich entscheide, dass ein bisschen mehr Jaulen trotzdem keinesfalls schaden kann.

»Armes Dackelchen! Komm, ich schau mal in der Küche nach einem kleinen Leckerli für Wautzi.«

Guter Mann! Normalerweise ist Marc niemand, der zum Verwöhnen von Haustieren neigt, aber ein gutes Herz hat er trotzdem. Das würde ich sofort und überall bezeugen. Also, falls Ninas Wort allein nicht genug Gewicht hat: Nehmt mich! Auch wenn ich nicht sprechen kann. Ich mache mich schon irgendwie verständlich.

In diesem Augenblick kommt es offenbar zu einem der seltenen Fälle von Gedankenübertragung zwischen Haustier und Frauchen. Caro steht vom Sofa auf, folgt Marc in die Küche und stellt sich neben ihn, als er in der Vorratskammer nach dem Leckerli sucht.

»Sag mal, wer soll denn dein Trauzeuge werden?«

Ich hab's ja geahnt! Nina allein reicht nicht als Zeugin für eine Hochzeit! Sofort hefte ich mich an Caros Bein und wedele euphorisch mit dem Schwanz. Marc schaut erst Caro, dann mich an. Perfekt! Bestimmt begreift er jetzt, dass der beste Trauzeuge schon vor ihm sitzt. Oder, um es mit dem alten von Eschersbach zu sagen: *Warum in die Ferne schweifen? Sieh, das Gute liegt so nah!*

»Mensch, Herkules, nun beruhig dich mal, du kriegst ja gleich dein Goodie. Was hast du gerade gesagt, Caro?«

Okay. Während die Gedankenübertragung zu Frauchen funktioniert, muss an der zu Frauchens Herrchen noch gearbeitet werden.

»Ich wollte wissen, wer eigentlich dein Trauzeuge werden soll.«

»Tja, da habe ich noch gar nicht drüber nachgedacht. Vielleicht …« – wildes Schwanzgewedel meinerseits – »Herkules, aus!« Menno! »Mein Trauzeuge. Gute Frage. Vielleicht Georg?«

WER? Georg? Völlig falsch! Ich heiße Herkules. HERKULES. Von mir aus auch Carl-Leopold von Eschersbach, mein eigentlicher Name, der leider im Tierheim verlorenging, bevor mich Carolin dort rettete. Auf jeden Fall nicht Georg. Wer ist das überhaupt? So ein enger Freund kann das ja nicht sein, wenn ich den Namen noch nie gehört habe. Und der soll jetzt an meiner statt als Zeuge dafür dienen, dass man Marc bedenkenlos heiraten kann? Das Wort eines Unbekannten gilt bei Hedwig offensichtlich mehr als meines, nur weil ich ein Dackel bin und der andere ein Mensch ist?

Ach Mist, jetzt bin ich wirklich enttäuscht. Niemand nimmt mich hier ernst. Dabei wollte ich eben noch bezeugen, was für ein gutes Herz dieser Blödmann von Marc hat. Warum eigentlich? Soll er doch sehen, wie weit er mit diesem Georg kommt. Aber wehe, mit dem klappt es nicht: Bei mir ist jetzt zeugentechnisch der Ofen aus, wuff! Da braucht er gar nicht mehr anzukommen. Beleidigt stelle ich das Wedeln ein und trolle mich aus der Küche. Das Leckerli kann Marc getrost selbst fressen. Menschen sind so verdammt unsensibel!

DREI

Mit Kindern ist es zwar laut, ohne aber ein bisschen langweilig. Deshalb bin ich froh, dass Carolin am nächsten Morgen beschließt, mit Henri einen Ausflug in ihre Werkstatt zu machen. Vielleicht bringt mich Herr Beck auf andere Gedanken, ich bin immer noch ziemlich angefasst wegen dieser Trauzeugengeschichte. Zeit also für ein gutes Gespräch unter Haustieren.

Früher haben wir alle im selben Haus gewohnt, Caro, Herr Beck und ich. Die Werkstatt ist im Erdgeschoss, Caros alte Wohnung war direkt darüber im ersten Stock. Und über uns, im zweiten Stock, wohnte Herr Beck mit seinem alten Frauchen, Frau Wiese. Dann zogen Caro und ich zu Marc und Luisa, und Nina übernahm erst unsere alte Wohnung. Und dann auch noch den fetten Kater, als nämlich Frau Wiese ins Altenheim kam. Ich habe Herrn Beck jeden Tag gesehen, denn erst waren wir Nachbarn, und dann habe ich Caro immer in die Werkstatt begleitet. Jetzt aber sind unsere Besuche selten geworden, denn seit das Baby auf der Welt ist, arbeitet Carolin nur noch wenig. Die meisten Geigen baut jetzt wohl ihr Freund und Kollege Daniel. Und ich merke, dass ich Herrn Beck vermisse.

Allerdings soll es glücklicherweise nicht bei diesem Zustand bleiben. Wenn ich es richtig verstanden habe, endet bald etwas, das sich *Elternzeit* nennt, und Caro geht wieder täglich in die Werkstatt. Ob das gleichzeitig bedeutet, dass wir

Henri zurückgeben, weiß ich nicht. Wäre eigentlich schade, ich mag den Kleinen, auch wenn er nicht besonders schlau ist. Die Art, wie er mich zum Beispiel gerade jetzt sehr zahnlos anstrahlt, ist schon rührend. Nein, ich finde, Rudelmitglieder sollte man behalten, auch wenn sie eigentlich keinen großen Nutzen haben. Schließlich hat von Eschersbach meinem Opili auch noch ein warmes Plätzchen geboten, als man mit ihm nicht mehr auf die Jagd gehen konnte.

»Bawah, gaaah!«, scheint mir Henri zuzustimmen. Mittlerweile kann er in seinem Kinderwagen sitzen und verfolgt alles, was wir auf dem kurzen Spaziergang durch den Park zur Werkstatt sehen, ganz genau. Vögel, Hunde, andere Kinder – jeder wird von ihm mit einem glucksenden Geräusch begrüßt. Erinnert mich sehr an meine ersten Ausflüge in den Park – jede Eichhörnchenfährte war neu und aufregend, bei jedem Kaninchen wollte ich sofort hinterher. Vielleicht sind sich Welpen und Babys doch ein bisschen ähnlich.

Caro öffnet die Pforte, die vom Park direkt in den großen Garten hinter der Werkstatt führt, und schiebt den Kinderwagen hindurch. Ich schnuppere kurz – eindeutig Herr Beck. Sehr gut, dann kann er nicht weit sein! Wahrscheinlich liegt er neben dem riesigen Baum am Blumenbeet, seinem erklärten Lieblingsplatz. Ich trabe los, um ihn zu suchen.

Noch bevor ich ihn aber entdecken kann, stolpere ich fast über Daniel, der sich dort hingelegt hat, wo ich Herrn Beck vermutet habe: eben neben besagtes Blumenbeet. Ich bremse scharf und komme mit meiner Schnauze genau vor seinem Gesicht zum Stehen. Was macht der denn hier? Für einen Menschen ist das ein ziemlich ungewöhnlicher Ort, um ein Nickerchen zu machen – ohne Fell ist es zum Draußen-Herumliegen eigentlich noch zu kalt. Ob es Daniel nicht gut geht? Immerhin hat er die Augen fest geschlossen.

Ich schnuppere an ihm: Hm, riecht völlig normal. Tot ist der schon mal nicht. Sehr beruhigend. In der Zwischenzeit ist auch Caro beim Blumenbeet angekommen.

»Daniel, was ist denn mit dir los? Geht's dir nicht gut?«

Frauchen findet das also auch nicht normal, wenn sich Daniel zwischen die Rabatten haut. Wie gut ich die Menschen doch inzwischen kennen!

Daniel öffnet die Augen und blinzelt uns an.

»Oh, hallo, ihr beiden! Oder besser: ihr drei!« Er rappelt sich hoch. »Mir geht's gut. Ich spüre nur gerade meinen Chakren nach. Genauer gesagt meinem Anahata-Chakra.«

»Aha.«

Mehr sagt Carolin dazu nicht, und auch Baby Henri schaut ungläubig. Was macht Daniel? Ich verstehe kein Wort, und da bin ich offensichtlich nicht der Einzige.

Daniel scheint zu merken, dass ihm hier das geballte Unverständnis entgegenschlägt, denn er setzt sofort zu einer Erklärung an.

»Also, das Anahata-Chakra ist das Herzchakra und gleichzeitig der Mittelpunkt des Chakrensystems. Swami vermutet dort eine Blockade, deshalb versuche ich, diesen Teil meines Selbst auch im Alltag bewusster wahrzunehmen. Das kann ich aber nur hier draußen, in der Werkstatt bin ich zu abgelenkt. Zu viele negative Energiefelder.«

Ich kann nicht sagen, dass mich diese Erklärung irgendwie weiterbringt. Aber ich bin ja hier auch nur der Hund. Vielleicht kann Carolin damit etwas anfangen. Ich werfe einen Blick auf ihr Gesicht – ihre Augenbrauen sind so hochgezogen, dass sie schon fast ihren Haaransatz berühren. Also eher nicht.

»Wer ist denn Swami?«

»Claudias Yogalehrer.«

»Was in aller Welt hast du denn mit Claudias Yogalehrer zu

schaffen? Und warum empfiehlt der dir, bei ungemütlichen zehn Grad vor der Werkstatttür zu liegen und deinem Herzchakra nachzuspüren?«

Daniel sagt dazu erst einmal nichts, sondern klopft sich ein paar Grashalme von der Hose. Er scheint nachzudenken. Wahrscheinlich über die passende Antwort. Da bin ich wirklich mal gespannt. Die kann ja nur exotisch ausfallen. Yogalehrer – was das wohl ist?

»Claudia und ich haben ein Yoga-Wochenende für Paare mit Swami besucht. Wir hatten das Gefühl, das könnte hilfreich für unsere Beziehung sein.« Er räuspert sich. »Na ja, Claudia hatte den Eindruck, das könnte hilfreich für unsere Beziehung sein. Sie findet, wir müssen daran arbeiten.«

Auweia! Ich habe zwar nicht viel verstanden, aber eines ist klar: Sobald bei Menschen das böse Wort *Beziehung* fällt, wird es richtig kompliziert. In meinen mittlerweile drei Jahren als Haustier habe ich noch kein Gespräch über eine *Beziehung* erlebt, das ansatzweise erfreulich verlaufen wäre. Und besonders heikel wird es, wenn an der Beziehung *gearbeitet* werden soll. Wobei ich ganz lange gebraucht habe, um zu verstehen, was es da zu *arbeiten* gibt. Normalerweise ist Arbeit beim Menschen ja etwas anderes: Carolin baut in ihrer Werkstatt Geigen und bekommt dafür von Leuten, die eine Geige haben wollen, Geld. Und damit kann sie dann zum Beispiel ein schönes Stück Fleischwurst kaufen. Und Marc heilt als Arzt kranke Tiere oder kümmert sich vorher drum, dass sie gar nicht erst krank werden. Worauf ich hinauswill: Arbeit hat beim Menschen eigentlich etwas mit *machen* zu tun. Bei der Beziehungsarbeit wird hingegen nach meiner Wahrnehmung vor allem *geredet*. Und zwar stundenlang. Ohne etwas zu machen. Vielleicht funktioniert diese Art Arbeit deswegen auch so schlecht.

»Das klingt ja nicht so gut. Aber willst du mir die ganze Geschichte nicht lieber drinnen erzählen? Mir wird kalt, und ich glaube, es fängt an zu regnen.«

Stimmt. Mir wird langsam ein wenig feucht ums Halsband, und Klein Henri steckt zwar in einer Art Plastiküberzug, ich kann mir aber nicht vorstellen, dass der sonderlich bequem ist. Herrn Beck habe ich auch noch nicht erspäht – es gibt also wirklich keinen Grund mehr, hier länger rumzustehen.

In der Werkstatt angekommen geht Daniel in die Küche. Dem Geruch nach zu urteilen, setzt er einen Kaffee auf. Sehr schön! Wenn Daniel und Caro jetzt erst mal einen Kaffee trinken, dann bleiben wir noch ein Weilchen. Schließlich will Caro nicht nur quatschen, sondern auch ein paar Dinge erledigen, um die sich Daniel nicht kümmern kann. So hat sie es jedenfalls Marc erzählt. Ich kann mir folglich noch anhören, was Daniel zum Thema *Beziehungsarbeit mit Claudia* sagt, und habe trotzdem noch Zeit, nach Herrn Beck zu suchen.

Normalerweise würde mich dieses Menschengerede nicht interessieren, aber zufälligerweise gehört Claudia die schönste Hündin der Welt: Cherie. Als ich sie vor zwei Jahren zum ersten Mal sah, war es Liebe auf den ersten Blick. Jedenfalls bei mir. Tagelang glaubte ich, an einer ganz schlimmen Krankheit zu leiden, weil ich so starkes Herzrasen und Magendrücken hatte. Bis mir Herr Beck irgendwann erklärte, dass es sich nun mal so anfühlt, wenn man verliebt ist.

Leider war ich wohl der einzige Hund mit Herzrasen – Cherie jedenfalls verspürte nichts von alledem. Sie fand mich zwar nett – mehr aber wohl auch nicht. Fürchte ich jedenfalls. So ganz haben wir das nie geklärt, und deswegen schlummert in mir auch immer noch ein Fünkchen Hoffnung. Ein grausames Fünkchen, denn solange ich noch hoffe, kann ich sie auch nicht vergessen. Und hier kommt Claudia ins Spiel: Wäre die nicht mit Daniel zusammen, würde ich Cherie vielleicht gar nicht mehr zu Gesicht bekommen. So aber sehe ich sie hin und wieder, und jedes Mal ist es schön und schrecklich zugleich. Wenn Claudia und Daniel jetzt aber anfangen, an ihrer Beziehung zu arbeiten, kann es gut sein, dass sie bald kein Paar mehr sind. Und dann werde ich Cherie nie wiedersehen. Jaul!

Caro und Daniel haben sich inzwischen mit ihren Kaffeetassen in den großen Werkraum verzogen, Henri ist offenbar auf der Decke, die wir für ihn mitgenommen haben, eingeschlafen, und ich lege mich neben Caros Füße.

»Also, es fing eigentlich alles damit an, dass wir uns nach der Party von Nina und Alex so richtig in die Wolle bekommen haben.«

»Echt?« Caro klingt ungläubig. »Ich habe überhaupt nicht mitbekommen, dass die Stimmung bei euch nicht gut war.«

»Na, auf der Party war sie auch noch gut. Jedenfalls bei mir. Aber auf dem Nachhauseweg haben wir uns so gestritten, dass Claudia mich am U-Bahnhof hat stehen lassen und mit dem Taxi nach Hause gefahren ist. Ich hatte keinen Schlüssel mit, und als ich dann endlich draußen in Volksdorf ankam, hat sie mich echt nicht reingelassen. Hab dann im Schuppen geschlafen – das war vielleicht ein Scheiß!«

Caro schüttelt den Kopf.

»Wow! Wie ätzend! Vielleicht hättest du doch nicht aufs Land ziehen sollen. Dann hättest du immerhin in der Werkstatt pennen können.«

»Erstens ist Volksdorf nicht auf dem Land, sondern ein Stadtteil von Hamburg, wenn auch nicht ganz im Zentrum. Und zweitens hast du recht. In dem Moment habe ich mir auch gewünscht, ich würde noch hier in der Nähe wohnen.« Er lächelt schief.

»Worüber habt ihr euch denn so gestritten?«

Daniel zuckt mit den Schultern.

»Tja, wenn ich das so genau erklären könnte. Claudia findet irgendwie, ich bringe mich nicht genug ein. Sie meint, ich *lasse* lieben.«

»Du lässt lieben? Was meint sie denn bloß damit?«

»Na ja, sie meint, dass ich keine eigenen Gefühle in unsere Beziehung einbringe. Alles, was emotional sei, ginge von ihr aus. Sie würde quasi für mich mitlieben. Ich sei da total blockiert und müsse ermutigt werden, Gefühle auch zuzulassen. Und deswegen auch der Kurs bei Swami.«

»Aha.«

Carolin ist schon ein sehr höflicher Mensch, sie würde Daniel vermutlich nie direkt sagen, wenn sie dies für den größten Unsinn seit der Erfindung der Hundeleine hielte. Aber immerhin klingt sie jetzt gerade extrem skeptisch. Ich schaue zu ihr hoch: Ja. Sie sieht auch so aus. Extrem skeptisch. Daniel scheint das aber nicht zu bemerken, vermutlich ist er gerade zu sehr damit beschäftigt, sein Herzchakra zu suchen.

Ein vertrauter Duft weht mir in die Nase: Herr Beck! Ich schaue in Richtung Duft – tatsächlich windet sich Beck gerade durch die Terrassentür, die einen Spalt offen steht. Faszinierend. Dass dieser dicke Kater durch so eine schmale Öffnung passt! Irgendwie können sich Katzen dünner machen, als sie in Wirklichkeit sind.

»Hallo, Kollege«, begrüßt er mich, »kleiner Familienausflug in die alte Heimat?«

»Ja, eigentlich wollte Caro irgendetwas Geschäftliches mit Daniel besprechen, aber jetzt erzählt Daniel die ganze Zeit von seinem Herzchakra und irgend so einem Typen namens Swami. Der soll ihm helfen, seine Beziehung zu Claudia auf die Reihe zu kriegen. Also, ganz verstanden habe ich es nicht.

Das übliche wirre Menschenzeugs, wenn es um Gefühle geht.«

Herr Beck nickt und gähnt.

»Ja, ich glaube, da läuft es momentan nicht so rund. Ich habe Claudia auch schon länger nicht mehr hier gesehen. Dafür singt Daniel neuerdings so seltsame Lieder. Vielleicht verstehen die sich deswegen gerade nicht gut. Daniel kann nämlich überhaupt nicht singen. Es klingt grauenhaft.«

Kein Wunder. Menschliche Musik klingt in meinen Ohren meistens schlimm. Getoppt wird dies nur von dem Geräusch, das entsteht, wenn Daniel und Caro ihre neu gebauten Geigen *stimmen*. Das geht dann wirklich durch Mark und Bein. Schauderhaft!

»Was genau singt Daniel denn so?«

Beck bläst die Backen auf, was sehr seltsam aussieht.

»Keine Ahnung. Es ist auf jeden Fall keine Sprache, die ich kenne. Es kommt ziemlich viel *Ooohhmm* drin vor.«

»Ooohhmm?«

Beck nickt.

»Genau. Sagt dir das was?«

Ich schüttle den Kopf.

»Nee. Nie gehört.«

»Hm. Dachte ich mir. Wenn selbst ich es nicht kenne …«

Wuff! Das ist ja nun wieder typisch Beck. Er kann einfach nicht anders, als auf dicke Hose zu machen. Okay, er hat mehr Jahre auf dem Buckel als ich, aber ein unerfahrenes Schoßhündchen bin ich ja nun auch nicht. Ein Schoßhündchen sowieso nicht, aber auch unerfahren bin ich nach meinen Jahren bei Caro nicht mehr. Ich bin mir sicher, dass ich mittlerweile viele Dinge kenne, von denen wiederum Beck noch nie gehört hat. Ooohhhm!

»Also, Cherie war demnach in letzter Zeit auch nicht da?«,

wechsle ich das Thema elegant hin zu den wirklich wichtigen Dingen.

»Nein. Ich habe sie jedenfalls nicht gesehen. Wobei – einmal hatte sie Daniel dabei. Von Claudia keine Spur, aber Cherie lag in der Werkstatt. Ich konnte sie durch das Terrassenfenster sehen.«

Mein Herz macht einen Sprung. Wie immer, wenn Cheries Name fällt. Wobei das in letzter Zeit unerfreulich selten ist.

»Wie sah sie aus?«, will ich von Beck wissen.

»Immer noch wie ein Hund. Warum? Hast du Grund zu der Annahme, sie könnte sich über Nacht in eine Katze verwandeln?«

Ha, ha, sehr lustig, der fette Kater. Witze auf Kosten anderer gehören eindeutig zu seiner Spezialität.

»Du weißt genau, was ich meine«, schnaube ich empört.

Beck kichert.

»Klar weiß ich das. Gut: Sie sah noch genauso überirdisch schön aus wie immer. Wenn ich ein Hund wäre, ich hätte mich sofort verliebt.«

»Ja und sonst? Ging es ihr gut? Wirkte sie fröhlich?«

»Wie ich eingangs schon erwähnte: Ich habe sie durch das Terrassenfenster gesehen. Es mag an meinem biblischen Alter liegen, aber auf diese Entfernung konnte ich ihren Gemütszustand nicht erkennen.«

Was frage ich den dicken Kater überhaupt? Wahrscheinlich hätte er nicht erkannt, wie es Cherie geht, wenn er Nase an Nase vor ihr gestanden hätte. Das Gegenteil von *mitfühlend*? Klarer Fall: Herr Beck! Der sollte auch mal bei diesem Sammy oder Swami oder wie der heißt an seinem Herzchakra arbeiten. Jawoll! Wobei – manchmal frage ich mich, ob der Kater überhaupt ein Herz hat. Ein großes kann es jedenfalls nicht sein. Sonst wüsste er doch, wie nah das Thema Cherie seinem besten Freund noch geht, und wäre dabei etwas zartfühlender unterwegs. Mir entfährt ein tiefer Schnaufer.

»Alles okay, Herkules?«

»Von einem wahren Freund würde ich mir etwas mehr Mitgefühl erwarten.«

Jetzt ist es an Beck zu schnaufen.

»Herkules, ich habe Mitgefühl. Das ändert aber leider an der Tatsache nix, dass du bei Cherie nicht recht von der Stelle kommst. Also, entweder, du unternimmst irgendwann noch einmal einen entschiedenen Versuch in ihre Richtung – oder du schlägst sie dir endgültig aus dem Kopf. Alles dazwischen ist Unsinn, und da bringt dich auch mein Mitgefühl nicht weiter.«

Pah! So eine Frechheit! Jetzt tue ich mir aber mal richtig selbst leid. Ich weiß zwar, dass ich vermutlich ein wenig übertreibe, aber gerade in diesem Moment geht mir Herr Beck echt auf den Zeiger. Wenn es um Cherie geht, bin ich eben empfindlich. Da will ich Trost, nicht Wahrheit! Blöder, gemeiner Kater!

Vielleicht ist es an der Zeit, sich neben Herrn Beck mal nach anderen Freunden umzuschauen. Es wird doch irgendwo in der näheren Umgebung noch andere Haustiere geben, die an der tiefen Freundschaft mit einem niveauvollen Dackel interessiert sind. Na gut, Dackelmix. Mein neuer Freund sollte demnach besser kein Snob sein. Ich überlege, welche anderen Haustiere hier im Umkreis noch wohnen. Leider fällt mir auf Anhieb nur ein einziges Tier ein, das seinen festen Wohnsitz auch in diesem Haus hat: der Wellensittich von Frau Müller.

VIER

Klasse!« Luisa klatscht begeistert in die Hände. »Ich will auf alle Fälle Blümchen streuen! Das wollte ich schon immer mal machen!«

Marc lacht und streicht seiner Tochter zärtlich über den Kopf.

»Also, ich bin mir nicht sicher, ob wir das Fest so feiern, dass ein Job für ein Blumenstreumädchen dabei rausspringt. Ich glaube, Caro und ich wollen nur eine kleine, persönliche Feier. Nur mit dir und Henri, den Trauzeugen und den Omas und Opa.«

»Oh.« Luisa klingt sehr enttäuscht. Warum nur? Ich finde nach wie vor, dass das eine ausgesprochen gute Botschaft ist. »Heißt das auch, dass Caro gar kein richtiges Brautkleid anzieht?«

Marc zuckt mit den Schultern und schaut hilflos zu Carolin hinüber.

»Weiß nicht. Schatz, heißt es das?«

Caro lächelt.

»Klar ziehe ich ein Brautkleid an. Vielleicht nicht weiß und mit Schleppe und Schleier. Aber auf alle Fälle ein schönes Kleid.«

Luisa schüttelt den Kopf.

»Dann ist es doch kein richtiges Brautkleid! Dann ist es einfach irgendein Kleid. Und die Hochzeit ist dann keine Hochzeit, sondern irgendeine Feier.«

»Nun komm, Spatzl, sei nicht so enttäuscht«, tröstet sie Marc, »wir wollen eben nur mit den Menschen feiern, die uns ganz wichtig sind. Deswegen ist uns die Hochzeit selbst aber nicht weniger wichtig. Und es wird bestimmt trotzdem eine ganz tolle Feier. Du wirst schon sehen, wir überlegen uns etwas ganz Besonderes.«

Genau. Ein Spitzenplan, der meiner Meinung nach unbedingt auch die vierbeinigen Familienmitglieder umfassen sollte. Wenn ich schon diesem ominösen Georg als Trauzeuge weichen muss, will ich wenigstens bei der Party dabei sein. Während sich Luisa maulend in ihr Zimmer verzieht, bleibe ich noch ein bisschen bei Marc und Caro in der Küche. Vielleicht erfahre ich ein paar Details über das geplante Fest?

»Oh, oh – da war jetzt aber eine gar nicht glücklich über unsere Hochzeitspläne im kleinen Kreis«, seufzt Marc und setzt sich zu Caro an den Küchentisch.

»Tja, das tut mir natürlich leid. Aber es ist ja in erster Linie unsere Hochzeit. Und ich finde, wir sollten sie genau so feiern, wie wir wollen. Nicht so, wie die anderen es erwarten.«

Ein sehr interessantes Konzept. Ich kenne mich mit menschlichen Feiern natürlich nicht so wahnsinnig gut aus. Zumindest bei der einzigen großen Feier auf Schloss Eschersbach, die ich selbst miterlebt habe, ging es jedoch eindeutig darum, die Erwartungen der Gäste zu erfüllen. Der junge Graf von Eschersbach hatte eingeladen, und ich würde sagen, dass diese Feier sogar ausschließlich für die Gäste veranstaltet wurde. Unsere Köchin Emilia und das andere Hauspersonal waren schon Tage vorher im absoluten Alarmzustand, weil der junge von Eschersbach eine fünf Meter lange Liste geschrieben hatte, die für das Fest abgearbeitet werden musste. Die Hecke wurde geschnitten, das Portal frisch gestrichen, der Rasen gemäht und überall Laternen befestigt, dazu wurden ganze

Wagenladungen mit den leckersten Speisen zubereitet: Ich fresse einen Besen, wenn dieser ganze Aufwand nicht vor allem für die Gäste getrieben wurde. Die Hecke hatte doch vorher auch niemanden gestört. Der junge Eschersbach wollte also eindeutig feiern, um seine Gäste zu beeindrucken. Das hatte auch sein Vater so gesehen – der Alte hatte sich damals sehr über das Fest aufgeregt. Die ganze Veranstaltung sei neureicher Kram. Ich weiß zwar nicht, was neureicher Kram ist, aber es war klar, dass der Alte die Feier für Angeberei hielt.

Vom Feiern mal ganz abgesehen: Nach meiner Dackellebenserfahrung ist es den meisten Menschen schon sehr wichtig, was wiederum andere Menschen von ihnen denken. Und das geht schon bei den kleinen Menschen los: Luisa zum Beispiel hat seit Kurzem nur noch bestimmte Sachen an. Die müssen aus einem besonderen Laden sein, sonst weigert sie sich, die anzuziehen. Dabei ist es in diesem Laden ganz dunkel, es ist fast unmöglich zu beurteilen, was man da gerade kauft. Ich weiß, wovon ich rede, denn Luisa hat mich einmal mitgeschleift. Ein Höllenlärm herrschte dort noch dazu, mir sind fast die Ohren abgefallen. Trotzdem müssen Luisas Klamotten unbedingt aus diesem Geschäft sein, etwas anderes will sie nicht mehr tragen. Oma Hedwig war neulich an einem Ort namens Teneriffa und hat als Geschenk ein T-Shirt von dort mitgebracht. Als Luisa es anziehen sollte, hat sie die Augen verdreht und verkündet, dass sie so etwas Uncooles niemals zur Schule anziehen würde. Da würden sich ja alle schlapp lachen. Oma Hedwig war tödlich beleidigt, aber das war Luisa egal. *Markenwahn* hat Hedwig das genannt und gesagt, dass es das zu ihrer Zeit nicht gegeben hätte. Das glaube ich aber nicht ganz, bestimmt gab es damals auch schon Sachen, mit denen man seine Mitmenschen beeindrucken konnte.

Nur besonders hartgesottenen Exemplaren ist die Meinung anderer Zweibeiner völlig wumpe. Der alte von Eschersbach ist so gestrickt. Was die Leute über ihn denken, interessiert ihn nicht. »Die Leute kaufen mit Geld, das sie nicht haben, Sachen, die sie nicht brauchen, um Menschen zu beeindrucken, die sie nicht mögen«, pflegt er häufiger zu sagen. Wahrscheinlich ist das tatsächlich so. Wie komme ich da jetzt eigentlich drauf? Ach richtig, die Hochzeitsfeier! Auf alle Fälle zeigt sich da, wie schlau Carolin ist, weil sie nur so feiern möchte, wie es ihr selbst gefällt. Nicht, wie die anderen es erwarten. Tolle Frau, mein Frauchen!

»Hm, ich glaube, bei Daniel und Claudia läuft es nicht mehr so rund.«

Nina ist zu Besuch, und Caro berichtet ihr von unserem Treffen mit Daniel. Als sie erzählt, dass er im Garten lag und sein Herzchakra suchte, runzelt Nina die Stirn.

»Er machte was?«

»Er atmete gegen irgendwelche Blockaden in irgendeinem Chakra an.«

»Ach du Scheiße – seit wann ist Daniel denn auf dem Esoterik-Trip?«

»Na, sag ich doch gerade – das hängt alles damit zusammen, dass er Stress mit Claudia hat. Ihr zuliebe hat er ein Yoga-Seminar besucht, und da haben sie festgestellt, dass er angeblich total blockiert ist.«

Nina schüttelt den Kopf.

»Auweia, da ist aber einer ganz schön verzweifelt.«

»Ja, ich fürchte auch. Das tut mir total leid.«

»Sollte es auch. Ist ja auch irgendwie deine Schuld.«

Caro reißt die Augen auf.

»Bitte? Wie meinst du das denn?«

»Na, ist doch klar: Eigentlich bist du nach wie vor Daniels Traumfrau. Und da er dich nicht kriegen kann, ist es mit allen anderen einfach nicht das Wahre. Das ging doch schon mit Aurora los.«

»Na hör mal«, schnaubt Caro und klingt dabei höchst empört, »Aurora ist eine schwierige, egozentrische Kuh. Dass das in die Hose gegangen ist, hat nun wirklich nichts mit mir zu tun!«

Genau! Das kann ich nur bestätigen! Ich weiß zwar nicht, was egozentrisch ist, aber schwierig war Aurora auf alle Fälle. Sie konnte zum Beispiel überhaupt nicht mit Hunden umgehen, und schlimmer noch: Sie mochte sie auch nicht. Das habe ich sofort gerochen, als sie das erste Mal in unserer Werkstatt auftauchte. Mag sein, dass sie eine tolle Geigerin war – als Frau fand ich sie furchtbar. Gut, dass Daniel das auch irgendwann eingesehen hat! Mit Caro hatte das bestimmt nichts zu tun.

»Klar war die schwierig. Aber die Frage ist doch, warum Daniel überhaupt etwas mit der angefangen hat«, lässt Nina nicht locker. »Das war doch eine reine Verzweiflungstat. Das hat doch ein Blinder mit Krückstock gesehen. Insofern konnte einem Aurora fast leidtun. Ist bestimmt nicht schön, mit jemandem zusammen zu sein, der eigentlich eine andere liebt.«

Sind die Menschen kompliziert, oder sind sie kompliziert? Aurora ist die Zicke, die den armen Daniel ziemlich terrorisiert hat, und ausgerechnet die tut Nina jetzt leid? Unserer Nina, die sonst jede menschliche Schwäche erbarmungslos ins Visier nimmt? Das verstehe, wer will. Ich tu es nicht. Wieso war es nicht schön für Aurora, mit Daniel zusammen zu sein? Für ihn war es bestimmt noch unschöner. Und was heißt hier »mit jemandem, der eigentlich eine andere liebt«?

Wenn das nicht so gewesen wäre, hätte Aurora ihn doch gar nicht gekriegt. Also, wenn er mit der Frau zusammen gewesen wäre, die er tatsächlich geliebt hat. Denn das wäre ja meine Caro gewesen, und dann hätte Aurora ja erst recht ein langes Gesicht gemacht. Dann doch besser nehmen, was man kriegen kann, und damit glücklich sein. Wenn Schinken aus ist, tut es eben auch Fleischwurst.

Aber wie immer scheint es so einfach beim Menschen nicht zu funktionieren. Der Mensch nimmt dann offenbar die Fleischwurst und heult die ganze Zeit wegen des Schinkens – sinnbildlich gesprochen. Und das ist ziemlich blöd, denn natürlich kann einem so die leckerste Fleischwurst nicht schmecken. Das Gleiche gilt natürlich umgekehrt auch für Daniel, denn offensichtlich hat es ihm mit Aurora nicht gefallen. Tja, es ist schon sehr schwierig, einen Menschen glücklich zu machen. Und umso weniger finde ich, dass Caro etwas dafür kann, wenn Daniel nicht mit einer anderen Frau glücklich wird. Wuff!

Caro seufzt. Natürlich tut ihr Daniel leid. Er ist immerhin ihr bester Freund.

»Tja, dann ist es vielleicht gut, dass Daniel sich demnächst richtig in die Arbeit stürzen kann. Wir haben nämlich einen Superauftrag an Land gezogen!«

»Echt? Was denn?«

»Die Restaurierung einer historischen Instrumentensammlung. Insgesamt über fünfzig Geigen und Celli, auch ein paar Bratschen und Kontrabässe sind dabei und sogar eine alte Mandoline. Eine unglaublich tolle Geschichte! Es haben sich noch drei andere Geigenbauer beworben, aber wir haben die Ausschreibung gewonnen.«

Nina lächelt und klopft Caro auf die Schulter.

»Super! Und bestimmt spannender, als sich den ganzen

Tag nur mit Windeln zu beschäftigen. Apropos – was machst du denn mit dem kleinen Hosenscheißer? Kannst du den mit in die Werkstatt nehmen?«

Carolin schüttelt den Kopf.

»Nee, wir werden auch viel vor Ort arbeiten – wenn Henri dabei ist, kann ich mich nicht richtig konzentrieren, und das ist auch zu gefährlich. Die Instrumente sind unglaublich wertvoll, ich will mir gar nicht erst vorstellen, dass Henri so eine dreihundert Jahre alte Geige zu fassen kriegt.«

Die beiden lachen. Was ist daran so komisch? Henri ist ja nicht nur dumm, er ist auch total ungeschickt. Was er in die Finger bekommt, ist kurz darauf kaputt. Er hat schon Bücher zu Schnipseln verarbeitet und ein hübsches Armband von Luisa in seine Einzelteile zerlegt. UND Letztere auch noch geschluckt. Worauf der Kleine erst einmal unter großem Hallo ins nächste Krankenhaus gefahren wurde. Also: Sollten diese Geigen noch irgendetwas wert sein, obwohl sie schon so alt sind, sollte man Henri tunlichst auf Abstand halten.

»Nee, nee, Henri kommt nicht mit.«

»Aber was machst du dann mit ihm? Allein zu Hause bleiben kann er ja wohl kaum mit seinen neun Monaten. Springt Oma Hedwig als Kindermädchen ein?«

Abrupt setzt sich Carolin gerade hin und schüttelt energisch den Kopf.

»Nee. Um Gottes willen! Bloß nicht! Da würde ich lieber für den Rest meiner Tage Hausfrau bleiben.«

»Wieso? Kann Hedwig nicht gut mit ihrem Enkel?«

»Der Enkel ist nicht das Problem. Sie kann nicht gut mit ihrer Schwiegertochter. Ich erinnere mich noch mit Grauen an die Zeit, als Hedwig Marcs schwangere Arzthelferin vertreten hat. Furchtbar! Ständig tauchte sie auch in der Wohnung auf und gab für alles und jedes kluge Ratschläge.

Ich schwöre dir, wenn sie ständig auf Henri aufpassen würde, gäbe es bald Tote!«

Oha! Das ist hoffentlich eine dieser menschlichen Übertreibungen! Wobei ich die Zeit mit Hedwig deutlich schöner in Erinnerung habe, immerhin hat sie jeden Mittag gekocht – auch für mich! Es war fast wie früher auf Schloss Eschersbach, wo Köchin Emilia auch für die Dackelverpflegung zuständig war. Hach, selige Zeiten! Herr Beck findet zwar, ich hätte damals so zugenommen, dass ich irgendwann wie eine Wurst auf Beinen ausgesehen hätte, aber das ist natürlich völliger Unsinn. Und das muss gerade der Richtige sagen. Mit Sicherheit war ich nicht so fett wie der Kater. Insofern: Die Idee, dass Hedwig sich um Henri kümmert, ist meiner Meinung nach großartig! Dann kann sie nämlich auch gleich ein Auge auf den Familiendackel werfen. Leider hat Caro wohl andere Pläne.

»Nun ja, aber immerhin ist Hedwig hier vor Ort. Deine Eltern wohnen in Lüneburg – für die wäre es zu weit, jeden Tag nach Hamburg zu fahren, um auf Henri aufzupassen.«

»Richtig. Aber alles kein Problem, ich habe eine ganz tolle Tagesmutter für Henri gefunden, die wird sich ab nächster Woche um ihn kümmern. Eine gute Freundin meiner Hebamme. Sie war lange selbst Hebamme und hat zwei Kinder, kennt sich also wunderbar mit Babys und Kleinkindern aus. Ein richtiger Glücksgriff, diese Frau Langhagen!«

Eine TagesMUTTER. Was in aller Welt ist das? Carolin ist doch die Mutter von Henri. Und man kann doch wohl kaum zwei Mütter haben. Selbst als kleiner Mensch nicht. Ich war selbst dabei, als Caro Henri geboren hat. Aus Versehen auf der Parkbank eines Friedhofs. Mann, das war vielleicht aufregend! Und es war garantiert keine Frau Langhagen dabei – das hätte ich bemerkt. Nur Caro, Marc und zwei Polizisten. Und natürlich ich. Und später Henri. Wieso braucht der jetzt also eine zweite Mutter? Er hat doch eine. Und ein tolle noch dazu.

Andererseits: Vielleicht ist es für die Mutter selbst gar nicht schlecht, wenn es noch eine Ersatzfrau gibt. Ich erinnere mich, dass unsere Mutter manchmal ziemlich genervt von uns war. Wenn wir etwa alle gleichzeitig an ihren Zitzen trinken wollten, hat sie den einen oder anderen von uns, der besonders stürmisch war, schon mal gezwickt. Oder uns allesamt angeknurrt, wenn sie gerade ihre Ruhe haben wollte. Gekümmert hat sie sich dann aber trotzdem, wenn auch schlecht gelaunt. Hätte es aber eine Ersatzdackelmama gegeben, hätte sich meine Mutter einfach mal faul in ihren Hundekorb hauen und Welpen Welpen sein lassen können. Wobei sie das sicherlich auch gerne nachts gemacht hätte, da wäre eine Nachtmutter eigentlich praktischer gewesen als eine Tagesmutter.

Wie auch immer: Wenn die Tatsache, dass Henri demnächst eine zweite Mutter für tagsüber bekommt, bedeutet, dass wir ihn doch behalten können, wenn diese Geschichte namens Elternzeit vorbei ist, ist das natürlich eine feine Sache. Deswegen ist Caro auch noch so gut gelaunt. Wüsste sie, dass Henri demnächst weg ist, wäre sie bestimmt traurig. Als meine Tante ihren Wurf abgeben musste, war sie tagelang ganz mickrig, und ich hoffe doch, dass meine Mutter mich auch vermisst hat, als ich ins Tierheim kam.

Während ich noch darüber sinniere, auf welch praktische Ideen Menschen immer wieder kommen, auch wenn sie sonst so kompliziert denken, steht Caro auf und holt zwei Gläser aus dem Wohnzimmerschrank.

»Oh, gibt's was zu feiern?«, erkundigt sich Nina.

Gute Frage, denn tatsächlich deuten diese Gläser meiner Erfahrung nach darauf hin, dass Caro ihrer Freundin gleich

Alkohol servieren wird. Und dafür ist es vor dem Mittagessen eigentlich noch etwas früh. Es sei denn, es ist ein besonderer Anlass. So weit immerhin habe ich das Alkoholtrinkritual schon durchschaut.

Caro lacht und stellt die Gläser auf den Tisch.

»Na klar, wir haben doch noch gar nicht auf dein Trauzeugenamt angestoßen! Und ich dachte, ein Gläschen Prosecco könnte ein anschließendes Brainstorming mit dir, wie genau wir feiern wollen, deutlich befördern. Moment, ich hole mal die Flasche aus dem Kühlschrank.«

Sie geht in Richtung Küche, Nina bleibt sitzen und beginnt, mich gedankenverloren hinter den Ohren zu kraulen. Komisch – das macht sie sonst nie! Als sie dann auch abgrundtief seufzt, ist mir klar, dass hier etwas nicht stimmt. Und zwar absolut nicht.

Aus der Küche kommt ein lautes *Plopp*, kurz darauf kommt Carolin mit einer Flasche zurück und füllt die Gläser mit sprudelndem Inhalt.

»So, dann würde ich mal sagen: Auf die Liebe!«

Sie hebt ihr Glas, Nina zögert einen Moment, dann nimmt sie ebenfalls ihr Glas.

»Ja, prost, auf die Liebe.«

Die beiden trinken, dann setzt sich Carolin wieder neben Nina.

»Weißt du, ich habe schon mal überlegt, wo wir feiern können. Antje und Jörg haben doch damals gleich die Trauung ins Jacobs verlegt – die haben wohl ein extra Trauzimmer im Hotel. Und danach haben sie dort mit der Familie gegessen und gefeiert. Muss ein sehr schönes Fest gewesen sein, ganz intim und besonders. Und eine Hochzeitsnacht im Jacobs ist natürlich ein Traum, oder?«

»Ja, hm. Weiß nicht. Meins wär's nicht. Viel zu vornehm.«

Nina klingt, als habe sie Zahnschmerzen. Oder schlechte Laune.

»Meinst du?«, fragt Caro enttäuscht. »Also, ich finde, für so einen besonderen Anlass …«

»Gut, ist nur meine Meinung«, unterbricht Nina sie, »aber euer Fest.«

»Nein, nein, deine Meinung ist mir ja wichtig. Okay, ich habe neulich in einer dieser Hochzeitszeitschriften einen Artikel über einen Leuchtturm an der Elbe gesehen, da kann man heiraten und mit einer kleinen Gruppe auch feiern.«

»Leuchtturm? Verbindet euch denn irgendwas mit der Seefahrt?«

Okay, keine Zahnschmerzen. Sondern definitiv und einfach schlechte Laune. Und zwar so deutlich, dass es jetzt auch mein Frauchen merkt.

»Sag mal, was ist denn los mit dir? Ich hatte gehofft, dass es dir Spaß macht, ein bisschen Wedding-Planerin zu spielen.«

Was mag eine Wedding-Planerin sein? Auf alle Fälle wohl etwas, zu dem Nina nicht die geringste Lust hat. Das ist mehr als offensichtlich.

»Na ja, Heiraten ist irgendwie gerade nicht mein Lieblingsthema.«

Sie stellt ihr Glas auf dem Couchtisch vor sich ab und starrt an die Decke. Carolin mustert sie nachdenklich.

»Liegt das an Marc? Ist Trauzeugin doch nicht ganz das Richtige?«

Nina schüttelt den Kopf.

»Nein, nein, das ist es nicht. Sonst hätte ich schon etwas gesagt, als du mich gefragt hast. Es ist nur … seit ich von meinem Auslandsjahr zurück bin, läuft es mit Alex nicht mehr so. Keine Ahnung, woran das liegt. Er ist lieb und nett und kümmert sich um alles, aber irgendwie … ach, ich weiß auch nicht. Wenn du dann übers Heiraten sprichst, ist mir ein bisschen seltsam zumute.«

»Hey!« Carolin streicht Nina über den Arm. »Warum hast du mir denn nichts davon erzählt?«

»Weiß nicht. Ich wollte dir nicht die gute Laune verderben. Und ich freu mich ja auch für dich. Und natürlich für Marc. Aber ich wäre eben auch gern richtig glücklich verliebt.«

Auweia! Die arme Nina! Ich kann sie so gut verstehen! Ich glaube, wenn der fette Kater mir vorsäuseln würde, wie glücklich er mit der getigerten Lady aus dem Haus zwei Ecken weiter ist, könnte ich mich auch nur begrenzt für ihn freuen. Ich meine, klar, er ist mein Freund, aber so etwas hört man sich doch ungern an, wenn man selbst Liebeskummer hat. Und nun hat es unsere Nina getroffen, und sie fühlt sich schlecht. Obwohl die doch sonst immer so hart im Nehmen ist.

Komisch ist allerdings, dass sich die Zweibeiner für ihre Beziehungskrisen offenbar den Frühling aussuchen. Ich meine, das kann doch kein Zufall sein, dass es nun gleichzeitig bei Daniel *und* Nina brodelt. Bei uns Vierbeinern ist das eigentlich die passende Zeit im Jahr, einen Partner zu finden. Nicht, ihn loszuwerden. Wobei – wenn ich bei Cherie endlich eine Chance hätte, wäre mir die Jahreszeit egal. Es könnte von mir aus auch tiefster Winter sein. Jaul, Liebeskummer ist furchtbar! Ich sollte vielleicht eine Selbsthilfegruppe mit Nina und Daniel gründen.

FÜNF

Deine Fleischwurst-und-Schinken-Theorie finde ich gut.« Wow! Herr Beck lobt mich freiwillig – sensationell! Wir sind wieder in der Werkstatt, Carolin und Daniel besprechen offenbar ihren neuen Superauftrag, Henri haben wir bei Hedwig geparkt, und Herr Beck und ich lungern im Flur herum.

»Danke, ich finde sie auch ziemlich gut. Sie zeigt auf alle Fälle, wie kompliziert Menschen ticken. Typisch Zweibeiner eben. Ich hatte ja schon länger den Verdacht, dass der aufrechte Gang irgendwie dem Hirn schadet.«

Herr Beck prustet.

»Na, mein Lieber, und hier ist auch der einzige Makel deiner Theorie. Sie trifft nicht nur auf Menschen zu. Ich glaube nämlich, was dem Daniel seine Caro, ist dem Dackel seine Cherie. Sonst würdest du ihr doch nicht so hinterhertrauern. Die Theorie ist gut, trifft aber auf Menschen *und* Dackel zu. Hat also nix mit dem aufrechten Gang zu tun. Eher mit der Angewohnheit, sein Herz unvernünftigerweise so an ein anderes Wesen zu hängen, dass es richtig wehtut, wenn die Liebe nicht erwidert wird. Da könntet ihr euch mal ein Beispiel an uns Katzen nehmen – das würde uns im Leben nicht passieren. Wir sind zwar sehr sensibel und nehmen jede Schwingung auf, aber wir machen uns nicht so abhängig von anderen.«

Beck spricht im Brustton der Überzeugung, und ich würde

mich wahrscheinlich sehr darüber aufregen, wenn ich nicht wüsste, dass der Kater nur so cool tut. Ich habe ja erlebt, wie mickrig er war, als sein altes Frauchen ins Heim musste und er nicht mitkonnte. Und Nina hat er während ihres Jahres in Stockholm auch oft vermisst. Also: Ich glaube, Katzen haben ebenfalls ein großes Herz. Sie zeigen es nur nicht so schnell. Und nicht so gern. Ich belasse es deshalb bei einem hingenuschelten *Wie du meinst*.

Das Thema Herz bringt mich allerdings auf einen anderen Gedanken: Nina und Alexander. Schließlich ist Herr Beck hier Augenzeuge, weil Mitbewohner.

»Sag mal, ist dir eigentlich in letzter Zeit etwas an Nina und Alex aufgefallen? Ich meine, seit Nina wieder da ist?«

Beck schüttelt den Kopf.

»Nein. Warum?«

So viel zum Thema *Katzen sind so sensibel und nehmen jede Schwingung auf*.

»Na, Nina war gestern bei uns zu Besuch und hat da so etwas angedeutet. Dass es mit ihr und Alex nicht mehr so gut läuft. Da dachte ich natürlich, du hättest etwas bemerkt. Es ist schließlich *dein* Frauchen. Irgendwelche Schwingungen aufgenommen?«

Zack, diese Spitze konnte ich mir einfach nicht verkneifen! Zufrieden stelle ich fest, dass Beck jetzt ein ziemlich dummes Gesicht macht. Er hatte tatsächlich keine Ahnung.

»Schwingungen ... äh ... klar. Natürlich. Jetzt weiß ich, was du meinst. Nina ist in letzter Zeit so ... äh ... und auch Alex ...«

»Ja? Alex ist was?«

»Na, irgendwie ... äh...«

Ich wackle mit dem Kopf, bis meine Ohren fliegen.

»Kumpel, gib's zu: Du hast keinen blassen Schimmer. Nina

ist gerade nicht besonders glücklich mit Alex, und du hast es nicht bemerkt.«

Schweigen. Dann Schnaufen.

»Hmpf. Stimmt. Das habe ich nicht mitgekriegt. Woran hapert's denn?«

»Keine Ahnung. Ich hatte ja gehofft, dass du mir das erzählen kannst. Nina sagte, es sei irgendwie nicht so wie vorher.«

Herr Beck wiegt seinen Kopf bedächtig hin und her.

»Also, wenn ich so direkt darüber nachdenke, dann war in letzter Zeit tatsächlich das ein oder andere seltsam. Nina telefoniert zum Beispiel in letzter Zeit sehr häufig, und ich verstehe nichts.«

»Was soll daran besonders sein? Frauen telefonieren einfach gern. Und wahrscheinlich wirst du langsam taub. Ich finde …«

Herr Beck schüttelt energisch den Kopf.

»So doch nicht! Ich höre jedes Wort. Ich verstehe es nur nicht.«

»Ja, ja, kenne ich. Das geht mir mit Menschen häufig so.«

Beck stößt einen Laut aus, der sehr seltsam klingt und wahrscheinlich Unzufriedenheit ausdrücken soll. So eine Art Aaargh. Tja, manchmal ist das Zusammenleben mit Menschen extrem frustrierend. Da meint man, seinen Zweibeiner nach langen Jahren in- und auswendig zu kennen, und plötzlich versteht man ihn nicht mehr. Schon traurig so was. Was das allerdings mit Ninas Liebesleben zu tun hat, begreife ich nicht ganz. Sie hat ja nicht gesagt, dass es zwischen ihr und Herrn Beck nicht mehr so läuft, sondern zwischen ihr und Alex. Wahrscheinlich hat Herr Beck bis heute nicht verstanden, dass Ninas Herz nicht ihm, sondern einem Zweibeiner gehört. Oder von mir aus auch *gehörte*.

»Herkules, du hörst mir nicht richtig zu! Du kapierst es einfach nicht.«

Ach, jetzt soll ich auf einmal schuld sein, dass Herr Beck Kommunikationsprobleme mit seinem Frauchen hat? Das ist mal wieder typisch. Der kann einfach nicht zugeben, wenn es bei ihm nicht so läuft.

»Ich sagte, ich habe kein Wort verstanden. Obwohl ich jedes Wort gehört habe. Und das meine ich *nicht* im übertragenen Sinne: Nina hat irgendwie ganz anders gesprochen als sonst. Eine andere Sprache. Nicht so, wie sie mit mir oder Caro spricht.«

Hä? Eine andere Sprache? Wie meint er das denn? Herr Beck deutet meinen erstaunten Blick richtig. Immerhin, Hund und Katze verstehen sich immer noch bestens.

»Also, Menschen haben verschiedene Sprachen. Nicht überall sprechen sie so wie hier. Du warst doch schon mal mit Caro und Marc im Urlaub, richtig?«

Ich nicke.

»Und – ist dir da nichts aufgefallen? Ich meine, wenn die Menschen gesprochen haben? Immer, wenn ich mit Frau Wiese im Urlaub war, sprachen die Menschen dort eine andere Sprache.«

»Nee. Bei uns war alles so wie immer.«

»Hm, wo wart ihr denn?«

»Ich glaube, es war ein Ort namens St. Peter-Ording.«

»Kenne ich nicht. Wir waren immer in Rimini, da war das so. Immer, wenn wir zum Meer spaziert sind und Frau Wiese ein Eis oder etwas anderes gekauft hat, hat sie sich mit den anderen Menschen dort ganz seltsam unterhalten.«

»Ha! Jetzt, wo du es sagst: In St. Peter-Ording war auch etwas seltsam!«

»Siehst du! Was denn?«

»Na, das Meer war manchmal weg. Ab und zu war es da – und dann war es wieder weg. Komisch, oder? Wer kann denn so viel Wasser auf einmal wegschaffen?«

Herr Beck zuckt mit dem Schwanz.

»Mann, Herkules, was hat denn das mit der Sprache zu tun?«

»Äh – nix. Aber du wolltest wissen, ob mir etwas aufgefallen ist. Und *das* ist mir aufgefallen. Sonst war alles wie immer.«

»Na gut. Vielleicht ist St. Peter-Ording dann einfach anders als Rimini. In Rimini jedenfalls reden die Leute so miteinander, dass man nichts versteht. Und sie reden nicht nur anders – sie bewegen sich auch ungewohnt. Beim Sprechen fuchteln sie so mit den Armen rum, dass einem angst und bang wird.«

»Also in St. Peter-Ording hat niemand beim Reden gefuchtelt. Überhaupt wurde dort eher wenig geredet.«

Ich werde langsam ungeduldig. Wahrscheinlich, weil ich Hunger habe. Aber wenn Herr Beck nicht mal bald auf den Punkt kommt mit seiner Geschichte, dann verziehe ich mich lieber zu Carolin und Daniel und mache deutlich, dass es Zeit für die Napfbefüllung ist. Allein bei dem Gedanken füllen sich meine Lefzen mit Speichel. Hunger!

»Hey, Kumpel, du sabberst! Worauf ich eigentlich hinauswollte, war …«

»Lass gut sein, ich mach mich auf die Suche nach etwas Essbarem. Das mit der menschlichen Sprache kannst du mir wann anders erklären. Ich wollte sowieso keinen Unterricht, sondern lediglich wissen, ob dir etwas Komisches an deinem Frauchen aufgefallen ist. Offenbar ist das nicht der Fall, sonst müsstest du hier nicht von ollen Kamellen wie deinen Urlauben mit Frau Wiese erzählen. Mach's gut.«

Ich drehe mich um und trabe los.

»Nun warte doch mal!« Herr Beck trabt hinter mir her.

»Ich wollte dir doch nur erklären, was mir bei Nina aufgefallen ist. Und damit du mich überhaupt verstehst, musste ich ein bisschen weiter ausholen. Übrigens: Bildung schadet nicht. Selbst Hunden nicht!«

Ich laufe einfach weiter. Soll er jemand anderen belehren, der Kater. Meinetwegen den Wellensittich. Der kann schließlich nicht weg, wenn ihn die Müller im Käfig auf den Gartentisch stellt. Und als Alternative zum Gefressenwerden ist eine Stunde Oberlehrer Beck zu ertragen vielleicht gerade noch drin.

Mit der Schnauze stoße ich die Tür zum großen Werkraum auf. Daniel und Caro stehen dort und betrachten irgendetwas, was auf der Werkbank liegt. Was genau es ist, kann ich von hier unten nicht sehen. Ist aber auch egal, es gibt schließlich Wichtigeres. Wie zum Beispiel meinen Magen. Ich jaule ein bisschen und springe an Caros Bein hoch.

»Hoppla, Herkules, hast du mich erschreckt! Warum schleichst du dich denn so an?«

Sie dreht sich zu mir, beugt sich herunter und krault mich hinter den Ohren. Ich versuche, möglichst auffällig zu sabbern, was mir überhaupt nicht schwerfällt.

»Igitt! Was ist denn mit dir los?« Sie zieht die Hand zurück und wischt sie an ihrer Jeans ab. »Also, da hat aber einer großen Riesenhunger!« Sie schaut auf ihre Uhr. »Oh, schon zwölf. Kein Wunder, du Armer! Komm mit, du bekommst gleich was.«

Vor Freude mache ich Männchen und springe sofort zur Tür, vorbei an Herrn Beck, der es mittlerweile auch in die Werkstatt geschafft hat.

»Guck mal, da scheint sich jemand dem Lunch anschließen zu wollen! Ich glaube, du musst dem Kater auch etwas geben.«

Daniel ist einfach ein netter Mensch – und das trotz seines blockierten Herzchakras! Claudia weiß offenbar nicht, was sie an ihm hat. Fleischwurst und Schinken. Das alte Problem. Aber momentan glücklicherweise nicht meins, denn tatsächlich öffnet Carolin jetzt die Kühlschranktür in der Küche und greift – wuff, wuff, WUFF!!! – tatsächlich zu der Box mit dem Aufschnitt, den sie gerade eingekauft hat. Hurra! Ein seltener Glücksfall! Ich bekomme tatsächlich ein Stück Fleischwurst, bevor sie meinen Napf mit Hundefutter füllt. Und selbst dem ollen Beck hält sie ein Stück unter die Nase. Er schnuppert kurz, schnappt, schluckt und setzt sich neben mich. Es ist ziemlich unangenehm zu fressen, während man von der Seite durchdringend gemustert wird! Ich hebe den Kopf.

»Was ist denn? Kann man hier nicht mal in Ruhe eine Mahlzeit einnehmen?«

»Doch, doch. Lass dir Zeit. Wenn es denn irgendwann konveniert, sag Bescheid.«

Konve… was? Meine Güte, ist der nervig. Und anstarren tut er mich immer noch. Hastig schlinge ich die letzten Bissen hinunter.

»Also gut. Was genau ist dir an Nina aufgefallen?«

Wenn Herr Beck breit grinsen könnte – jetzt würde er es tun.

»In den letzten Wochen hat Nina immer sehr viel in einer Sprache telefoniert, die ich nicht verstanden habe. Sie klang auch anders als die Sorte Sprache, die ich in Rimini gehört habe. Irgendwie verwaschener. Jedenfalls war es immer ziemlich spät abends, und immer, wenn Alex oben in seiner WG im Stockwerk über uns war. Da ist er ja eigentlich nicht mehr sehr häufig, ich glaube, wenn Nina gewollt hätte, wäre er längst schon bei uns eingezogen. Jedenfalls: Kaum war er mal dreißig Sekunden aus der Tür, hat sie schon zum Hörer gegriffen. Seltsam, nicht? Außerdem bin ich mir sicher, dass sie mit einem Mann telefoniert hat. Ich konnte es zwar nicht genau hören, aber die Stimme klang tief.«

»Ich sag's ja: Du wirst langsam taub.«

Normalerweise kann man, jedenfalls mit einem Dackelgehör, die Stimme am anderen Ende der Leitung schon ganz gut hören. Also, nicht Wort für Wort. Aber ob Mann oder Frau – das kriege ich immer mit. Herr Beck schnaubt. Die Sache mit der Taubheit will er einfach nicht einsehen.

»So ein Unsinn. Ich werde nicht taub. Dass ich mir nicht ganz sicher bin, liegt an der nächsten Merkwürdigkeit: Immer, wenn Nina diese seltsamen Telefonate führt, verkrümelt sie sich in ihr Schlafzimmer und macht die Tür hinter sich zu. Fast, als solle das selbst vor mir geheim bleiben. Verrückt, nicht?«

Ich nicke. Beck hat recht. Das ist wirklich merkwürdig. Und was könnte es damit zu tun haben, dass sie sich mit Alex nicht mehr so versteht? Gibt es da einen Zusammenhang? Herr Beck scheint über das Gleiche nachzudenken.

»Vielleicht hat sie sich in einen anderen Mann verliebt. Und mit dem telefoniert sie jetzt immer heimlich.«

»Meinst du? Aber sie hat doch nicht gesagt, dass sie jemand anderes liebt, sondern, dass sie Alex nicht mehr liebt.«

»Tja, das kommt beim Menschen oft auf dasselbe raus. Als ich vor langen Jahren noch bei dem Scheidungsanwalt lebte, habe ich von diesen Geschichten so einige mitbekommen. Die Menschen merken offenbar häufig erst, dass sie ihren alten Partner nicht mehr lieben, wenn ihnen ein neuer begegnet. Müsste dir als Hund doch bekannt vorkommen: Ihr könnt doch auch nicht allein sein.«

Immer diese Spitzen – Beck kann es einfach nicht lassen!

»Lieber ein geselliger Hund als eine eigenbrötlerische Katze. Trotzdem habe ich noch von keinem Hund gehört, der einfach sein Herrchen verlässt, weil ihm ein anderer Zweibeiner irgendwie besser gefällt!«

»Tja, wahrscheinlich seid ihr einfach treuer als die Zweibeiner. Bei denen kommt das häufiger vor. Das menschliche Herz ist kein besonders zuverlässiges Organ.«

Das ist mir beim Menschen in den letzten drei Jahren auch schon aufgefallen. Trotzdem stört mich noch etwas an Becks Theorie.

»Aber nehmen wir mal an, es ist so, wie du sagst. Warum ist Nina dann nicht glücklich? Frisch verliebt sind doch die meisten Zweibeiner kaum zu ertragen vor guter Laune. Nina hingegen war richtig niedergeschlagen. Da stimmt doch etwas nicht!«

»Tja, vielleicht klappt es mit dem anderen nicht so richtig, und sie ist deswegen unglücklich.«

Ich schüttle den Kopf.

»Aber nach deiner Theorie würde sie dann doch einfach Alex behalten wollen. Von wegen Menschen können nicht allein sein und so.«

Herr Beck seufzt.

»Ach, was weiß denn ich? Vielleicht stimmt das auch alles nicht, und es ist etwas völlig anderes faul. Versteh einer die Zweibeiner. Ich nicht.«

Hoppla! Und das aus dem Maul von Herrn Beck! Die Einsicht, etwas geistig nicht zu durchdringen! Schade, dass ich nicht schreiben kann – diesen Tag müsste ich dringend im Kalender notieren!

SECHS

Carolin, da ist eine Frau für dich am Telefon.«

Luisa läuft mit dem Hörer durch die Wohnung und sucht mein Frauchen. Das ist im Bad und hört anscheinend nichts.

»Caaarooo, da ist eine Frau!«

Die Tür vom Badezimmer zum Flur wird geöffnet, Carolin schaut hinaus. »Ich komme gerade aus der Dusche und tropfe alles nass. Notierst du dir mal den Namen und die Nummer? Ich rufe zurück.«

»Sie sagt aber, es sei dringend.«

»Na gut.«

Caro streckt die Hand aus und nimmt den Hörer entgegen, ich nutze die Gelegenheit und trabe ins Bad.

Caro murmelt »einen Moment bitte!« in den Hörer, drückt einmal kurz auf die Tasten und stellt den Apparat ins Regal vor sich. Dann schnappt sie sich ein Handtuch, um sich abzutrocknen.

»So, kann losgehen, ich kann Sie hören. Ich hoffe, Sie mich auch.«

Interessant. Wen meint Caro denn damit? In diesem Moment kommt eine laute Stimme aus dem Hörer im Regal.

»Hallo, Frau Neumann, Langhagen hier. Ich kann Sie ebenfalls gut hören.«

Faszinierend. Man kann also mit dem Hörer auch telefonieren, wenn man ihn sich nicht direkt an den Kopf hält. Das ist mal wieder eine tolle menschliche Erfindung – Donnerwetter! Wäre eigentlich besonders gut geeignet für Hunde und andere Vierbeiner – schließlich können wir so einen Hörer sehr schlecht in der Pfote halten und ans Ohr drücken. Gebannt starre ich den Apparat an. Ich kenne die Stimme zwar nicht, die aus dem Hörer schallt, aber der Name Langhagen kommt mir bekannt vor.

»Hallo, Frau Langhagen, es geht um Henris Eingewöhnung nächste Woche, stimmt's?.«

Langhagen und Henri? Das muss dann ja wohl die Tagesmutter sein. Wie die wohl so klingt, die zweite Mutter? So ähnlich wie Carolin? Neugierig hefte ich mich an Caros Bein und lausche nach der Stimme, die aus dem Telefonhörer kommt.

»Ja, hallo, Frau Neumann. Gut, dass Sie gleich zurückrufen.«

Die Stimme hört sich anders an als die von Carolin, trotzdem sehr nett. Warm und weich. Allerdings klingt sie irgendwie auch nach schlechten Nachrichten. Tatsächlich höre ich der menschlichen Stimme sofort an, ob sie etwas Schönes oder etwas Trauriges zu erzählen hat.

»Also, das ist mir jetzt äußerst unangenehm, aber ich fürchte, ich muss die Betreuung für Henri absagen.«

Oh. Das sind wohl wirklich keine guten Nachrichten. Denn selbst für meine Dackelohren nimmt sich das wie eine drastische Planänderung aus, und solche Änderungen kommen beim Menschen meistens nicht so gut an. Caro sagt erst mal nichts. Dafür fängt Frau Langhagen nach einer kurzen Pause wieder an.

»Ja, ich weiß, das ist jetzt wahrscheinlich ein Schock für Sie – aber wissen Sie, mein Mann hat ein sehr attraktives Angebot aus Norwegen. Er ist Arzt und hier schon lange nicht mehr glücklich. Ich könnte dort auch sofort wieder als Hebamme arbeiten. Wir haben lange mit uns gerungen – aber es ist nun mal so: jetzt oder nie. Irgendwann sind wir sonst zu alt. Nächsten Monat geht es schon los.«

Caro sagt nur *Aha*. Sonst sagt sie nichts. Dafür redet Frau Tagesmutter umso mehr. Es sprudelt geradezu aus ihr heraus.

»Ich weiß, dass das jetzt sehr kurzfristig ist, aber so eine Chance bekommt man nicht alle Tage, und wegen dieser Jobgeschichte meines Mannes hatten wir schon einige schlaflose Nächte. Sie können sich ja gar nicht vorstellen, wie schlimm das hier in Deutschland als Krankenhausarzt ist. Immer dieser Stress, die viele Verantwortung. Mein Mann hat ja mittlerweile gar nichts mehr von unseren eigenen Kindern. Immer morgens so früh raus und abends erst spät heim. Und dann die langen Dienste. Aber in Skandinavien, da ist das alles anders. Da zählt die Familie noch was und die Work-Life-Balance, da werden …«

Caro greift ins Regal und schnappt sich den Hörer. *Klick. Mööööhhhhh*. Jetzt hat sie wohl aufgelegt.

Erstaunt blicke ich zu ihr hoch. Das ist etwas Neues. So beendet Carolin Telefonate eigentlich nie. Ob ihr die Geschichte zu aufregend war? Norwegen. Skandinavien. Work-Life-Balance. Ich muss zugeben, dass ich fast nichts verstanden habe. Das war aber auch nicht nötig. Denn der Stimme konnte man es genau anhören: Hier hatte jemand ein verdammt schlechtes Gewissen. Und wollte es sich von der Seele reden. Aber obwohl Carolin sonst ein ungemein mitfühlender Mensch ist: Gerade jetzt sieht sie überhaupt nicht so aus, als ob ihr das pure Mitgefühl die Sprache verschlagen hätte. Eher so, als habe sie sich urplötzlich und überraschend eine böse Krankheit zugezogen. Sie ist ganz blass um die Nase, und ihre Unterlippe zittert. Jaul! Ob man sich per Telefon bei anderen Menschen anstecken kann? Möglicherweise mit Skandinavien oder Norwegen?

Jetzt schüttelt sich Carolin kurz, greift nach ihrer Wäsche, die auch im Regal liegt, und zieht sich in Sekundenschnelle an. Wow – die hat es aber eilig. Dann geht sie aus dem Bad und klopft an Luisas Tür. Die öffnet.

»Ja?«

»Sag mal, ich muss kurz runter in die Praxis. Henri schläft noch. Kümmerst du dich um ihn, falls er wach wird?«

Luisa, ganz gewissenhafte große Schwester, nickt.

»Geht klar. Aber in einer halben Stunde muss ich weg. Bin mit Hanna im Kino verabredet.«

Was will Caro denn in der Praxis? Soll ihr Marc vielleicht eine Spritze geben? Immerhin kennt er sich als Tierarzt auch ein bisschen mit menschlichen Erkrankungen aus. Jedenfalls hat er meinen Freund Willi mal gerettet, als der im Park plötzlich umgekippt ist. Und als Henri zur Welt kam, wusste er auch, was zu tun ist. Ist ja auch kein Wunder. Zwei- und Vierbeiner sind sich eben doch ähnlicher, als Menschen wahrhaben wollen. Ich beschließe, mich mit Caro in die Praxis runterzumogeln. Zusammen mit Luisa auf den schlafenden Henri aufzupassen ist mir definitiv zu langweilig.

Carolin ist noch so sehr neben der Spur, dass sie mich gar nicht bemerkt, als ich einfach hinter ihr herlaufe. Sie klingelt kurz an der Praxistür im Erdgeschoss unter unserer Wohnung, der Summer geht, und schon sind wir drin. Ein wildes Geruchswirrwarr von verschiedensten Tieren schlägt mir entgegen. Mindestens zwei andere Hunde, eine Katze und ein Kaninchen erkenne ich sofort. Das ist doch mal deutlich spannender als Penn-Nase Henri! Ich will gerade ins Wartezimmer durchlaufen, da werde ich entdeckt. Und zwar nicht von Caro, sondern von Frau Warnke, Marcs Helferin.

»Oh, hallo, Frau Neumann! Und hallo, Herkules! Stimmt was nicht mit dem Superdackel?«

Carolin schaut verwirrt.

»Was? Äh, ach, ist der etwa mitgekommen? Mensch, Herkules, was soll denn das? Das passt mir gerade gar nicht, ich muss mal in Ruhe mit Herrchen sprechen!«

Frau Warnke beugt sich zu mir hinunter.

»Soll ich so lange auf ihn aufpassen?«

Caro schüttelt den Kopf.

»Ist schon okay. Ich nehme ihn dann doch mit rein zu Marc, wenn der Zeit hat.«

»Er ist bestimmt gleich frei.«

Tatsächlich geht keine zwei Minuten später die Tür zu Marcs Behandlungszimmer auf, und ein Junge mit einer Transportbox unter dem Arm kommt uns entgegen. Riecht nach Meerschweinchen. Stehen meiner Meinung nach auf der Liste der langweiligsten Tiere überhaupt ganz oben. Vielleicht sogar noch vor Wellensittichen.

»So, Max, und wenn du noch mal versuchst, deinen Kumpels die Krallen zu schneiden, dann nimmst du bitte die Zange, die ich dir jetzt mitgebe, und lässt dir von einem Erwachsenen helfen. Und ganz wichtig. Der schwarze Strich, den du sehen kannst, ist die Ader. So hoch darfst du auf keinen Fall schneiden, klar?«

Der Junge nickt.

»Gut. Dann grüße deine Eltern von mir.«

Der Junge zockelt ab, Carolin begrüßt Marc, der ihr erstaunt die Tür aufhält.

»Oh, waren wir verabredet?«

»Nein, aber ich muss dringend mit dir sprechen.«

»Lass mich raten«, fragt Marc lachend, »das Trauzimmer im Leuchtturm ist schon ausgebucht.«

Caro sagt dazu nichts, sondern geht an ihm vorbei ins Behandlungszimmer und schließt die Tür. Ich muss richtig Gas geben, damit sie meine Rute nicht einklemmt – also jetzt ist Caro aber wirklich nicht gut drauf! Sie steuert einen der beiden Stühle an Marcs Schreibtisch an und sinkt auf ihm zusammen.

»Marc, es gibt katastrophale Neuigkeiten!«

»Okay – es geht also nicht um das Trauzimmer, nehme ich an.«

Caro schüttelt den Kopf.

»Nein, damit hat es nichts zu tun. Es ist eine echte Katastrophe. Keine gefühlte.«

Nun schaut Marc auch besorgt.

»Was ist denn bloß passiert, Spatzl?«

»Frau Langhagen hat eben angerufen.«

»Wer war jetzt gleich noch mal Frau Langhagen?«

»Die Tagesmutter!«

Caros Stimme klingt schrill und scharf.

Marc hebt beschwichtigend die Hände.

»Entschuldige, dass ich den Namen nicht gleich parat hatte. Okay, die Tagesmutter. Was wollte sie?«

»Sie hat abgesagt, Marc. Sie hat einfach abgesagt. Sie wird Henri nicht nehmen. In vier Wochen beginne ich wieder zu arbeiten, und wir haben keine Kinderbetreuung!« Carolin fängt an zu weinen.

Marc legt seinen Arm um sie.

»Spatzl, ganz ruhig. Mal der Reihe nach: Die hat abgesagt? Aber das geht doch nicht so einfach. Die kann doch nicht kurz vorher anrufen und absagen. Wir haben immerhin einen Vertrag mit der unterschrieben.«

Caro schluchzt und zuckt mit den Schultern.

»Ja, aber was hilft uns der? Die wandert spontan nach Norwegen aus, mit ihrer ganzen Familie. Wir können sie kaum zwingen, in Hamburg zu bleiben. Selbst wenn sie die Kündigungsfrist noch einhält – was nützen denn vier Wochen? So lange dauert doch schon die Eingewöhnung. Und dann ist sie weg.«

Das Schluchzen geht über in heftiges Tränenvergießen.

Marc stöhnt.

»Scheiße. Kann nicht einfach mal irgendetwas nach Plan laufen? Gib mir mal die Nummer von der Alten, die ruf ich jetzt an und erzähl ihr ein paar Takte.«

Caro schluckt.

»Die Nummer gebe ich dir gleich. Aber das bringt doch sowieso nichts.«

»Wir werden sehen. Auf alle Fälle hat die dumme Kuh nach dem Telefonat mit Sicherheit so schlechte Laune wie ich gerade jetzt. Nach den nächsten drei Patienten habe ich eine kleine Lücke, dann kümmere ich mich drum, versprochen.«

Er zieht Carolin sanft zu sich hoch und schließt sie kurz in seine Arme, die wischt sich die Tränen von der Wange.

»Okay, dann bis später.«

Beim Abendessen ist die Stimmung noch gedrückt. Immerhin heult Carolin nicht mehr. Luisa hat zur allgemeinen Aufmunterung ein paar Muffins gebacken und mich heimlich einen probieren lassen. Lecker! Meine Laune ist daraufhin schlagartig blendend – vielleicht sollte Caro einen probieren? Aber sie betrachtet nur düster Henri, der seinen Muffin genüsslich bearbeitet, sich eine Hälfte in den Mund steckt, die andere Hälfte zerbröselt und auf seinem Pulli und seiner Hose verteilt. Schließlich kommt Marc aus der Praxis und setzt sich zu uns in die Küche.

»Und«, will Carolin wissen, »hast du mit ihr gesprochen?«

Marc nickt.

»Tja, es ist leider so, wie du sagst. Im April wandern sie aus. Sie hatte allerdings ein mörderschlechtes Gewissen und hatte sich schon bei befreundeten Tagesmüttern und Kinderkrippen nach Alternativen für uns umgehört. Hier ...«, er kramt einen Zettel aus seiner Hosentasche, »... hat sie ein paar Nummern für uns notiert. Zwei davon habe ich schon angerufen, bei einer der Adressen können wir nächste Woche mal vorbeischauen. Die Purzelzwerge. Ist eine Elterninitiative. Zwölf Kinder und drei Erzieher. Wirklich niedlich. Die haben eigentlich eine meterlange Warteliste, Frau Langhagen hat aber trotzdem ein Vorstellungsgespräch für uns klargemacht.«

Carolin schnaubt.

»Ach? Dann soll ich der jetzt wohl auch noch dankbar sein, oder wie?«

»Nein, so meinte ich das doch nicht. Ich wollte nur sagen, dass sie sich drum gekümmert hat, weil ihr auch klar ist, wie unmöglich ihre Absage ist. Und normalerweise hätte man sich da anmelden müssen, noch bevor man überhaupt über Sex nachgedacht hat.«

»Papa!«, ruft Luisa empört. »Du bist voll peinlich!«

Marc lacht.

»Ist ja gut, Schatz – ich wollte nur einen kleinen Witz machen, damit Carolin mal wieder lacht.«

Diese lächelt daraufhin. Gequält, so sieht es jedenfalls aus der Fußbodenperspektive aus.

»Ist ja gut. Für mich ist eben heute Nachmittag eine Welt zusammengebrochen. Ich dachte, es wäre alles perfekt geregelt und Henri wäre gut versorgt. Daniel und ich haben einen Riesenauftrag an Land gezogen, ich muss spätestens in vier Wochen wieder dabei sein, er schafft das alleine nicht. Und unabhängig davon: Ich will auch wieder arbeiten. Die Zeit hier mit den Kindern ist toll, aber ich vermisse meinen Job.«

»Spatzl, das verstehe ich doch.«

»Nein, tust du eben nicht. Für dich hat sich auch kaum etwas seit der Geburt geändert. Für mich aber schon!«

»Carolin, ich widerspreche dir da gar nicht. Aber nun lass uns doch mal diese Liste abtelefonieren und nächste Woche zu den Purzelzwergen gehen. Und wenn alle Stricke reißen, haben wir ja immer noch meine Mutter. Hedwig würde sich bestimmt sehr gern um Henri kümmern.«

»Nein!« Caro springt vom Stuhl auf. »Das kommt überhaupt nicht in die Tüte! Auf keinen Fall erzieht deine Mutter meinen Sohn! Die mischt sich schon genug in unser Leben ein.«

Luisa und Marc starren Carolin an, zunächst sprachlos. Dann räuspert sich Marc.

»Also, bitte rede nicht so von meiner Mutter. Und schon gar nicht, wenn Luisa dabei ist.«

»Was ist denn falsch mit der Oma?«, will Luisa auch prompt wissen.

»Und was heißt hier eigentlich *dein* Sohn? Das ist unser Kind.«

Oweiowei! Hier klingt aber jemand so richtig angefasst. Und ich kann Marc verstehen. Warum ist Carolin denn auf einmal so biestig?

Caro sagt erst einmal nichts, sondern verlässt die Küche.

Marc schüttelt den Kopf und greift nach einem Muffin, Henri sagt etwas, das wie ein verwundertes *Gangagaah* klingt, Luisa guckt dafür sehr erstaunt.

»Papa, was hat Caro denn?«

»Ich glaube, einen extrem schlechten Tag. Diese blöde Tagesmutter will Henri jetzt doch nicht nehmen.«

»Aber warum ist sie denn dann sauer auf dich? Du hast doch gar nichts gemacht.«

Eine sehr berechtigte Frage, die ich mir auch gerade gestellt habe.

»Tja, ich glaube, sie macht sich einfach Sorgen und ist deswegen so schlecht gelaunt.«

»Heißt das, dass ihr doch nicht heiratet?«

Marc reißt die Augen auf.

»Was? Nein, natürlich heiraten wir. Das hat damit gar nichts zu tun. Man kann sich doch mal streiten und sich trotzdem doll lieb haben. Aber du bringst mich auf eine gute Idee: Wir sollten uns am Wochenende ein paar von den Orten anschauen, an denen wir heiraten könnten. Vielleicht verbessert das Carolins Laune.«

Luisa nickt begeistert. Das Thema Hochzeit scheint ihr sehr zu gefallen.

»Aber pst! Nicht verraten! Wir sollten Caro damit überraschen. Wir tun einfach so, als wollten wir einen Ausflug machen, okay? Und dann, schwups, stehen wir auf einmal vor dem Leuchtturm, auf dem wir heiraten könnten.«

»Alles klar, Paps! Das ist eine klasse Idee.«

Das finde ich ehrlich gesagt auch. Vorausgesetzt, ich darf mitkommen. Aber dafür werde ich schon sorgen.

SIEBEN

»Daniel, bilde ich mir das ein, oder stehen Teile deines Hausstandes in unserem Werkstattflur?«

Zwei Tage sind vergangen, und Caros Laune hat sich immer noch nicht wirklich gebessert. Aktuell hat Daniel darunter zu leiden. Wir wollten eigentlich nur kurz in der Werkstatt nach Post schauen, aber kaum hatte Carolin mehrere ihr unbekannte große Kartons im Flur vor der Küche entdeckt, wurde der arme Daniel zum Gespräch zitiert. Und zwar in einem Ton, den ich sonst nur vom alten von Eschersbach im Umgang mit unwilligem Hauspersonal kenne. Daniel guckt denn auch gleich ganz ertappt.

»Äh, ja, tatsächlich, das sind ein paar Sachen, die nicht mehr in Volksdorf bleiben können.«

»Sachen, die nicht mehr in Volksdorf bleiben können? Wie habe ich denn das zu verstehen?«

Ich fange an zu frösteln, so kalt und scharf klingt Caros Stimme.

»Na ja, sie sind halt ... also sie erzeugen ... also gewissermaßen haben die Schwingungen ...«

»Daniel!«, unterbricht Caro rüde sein Gestammel. »Was genau versuchst du mir da zu erklären?«

Er räuspert sich.

»Es ist so: Claudia kann wegen der vielen elektromagnetischen Schwingungen in unserem Haus nicht mehr schlafen. Ihre Energien fließen nicht mehr frei. Deswegen haben wir angefangen, alle größeren elektronischen Geräte, die wir nicht dringend brauchen, zu entfernen. In den Kartons sind mein Fernseher, meine Stereoanlage und mein Rechner. Bis ich weiß, wohin damit, wollte ich sie erst mal hier parken.«

Carolin schüttelt den Kopf.

»Das glaube ich jetzt nicht – die hat doch eine Vollmeise. Und du offen gestanden auch, dass du so einen Zirkus mitmachst. Musst du ja selbst wissen – aber hier kann der Krempel nicht stehen bleiben.«

Gut, ich finde auch, dass Daniel momentan seltsame Sachen treibt. Und ohne zu wissen, was genau elektromagnetische Schwingungen sind, habe ich das Gefühl, dass die Geschichte oberfaul ist und schwer in Richtung Herzchakra geht. Aber einem guten Freund wie Daniel hätte man das schon etwas mitfühlender sagen können. Daniel scheint der gleichen Meinung zu sein, denn obwohl der geduldigste Mensch unter der Sonne, schaut er mittlerweile ziemlich säuerlich.

»Ist ja gut, Caro. Reg dich ab. Du musst Claudia und mich nicht verstehen. Ist schon in Ordnung. Allerdings ist es nun mal so, dass sie gerade eine Ausbildung zur Yoga-Lehrerin macht und sich deswegen in einer extrem sensiblen Phase befindet. Sie überlegt auch, bei uns zu Hause Kurse anzubieten. Und dafür muss sie sich dort hundertprozentig konzentrieren können. Glaube es oder lass es bleiben: Das geht eben nicht, wenn dort so starke Kraftfelder bestehen. Und da mir die berufliche Zukunft meiner Freundin sehr wichtig ist, nehme ich das ernst und kümmere mich um das Problem. Und wenn das bedeutet, dass mein Fernseher raus muss, dann ist es eben so.«

Mit den Händen in den Hosentaschen stapft Daniel auf die Kartons zu und schiebt sie mit dem Fuß noch ein Stück näher an die Wand.

»Ich räume die Sachen gleich in den Keller. Ich glaube, da ist noch Platz.«

»Ja, mach das. Und dann kümmere dich gern weiter um das berufliche Fortkommen deiner Freundin. Wie es mit der Werkstatt weitergeht, ist ja nicht so wichtig.«

Schneller, als ich das von ihm gewohnt bin, dreht sich Daniel um und steht keine zwei Sekunden später neben Carolin und mir.

»Sag mal, was ist heute eigentlich mit dir los? Deine Laune ist unerträglich. Sonst bist du doch immer gut gelaunt, wenn du in die Werkstatt kommst.«

»Ach, nix.«

Hä? Warum erzählt sie Daniel denn nicht von dem Ärger mit der Tagesmutter? Das geht ihn doch genauso etwas an. Schließlich hat auch er ein Problem, wenn Caro nicht wieder anfängt zu arbeiten.

»Nix? Das glaube ich dir nicht. Stress mit Marc?«

»Nee.«

»Nun komm schon! Ich lass hier die Hosen runter von wegen Yoga und Chakra – und ich bin mir ziemlich sicher, du hast mich schon für den Titel ›Weichei des Jahres‹ nominiert –, da kannst du mir auch ruhig sagen, wo dich der Schuh drückt.«

Immer noch Schweigen. Kurzentschlossen packt Daniel Caro und drückt sie ganz fest. Die schnappt überrascht nach Luft, aber Daniel lässt sie nicht los.

»Hey, wir sind doch Freunde. Also, was ist los?«

»Ach, ich will dich nicht beunruhigen.«

Jetzt lässt Daniel sie los und grinst.

»Keine Sorge, das wirst du nicht. Was könnte denn beunruhigender sein als die Tatsache, dass meine Freundin meine Wohnung quasi unter meinem Arsch weg in ein Yoga-Zentrum verwandelt?«

Caro kichert.

»Siehst du! Und trotzdem bin ich noch gut gelaunt. Also heraus mit der Sprache: Was ist los?«

Caro seufzt.

»Die Kinderbetreuung für Henri ist futsch. Die Tagesmutter, die wir gefunden haben, hat vorgestern völlig überraschend abgesagt. Wandert nach Norwegen aus. Und jetzt weiß ich nicht, was ich machen soll. Ich habe gestern schon mit fünf weiteren Tagesmüttern und Kinderkrippen telefoniert – aber so kurzfristig hat natürlich niemand mehr einen Platz. Nächste Woche haben wir noch ein Gespräch bei den Purzelzwergen, aber wenn das auch nichts wird, weiß ich echt nicht mehr weiter.«

Daniel schüttelt ungläubig den Kopf.

»Die Purzelzwerge? Klingt abenteuerlich.«

»Nee, ist eine ganz niedliche Elterninitiative. Denen ist wohl auch jemand abgesprungen, und jetzt dürfen wir mit fünf anderen Elternpaaren zum Vorsingen. Echt ätzend, das sage ich dir!«

»Okay, dann verstehe ich deine schlechte Laune. Aber irgendwas wird sich schon finden, ganz bestimmt.«

Caro zuckt mit den Schultern.

»Weiß nicht. Jetzt mache ich mir natürlich Sorgen um unseren Auftrag. Deswegen wollte ich dir das auch nicht sagen, bevor ich keine andere Lösung habe. Damit du dir nicht auch noch Sorgen machst.«

»Das ist doch Quatsch. Ich mach mir keine Sorgen. Höchstens um meine Freundin Carolin. Aber was ist denn für eine Übergangszeit mit Oma Hedwig? Kann die nicht aufpassen? Die ist doch ganz resolut.«

Caro rollt mit den Augen.

»*Resolut* trifft den Nagel auf den Kopf. Da wird Hedwig

sich nicht nur um die Erziehung von Henri, sondern auch gleich um die aller anderen Familienmitglieder kümmern. Nein, danke! Das brauch ich wirklich nicht! Dann nehme ich Henri lieber mit und setze ihn hier in einen Laufstall.«

Daniel hebt beschwichtigend die Hände.

»Schon in Ordnung. War nur 'ne Idee. Ich räum jetzt mal die Kartons weg.«

Pfuhhh! Hoffentlich sorgt wenigstens Marcs Idee mit dem Geheimausflug für bessere Laune bei seiner Süßen. So ist sie wirklich ungenießbar!

Das Wetter spielt jedenfalls schon mal mit bei Marcs Plan. Am Sonntagmorgen werde ich von Sonnenstrahlen geweckt, die mich in der Nase kitzeln. Ich rolle mich aus meinem Körbchen und schnuppere – ja, das wird ein guter Tag! Eindeutig! Marc und Luisa haben ihn auch perfekt vorbereitet – sie haben heimlich einen Picknickkorb gepackt mit einem heimlich gebackenen Kuchen, heimlich geschmierten Broten und einer ebenso heimlich kalt gestellten Flasche Sekt. Die Windeltasche für Henri ist auch schon neu bestückt, und ein Ersatzschnuller liegt griffbereit. Auch ihren kleinen Bruder selbst hat Luisa schon startklar gemacht und angezogen. Um meine Teilnahme muss ich nicht bangen. Ich habe beobachtet, dass Luisa ein sorgfältig verpacktes Tütchen Hundefutter und meinen Trinknapf eingesteckt hat – es kann also losgehen! Na gut, die Hauptperson fehlt noch, die durfte heute ausschlafen.

In der Küche blubbert die Kaffeemaschine, Marc ist dabei, Carolin eine Tasse von dem Zeugs mit dem Milchschaum obendrauf zu machen. Warme Milch – eklig! Eigentlich nur was für Katzen, aber Carolin liebt es. Und in diesem Moment geht Marc auch schon gut gelaunt mit besagter Tasse in Richtung Schlafzimmer, um Carolin damit zu wecken. Ich wetze gleich hinterher – wenn Frauchen morgens auch noch von ihrem Lieblingsdackel begrüßt wird, kann doch wohl nichts mehr schiefgehen mit der guten Laune.

»Guten Morgen, mein Schatz!«

Marc setzt sich neben Caro aufs Bett und hält ihr die Tasse in sicherem Abstand unter die Nase. Caro gibt ein leises *Mhmmm* von sich. Ich hüpfe auf das Fußende und mogle mich vorsichtig nach oben, um einen besseren Blick zu haben. Der menschlichen Nase bei der Arbeit zuzugucken ist nämlich meistens ziemlich unterhaltsam. So auch diesmal: Als Carolin den Duft von frischem Kaffee erschnuppert, kräuselt sich ihre Nase, und die Sommersprossen auf ihr bilden ein lustiges Muster. Dann macht sie die Nase wieder lang, dann wieder kraus, und aus dem leisen *Mhmmm* wird ein etwas lauteres, und schließlich schlägt sie die Augen auf.

»Oh, hallo, ihr beiden! Das ist ja eine nette Überraschung. Kaffee ans Bett – danke dir!«

Sie rappelt sich im Bett hoch, Marc reicht ihr die Tasse.

»Ja, und es wird heute nicht die einzige Überraschung bleiben. Luisa und ich haben generalstabsmäßig einen kleinen Ausflug mit dir und Henri geplant. Das Wetter ist toll, der Frühling endlich richtig da – also, auf geht's!«

Er gibt ihr einen Kuss.

»Wow! Und wohin?«

Marc schüttelt den Kopf.

»Das wird nicht verraten. Du wirst es schon sehen.«

Kurze Zeit später sitzen alle im Auto, ich liege zu Caros Füßen, und Marc steuert unser erstes Ziel an, das Luisa gewissenhaft auf einem Zettel notiert und ihm kurz vorher unter die Nase gehalten hat.

»Ihr alten Geheimniskrämer! Jetzt könnt ihr mir doch verraten, wohin es geht!«

»Kommt überhaupt nicht in Frage. Abwarten, meine Liebe!«

Caro seufzt, dann beugt sie sich zu Marc hinüber und gibt ihm einen Kuss auf die Wange. Super! Marcs Plan funktioniert: Caro ist glücklich, und der ganze Ärger der letzten Tage scheint vergessen.

Wir fahren eine ganze Weile, dann wird Marc langsamer und hält schließlich an.

»So. Bleib mal einen Moment sitzen, ich hole etwas.«

Marc steigt aus und öffnet kurz darauf Caros Wagentür.

»Bitte schön!«

Er hält ihr irgendetwas entgegen. Ich blinzele ins helle Sonnenlicht, um es zu erkennen. Ein langstieliges Glas. Offenbar hat Marc die Flasche Sekt geköpft.

»So, mein Spatzl! Willkommen auf unserer Hochzeits-Erkundigungstour. Erste Station: Priörinnenhaus des ehemaligen Klosters Uetersen. Prost – auf unsere Hochzeit!«

Caro strahlt, dann klirren die Gläser, und die beiden trinken einen Schluck. Henri macht vom Rücksitz aus deutlich, dass er auch durstig ist, Luisa hat sogar eine Trinkflasche für ihn griffbereit. Klasse – heute passt einfach alles! Ist irgendwie deutlich schöner als die Tage, an denen alles schiefgeht.

Caro stellt ihr leeres Glas auf den Fahrersitz, dann steigt sie aus, und ich hüpfe gleich hinterher. Vor uns steht ein ziemlich großes Haus, das an der einen Seite von Efeu umrankt wird. Eigentlich scheinen es sogar eher zwei bis drei Häuser zu sein, die ein bisschen verwinkelt ineinander übergehen. Die Fenster sind auch groß und haben viele Sprossen, die Türen sehen aus, als ob sie in zugemauerten Torbogen liegen.

»Wow – wie toll ist das denn!«, ruft Carolin begeistert. »Das ist ja ein richtiges Schloss!«

Ich betrachte das Haus noch einmal gründlich und schüttle den Kopf. Innerlich wohlgemerkt, denn ich bin ja ein höflicher Dackel. Aber ich kann meine vornehme Abstammung nicht verleugnen, und natürlich ist dieses große Haus kein Schloss, sondern bestenfalls ein hübsches Gehöft. Diesen Unterschied erkennt man wohl nur, wenn man selbst auf einem Schloss geboren ist. Eine Bürgerliche wie Carolin ist damit offensichtlich überfordert. Nun ja, sie kann nichts dafür – so ist es eben.

Ich laufe ein paar Schritte von Carolin weg und schaue mich interessiert um. Immerhin, das Gehöft scheint einen netten kleinen Park zu haben. Es riecht nach den ersten Blumen, und neben dem Weg gibt es einen sorgfältig geschnittenen Rasen. Der Gutsherr scheint also einen Gärtner zu beschäftigen. Sehr löblich – bei uns zu Hause ist leider Marc für das Rasenmähen zuständig, was er aber fast nie macht. Das ist zwar zum Umherstreifen im Garten nett, gehört sich aber eigentlich nicht. Der alte von Eschersbach hätte so eine ungepflegte Wiese hinter dem Schloss auf keinen Fall durchgehen lassen.

Luisa kommt zu mir gelaufen.

»Schön ist es hier, oder, Herkules?« Sie bückt sich und krault mich. »Papa sagt, drinnen gibt es ein Zimmer, das fast wie eine Kirche aussieht, und da wird man dann getraut. Dann ist es gar nicht mehr so schlimm, dass Papa und Caro nicht in einer echten Kirche heiraten. Und die Standesbeamten geben sich hier auch ganz viel Mühe, also fast so wie der Pastor in der Kirche. Klasse, oder?«

Ich kenne mich mit dem Thema ja nicht so aus. Genau genommen war ich erst einmal im Leben in der Kirche. Nämlich an Weihnachten vor Henris Geburt. Dort war es sehr laut und unglaublich voll, und am Ende gab es ein dermaßen dröhnendes Glockengeläut, dass ich geflüchtet bin. Für mich ist die Sache mit der Kirche also definitiv nichts. Aber wenn Marc für die Hochzeit nun etwas sucht, was so ist wie eine Kirche – nämlich mit einem solchen Raum und einem Menschen, der sich so benimmt wie ein Pastor –, dann frage ich mich, warum Caro und Marc nicht gleich in einer echten Kirche heiraten. Das wäre doch viel einfacher. Nichts gegen unseren kleinen Ausflug, aber warum suchen wir denn etwas, was wie eine Kirche ist, ohne eine Kirche zu sein? Wo es doch ziemlich viele echte Kirchen gibt? Rätsel über Rätsel bei den Zweibeinern …

Inzwischen hat Marc auch Henri aus seiner Sitzschale geschält und in seinen Buggy gesetzt. Der Kleine ist begeistert und klatscht immer wieder in die Hände. Ich kann's verstehen – für ihn muss Autofahren ähnlich langweilig wie für mich sein, denn von dieser Babyschale aus kann Henri bestimmt nicht richtig aus dem Fenster gucken.

»So, dann lasst uns mal reingehen. Frau Holtrop wartet schon auf uns, sie wird uns das Trauzimmer zeigen und auch die Räumlichkeiten, in denen wir später feiern könnten. Zu dem alten Gemäuer hier gehört nämlich auch ein sehr schönes Restaurant.«

An der Tür werden wir von einer jungen Frau begrüßt. Ob das die Gutsherrin ist? Dafür sieht sie für meinen Geschmack eigentlich zu leger aus. *Aber was will man machen*, hätte der alte Eschersbach gesagt, *die jungen Hühner machen ja doch, was sie wollen*. Da war seine eigene Schwiegertochter nicht anders, die lief auch rum, wie sie wollte, obwohl sie mit dem jungen Schlossherrn verheiratet war.

»Hallo, Sie müssen Herr Wagner sein, richtig?«, strahlt die Frau mein Herrchen an und reicht ihm die Hand.

Der nickt.

»Genau, und das sind meine Verlobte, Frau Neumann, und unsere Kinder Luisa und Henri.«

Hey, und was ist mit mir? Normalerweise stört es mich nicht, beim menschlichen Vorstellungszeremoniell außen vor gelassen zu werden. Aber wenn wir hier auf einem Gut sind, sollte man Carl-Leopold von Eschersbach schon erwähnen. Das würde auf alle Fälle Eindruck machen, auch wenn hier nur der niedere Landadel residiert. So viel Zeit muss einfach sein!

Dennoch werde ich schmählich ignoriert, und so dackle ich im wahrsten Sinne des Wortes einfach hinterher. Hinter der Tür kommen wir in eine Halle, von der mehrere Türen abgehen sowie eine Treppe. Frau Holtrop nimmt die ersten Stufen, wir hinterher. Oben angekommen öffnet sie eine nächste Tür – und selbst ich kleiner, ignoranter Hund bin platt: Vor uns liegt ein heller, großer Saal, der ganz locker mit dem großen Salon in Schloss Eschersbach mithalten kann. Wahrscheinlich sogar mit dem Ballsaal, aber den habe ich selbst nur einmal ganz kurz und durch Zufall gesehen. Und danach war er für mich, nachdem ich dort aus der Not heraus auf das Parkett gepinkelt hatte, allerstrengstens verboten. Meine Erinnerung daran ist demzufolge nicht besonders gut – aber dieser Saal ist toll. Sieht allerdings überhaupt nicht wie unsere kleine Kirche aus.

Meine Menschen schweigen andächtig, sie sind bestimmt auch beeindruckt.

Caro räuspert sich. »Und das hier ist nur das Trauzimmer?«

Frau Holtrop nickt.

»Genau. Der ehemalige Konventsaal. Dieses Klostergebäude wurde 1664 gebaut, der Saal ist also schon fast 350

Jahre alt. Und ich finde, immer noch sehr eindrucksvoll. Ihren Gästen wird es bestimmt gefallen, und sie hätten sicherlich alle Platz. Steht Ihr Termin denn schon genau fest?«

»Der fünfzehnte Juni wäre toll, aber dafür sind wir wahrscheinlich schon ein bisschen spät dran, oder?«, will Marc wissen.

Die junge Frau zuckt mit den Schultern.

»Das muss ich nachsehen. Wenn Sie allerdings mit dem Wochentag ein bisschen flexibel sind, finden wir garantiert noch eine Lücke im Juni. Sie können hier nämlich an jedem Tag im Jahr heiraten.«

Caro räuspert sich erneut.

»Also, ich finde das hier auch wunderschön, aber unsere Hochzeitsgesellschaft ist nicht besonders groß. Ich frage mich, ob wir in diesem Saal nicht ein wenig verloren wirken würden.«

»Wie viele Gäste erwarten Sie denn?«

»Na, außer meinem Mann und mir die beiden Kinder, meine Eltern und meine Schwiegermutter. Macht schon mal fünf Erwachsene und zwei Kinder. Dann die beiden Trauzeugen mit Partner, das sind noch mal vier Erwachsene. Somit insgesamt elf Leute.«

»Tja, das sind wirklich nicht besonders viele …«

»Moment mal«, widerspricht Marc, »ein paar mehr Gäste haben wir vielleicht doch, glaube ich. Mehr aus der Familie oder enge Freunde würde ich schon noch gern einladen.«

»Welche Familie denn noch? Darf ich dich daran erinnern, dass wir beide Einzelkinder sind?«

»Ja, stimmt schon – aber ich dachte, meine Cousine Edda wäre vielleicht ganz gern dabei. Sie ist wirklich sehr nett.«

»Marc, von dieser Cousine höre ich heute zum ersten Mal.«

»Und was ist mit Daniel? Den willst du doch nicht etwa *nicht* einladen.«

Stimmt. Was ist mit Daniel? Wenn der auch kommt, nimmt er bestimmt Claudia mit. Und die wiederum nimmt bestimmt Cherie mit. Also, Marc hat ganz recht: Daniel müssen wir unbedingt einladen!

Caro seufzt.

»Klar, Daniel. Aber dann müssen wir auch Claudia einladen, und die Frau wird mir immer suspekter. Ich habe eigentlich keine Lust, mir meine Hochzeit durch irgendwelches Esoterik-Gequatsche ruinieren zu lassen.«

»Esoterik-Gequatsche?«

Marc zieht die Augenbrauen hoch.

»Na ja, die macht doch jetzt 'ne Umschulung zur Yoga-Lehrerin.«

»Soviel ich weiß, sind Yoga und Esoterik aber nicht dasselbe.«

Marc grinst.

Ich schaue ratlos von einem zum anderen. Gut, Yoga ist, wenn man im Garten liegt und atmet. Aber was bitte ist *Esoterik*?

»Dann eben Yoga-Gequatsche. Kommt für mich aufs Gleiche raus. Wenn wir wirklich nur im ganz kleinen Kreis mit Familie feiern, kann ich Daniel schon erklären, warum er nicht dabei ist.«

Och nö! Das finde ich richtig doof!

»Nun ja, wir haben hier auch manchmal Trauungen im ganz kleinen Kreis«, mischt sich Frau Holtrop wieder ein. »Da können Sie anschließend im Kaminzimmer feiern, das hat genau die richtige Größe für eine kleinere Gesellschaft. Soll ich es Ihnen mal zeigen?«

»Ja«, Caro nickt, »das ist eine gute Idee.«

»Obwohl – ich finde, wir sollten auch die größere Variante noch mal diskutieren«, beharrt Marc.

»Selbstverständlich zeige ich Ihnen auch gern die größeren Räume. Sie können es sich ja auf jeden Fall noch einmal durch den Kopf gehen lassen. Man heiratet schließlich nur einmal im Leben.«

Carolin kichert.

»Da liegen Sie im Hinblick auf meinen Zukünftigen leider falsch, Frau Holtrop. Der ist Wiederholungstäter.«

Frau Holtrop lacht ebenfalls, aber es klingt ein bisschen unsicher. Marc lacht nicht. Täusche ich mich, oder findet er das überhaupt nicht komisch?

»Ich hoffe doch sehr«, sagt er dann säuerlich, »dass ich nicht unter Ausschluss der Öffentlichkeit heiraten muss, weil es für mich das zweite Mal ist.«

Nein, ich täusche mich nicht. Marc findet es nicht komisch. Offenbar ist seine erste Ehe nicht gerade sein Lieblingsthema. Das wundert mich freilich nicht. Sabine, seine Exfrau, ist wirklich furchtbar. Ich kenne niemanden, der sie mag. An die würde ich auch nicht gern erinnert werden.

Carolin gibt sich ungerührt.

»Also wirklich, nun stell dich mal nicht an. Du weißt genau, wie ich das gemeint habe.«

Marc wirft ihr einen bösen Blick zu, sagt aber nichts mehr. Luisa hingegen scheint das kleine Scharmützel auf eine Idee gebracht zu haben.

»Jetzt weiß ich, wen ihr noch einladen müsst – Mama!«

Ich muss mich korrigieren: Ich kenne doch jemanden, der Sabine mag. Aber ich finde, die eigene Tochter zählt nicht.

ACHT

Auf der Fahrt zu unserem nächsten Besichtigungsziel ist Carolin nicht mehr ganz so gut gelaunt. Ich schätze mal, dass die Aussicht, Sabine auf ihrer eigenen Hochzeit zu begegnen, daran schuld ist. Auch Marc ist auf einmal ganz still. Ob er überlegt, wie er Luisa das mit Sabine wieder ausreden kann? Ich ahne es schon: Die Einladungspolitik bei einer menschlichen Hochzeit ist sehr diffizil. Ich sollte meinem Schöpfer immer wieder danken, dass ich nur ein kleiner Hund bin, der glücklich ist, wenn sein Napf gut gefüllt ist und ihn jemand ab und zu am Bauch krault.

»Also«, bricht Marc schließlich das Schweigen, »vielleicht ist der Plan mit dem ganz engen Kreis doch ziemlich gut. Und unser nächstes Ziel würde perfekt dazu passen. Ich glaube, da passen überhaupt nur elf Leute ins Trauzimmer.«

»Da bin ich aber mal gespannt.«

Ich kann es zwar nicht sehen, aber an ihrer Stimme höre ich, dass Caro wieder lächelt. Sehr schön! Ich hatte schon Angst um unseren Ausflug. Wenn von drei Menschen – Henri zähle ich in diesem Zusammenhang nicht mit – einer schlecht gelaunt ist, sind es meiner Erfahrung nach bald alle.

Marc nimmt eine Hand vom Lenkrad und legt sie vorsichtig auf Caros Knie.

»Ein bisschen musst du dich gedulden. Es ist noch ein ganzes Stückchen hin. Ein wunderschöner Ort. Ich hatte sowieso überlegt, ob wir unsere Trauung nicht mit einem kleinen

Kurzurlaub verbinden, und auch dazu würde diese Location hervorragend passen.«

Die Fahrt dauert tatsächlich noch eine ganze Weile. Ich merke, wie mein Magen zu knurren anfängt. Hoffentlich kommt als Nächstes der Picknickkorb zum Einsatz! Nur gut, dass dort auch ein Tütchen für mich drin schlummert.

Als wir endlich ankommen und ich aus dem Auto hüpfe, sehe ich erst einmal: nichts! Also, jedenfalls nichts, was so aussieht, als ob man dort als Mensch heiraten könnte. Denn es gibt absolut kein Gebäude, sondern nur sehr viel Gras. Genau genommen stehen wir auf einer riesigen Wiese. Am Horizont scheint die Wiese sogar von einer Mauer umgeben zu sein, die ebenfalls aus Wiese besteht. Auf der Mauer stehen und liegen Tiere herum, dem Geruch nach Schafe. Interessant. Will Marc etwa vorschlagen, auf Hochzeitsgäste zu verzichten und stattdessen ein paar Schafe einzuladen?

Auch Carolin schaut sich erstaunt um.

»Was wollen wir denn hier? Am Deich?«

Stimmt. Die grüne Mauer heißt Deich. Das weiß ich noch aus meinem Urlaub in St. Peter-Ording. Marc nimmt Caro an die Hand.

»Genau hier wollen wir nichts. Es ist noch ein bisschen zu laufen. Guck mal, dahinten ist es!«

Marc zeigt auf etwas, und ich folge mit dem Blick der Richtung, in die seine Hand zeigt. Dort steht ein sehr, seeehr hoher Turm, links und rechts von ihm zwei Häuser.

»Zu dem Leuchtturm?«

Marc nickt.

»Genau.«

Aha, ein Leuchtturm. Was das wohl ist? Na, ich werde es ja gleich aus der Nähe sehen. Allerdings ist das noch ein ganzes

Stück weit weg. Ich wäre dann doch erst mal für ein ausgedehntes Picknick. Nicht auszudenken, einer von uns könnte auf dem Weg zu diesem Turmdings einen Schwächeanfall erleiden. Zwischen lauter Schafen! Ich setze mich auf meinen Po und beginne zu jaulen. Luisa hockt sich neben mich.

»Herkules hat bestimmt Hunger. Ich übrigens auch. Wollen wir nicht erst einmal unser Picknick machen?«

»Das ist eine gute Idee. Wir haben ohnehin noch ein wenig Zeit. Wir können den Turm erst in einer Stunde besichtigen.«

Kurz darauf sitzen wir auf der Picknickdecke und genießen die mitgebrachten Köstlichkeiten, wobei sich Henri auf Bananenstückchen beschränkt und ich mich auf Trockenfutter. Caro und Marc trinken noch ein Glas Sekt. Versonnen schaut Carolin zum Leuchtturm rüber.

»Toll, das ist der Leuchtturm, über den ich gelesen habe. Das ist ja wie im Märchen.«

»Das Trauzimmer ist auf der vierten Plattform. Also, es sind ziemlich genau fünfundsechzig Stufen zum Glück.« Er lächelt und gibt ihr einen Kuss. »Zu Fuß müsste es von hier aus ungefähr eine Dreiviertelstunde sein, na ja, mit Henri wahrscheinlich eher eine gute – aber man kann auch eine Kutsche mieten.«

Caro hält ihm ihr Glas zum Nachfüllen hin.

»Ich hätte nicht gedacht, dass du so kreativ bei der Hochzeitsvorbereitung wirst! Das gefällt mir gut! Sehr gut sogar.«

Sie beugt sich zu Marc hinüber, und dann küssen sie sich wieder.

Während die beiden mit Romantik beschäftigt sind, mache ich mir ganz andere Gedanken. Fünfundsechzig Stufen! Ich hoffe, die liegen nicht zu weit auseinander. Für mich als

Fast-Dackel kann das zum Problem werden. Meine Beine sind zwar nicht so kurz wie die meiner Mama – aber richtig lang sind sie eben auch nicht. Ab einem gewissen Stufenabstand kann ich nicht mehr laufen, sondern muss richtig springen. Und das fünfundsechzigmal – keine schöne Vorstellung! Misstrauisch äuge ich zu dem Turm – ob mich Luisa vielleicht tragen kann? Und apropos tragen: Was ist eigentlich mit Henri? Dass der bis zum Sommer noch laufen lernt, wage ich zu bezweifeln.

»Na, ihr seid ja ganz schön früh dran mit eurem Picknick! Riecht aber lecker!«

Ein großer, zotteliger Hund ist neben uns aufgetaucht und betrachtet uns interessiert.

»Wieso früh? Es ist bestimmt schon Mittag. Da gibt es bei uns immer etwas zu futtern.«

»Nein, ich meine: früh im Jahr. Normalerweise ist es jetzt Menschen doch noch zu kalt, um so lange draußen zu sitzen. Im Sommer sind immer ganz viele von ihnen hier, aber momentan ist Besuch nicht so häufig. Der Schäfer hat es auch nicht gern um diese Jahreszeit. Wir haben viele Lämmer, und die Muttertiere sind schnell genervt von Besuch.«

Zottel ist hier also der Schäferhund. Mittlerweile haben ihn auch meine Menschen gesehen.

»Oh, der ist aber niedlich! Guck mal, Papa! Meinst du, der hat Hunger? Vielleicht will er ein paar von unseren Hundeleckerlis?«

Bitte? Spinnt Luisa jetzt völlig? Finger weg von meinen Leckerlis! Ich knurre ein bisschen. Zottel stellt überrascht die Ohren auf.

»Hey, Kumpel, ruhig Blut! War nicht meine Idee!«

Marc lacht.

»Nee, Luisa, lass mal! Erstens passt dein Vorschlag Herkules offenbar gar nicht. Zweitens möchte ich nicht, dass du fremde Hunde fütterst. Du sollst überhaupt keine fremden Tiere füttern. Nachher vertragen sie das angebotene Futter nicht und werden krank – das muss ja nicht sein.«

»Aber er guckt doch so traurig!«, verteidigt Luisa ihre Schnapsidee.

Marc schüttelt den Kopf.

»Nichts zu machen! Aber ansonsten ist das von dir ein guter Hinweis. Das nächste Mal, wenn du dein Zimmer nicht aufräumen willst, gucke ich auch ganz traurig.«

»Menno, Papa! Du bist richtig doof!«

»Gaaawaaah! Papaaa!«, kräht Henri wie zur Bestätigung und schmiert Marc ein Stück Banane an die Hose. Auweia, Marc ist doch so ein Sauberkeitsfanatiker – das gibt bestimmt Ärger! Tatsächlich reißt Marc die Augen auf – aber statt des zu erwartenden Donnerwetters stößt er einen kleinen Jauchzer aus.

»Caro, hast du das gehört? Er hat *Papa* gesagt! Henris erstes Wort ist *Papa*!«

Unsinn. Henris erstes Wort war *Gaaawaaah*. Ich habe es genau gehört. Okay, das Wort danach klang tatsächlich wie Papa, aber das war bestimmt Zufall. Von mir aus auch Wunschdenken.

Marc jedoch ist nicht zu bremsen.

»Wahnsinn! Mein Sohn ist noch kein Jahr und kann schon sprechen! Dabei sagt man doch immer, Jungs sind in der Beziehung langsamer – stimmt gar nicht! Wahrscheinlich ist Henri eben hochbegabt! Papa! Wahnsinn! Mensch, Caro, ist das nicht toll?«

»Ja, ich hab es auch gehört.« Caro lacht. »Aber war es nicht eher ein *Mama*?«

Sagt mal, habt ihr es alle auf den Ohren? Es war weder

Mama noch Papa. Es war eindeutig *Gaaawaaah*. Doch was rege ich mich auf. Mir hört ja eh keiner zu. Auch wenn in einem einzigen *Wuff* von mir garantiert mehr Information steckt als in einem ganzen Sack voll *Gaaawaaah* von Henri.

Zottel setzt sich neben die Decke.

»Warum seid ihr eigentlich hier? Wollt ihr dem Schäfer ein Osterlamm abkaufen?«

»Osterlamm? Nee. Wir wollen heiraten. Auf dem komischen Dings da drüben.«

»Ach so. Dann brauchen sich meine Schafe ja keine Sorgen zu machen. Die Mütter sind eben schon ganz unruhig geworden, als euer Auto gekommen ist. Erst gestern hat der Schäfer zwei Lämmer verkauft, da war hier aber was los! Also – haltet euch besser von der Herde fern. Man soll es nicht glauben, aber so ein Schaf kann schon ungemütlich werden, und ich kann nicht überall gleichzeitig sein.«

Pah! Sehe ich aus, als hätte ich vor einem Schaf Angst? Immer diese ungebetenen Ratschläge!

»Mach dir keine Sorgen, Kollege. Ich komm schon klar.«

»Ich mach mir keine Sorgen. Ich wollte es nur gesagt haben. Und man weiß nie, auf was für dumme Gedanken Menschenkinder kommen. Pass also ein bisschen auf dein Rudel auf. Besser isses.«

Er zockelt Richtung Deich ab. Ich blicke ihm hinterher. Gefährliche Schafe. Lachhaft! Aber so sind sie wohl, die Hütehunde. Können einfach nicht aus ihrer Haut. Sehen hinter jedem Busch einen Räuber. Da bin ich als Jagdhund natürlich ganz anders gestrickt. Ich will jetzt nicht sagen, dass ich die Gefahr suche – aber ich verstecke mich auch nicht vor ihr. Wobei von diesen Wollknäueln auf vier Beinen doch sowieso keine Gefahr ausgeht.

Marc und Caro haben mittlerweile ihr Picknick beendet,

die Sachen zusammengepackt und Henri in seine Karre verfrachtet. Leuchtturm, wir kommen! Je näher der übrigens rückt, desto höher sieht er aus. Kann mir mal jemand verraten, warum wir dieses Hochzeitsdings möglicherweise hoch über der Erde durchziehen wollen? Ist es vielleicht, um sicherzugehen, dass Sabine nicht kommt?

»Guck mal, Carolin«, Luisa zeigt auf ein paar Schafe, die direkt neben unserem Weg stehen, »sind die nicht süß? Die sehen so flauschig aus!«

Sie macht einen Schritt auf zwei kleine Lämmer zu, die uns mit großen Augen anschauen. Sofort kommt ein größeres Schaf hinzu und blökt empört. Vorsicht, Luisa! Ich habe natürlich keine Angst vor dem Vieh, aber wenn man meiner Luisa zu nahe kommt, werde ich, Carl-Leopold von Eschersbach, selbst zum Tier. Na ja, im übertragenen Sinne. Ich trabe also neben Luisa und knurre vorsichtshalber ein bisschen.

»Pfui, aus, Herkules! Lass die Lämmer in Ruhe!«, schimpft Marc völlig zu Unrecht mit mir.

Ich höre auf zu knurren und trolle mich beleidigt. Soll er halt selbst auf sein Töchterlein aufpassen. Luisa lässt die Lämmer allerdings auch Lämmer sein und schiebt stattdessen die Karre, die sie jetzt von Caro übernimmt, vor sich her.

Der Leuchtturm ist vielleicht noch einen kurzen Spurt von uns entfernt, da entdeckt auch Henri die kleinen Lämmer für sich und beginnt, ihnen zuzuwinken. Klar, die gefallen ihm. Sind ja gewissermaßen Altersgenossen.

»Gaaagagaaa, waaahaaa!«, ruft er begeistert.

»Die sind süß, oder?«, will Luisa von ihm wissen.

Henri strahlt und winkt weiter.

»Komm, ich fahr dich mal ein bisschen näher ran.«

Luisa schiebt los, Richtung Lämmchen.

Oh, oh – ob das so eine gute Idee ist? Ich schaue zu Caro und Marc. Aber die sind ins Gespräch vertieft und merken gar nicht, dass Luisa vom Kurs abkommt. Schnell hefte ich mich an ihr Bein. Jetzt kommt sie bei den Lämmern an.

»Guck mal, Henri. Jetzt kannst du sie streicheln.«

Sofort versucht Henri, mit seinen Patschehändchen nach den Schäfchen zu greifen.

Eines ist ein bisschen mutiger und kommt näher. Wahrscheinlich riecht es den Bananenmatsch an Henris Fingern. Jetzt leckt es tatsächlich an seinem Händchen. Henri gluckst, das Lamm meckert. Dann packt es offensichtlich in der Hoffnung auf Futter noch mal zu – und Henri brüllt wie am Spieß los.

Auf einmal geht alles ganz schnell: Henri schreit, das Schaf blökt, Luisa schreit auch und wedelt dem Lämmchen mit der Hand vor der Nase herum, um es zu verscheuchen.

Mutter Schaf bekommt offenbar nur die Hälfte mit und macht einen Satz auf die Karre zu, die kippt mitsamt Henri um, Henri schreit noch lauter – und mir bleibt keine andere Wahl: Angriff, Attacke! Wer meinen Kleinen angreift, kriegt es mit mir zu tun!

Noch bevor das Mutterschaf Henri richtig zu fassen bekommt, mache ich einen gewaltigen Sprung und werfe mich dazwischen. Das Schaf blökt laut auf, hält kurz inne und zwickt mich dann in den Hinterlauf. Autsch! Das tat weh! Aber besser ich als Henri! Ich knurre und schnappe nach meiner Angreiferin, die weicht tatsächlich ein paar Schritte zurück. Wie hat mir Opili das damals noch erklärt? Stellen und verbellen? Wie ging das noch? Ich stelle mich genau vor das Schaf und fange an zu bellen. Tatsächlich kommt es nicht wieder näher, sondern scheint zu überlegen, was es als Nächstes machen soll. Wuff, Taktik funktioniert!

Mittlerweile haben auch Marc und Carolin gemerkt, dass unser Ausflug eine etwas ungemütliche Wendung genommen hat.

»Henri! Was ist passiert?«

Caro läuft zur Karre und hebt ihren Sohn hoch.

Luisa heult.

»Die Schafe haben Henri gebissen!«

Schnell zieht Caro sie am Ärmel von den Schafen weg und bringt einen sicheren Abstand zwischen Kinder und Viecher.

Aus den Augenwinkeln sehe ich, dass nun ein paar andere Schafe ihrer Kollegin zur Hilfe eilen, und ehe ich michs versehe, steht nicht nur ein Schaf vor mir, sondern gleich vier. Ich belle tapfer weiter, aber so langsam wird mir ein bisschen mulmig. Wo steckt eigentlich Zottel? Das ist doch hier seine Truppe, die sich gerade nicht im Griff hat!

Ein besonders vorwitziger Vertreter wagt sich nun ganz dicht an mich heran und verpasst mir dann einen kräftigen Stüber mit seiner Nase. Ich jaule auf und gehe sofort in die Offensive, indem ich nach ihm schnappe. Leider erwische ich nur Luft – wer hätte gedacht, dass ein Schaf so schnell sein kann? Seine Kumpane haben mittlerweile einen Kreis um mich gebildet, blöken und scharren mit den Hufen. Ich knurre und belle noch lauter, doch das scheint sie nicht zu beeindrucken, denn sie rücken langsam näher. Was hatte Zottel gesagt? Die können ungemütlich werden? Vielleicht hatte er damit doch ein klein wenig recht. Und wo steckt der Meister überhaupt? HILFE!!!

Ich beschließe, einen Ausbruchsversuch zu wagen und mich zu Marc und Caro durchzuschlagen. Die sind leider so damit beschäftigt, die Kinder zu trösten, dass sie offenbar überhaupt nicht bemerken, in welcher Notlage ich mich befinde. Entschlossen presche ich auf die Lücke zwischen zwei

Schafen zu – und ebenso entschlossen senkt das eine seinen dicken Schädel und rammt mich in die Seite. Jaul! Das tat aber richtig weh! Hey, Friede! Ich will doch gar nichts von euren Lämmern! Ich will doch nur wieder zu meiner Familie! Und überhaupt – wenn Henri nicht mit den Bananen gematscht hätte, wäre das alles nicht passiert. Ist doch nicht meine Schuld!

Ein heiseres Bellen, die Köpfe der Schafe fahren herum.

Zottel. Endlich! Er kommt aus Richtung Deich angestürmt, umrundet einmal meine Angreifer und zwickt dann zwei von ihnen geschickt in die Hinterläufe. Die brechen daraufhin zur Seite aus und geben den Weg für mich frei. Schnell bringe ich mich in Sicherheit und renne zu Marc und Caro. Wuff. Das war knapp. Sehr knapp. Ich kann spüren, wie mein Herz rast, und lege mich erst einmal bäuchlings zum Verschnaufen ins Gras.

»Endlich, Herkules, da bist du ja! Wo warst du denn? Ein toller Wachhund bist du ja nicht gerade!«

Schimpft Marc etwa mit mir? Mit mir, dem tapferen Jagdhund, der sich mutig vor die Kinder seines Herrchens geschmissen hat? Dieser Vorwurf tut mehr weh, als von einem Schaf ins Bein gezwackt zu werden. Ich vergrabe den Kopf zwischen meinen Vorderpfoten und winsele. Die Welt ist so ungerecht!

Marc streicht mir über meine tief gefurchte Stirn.

»Nichts für ungut, Herkules. Aber während du hier rumgestromert bist, mussten wir uns mit gemeingefährlichen Schafen herumschlagen. Da wäre es schon besser gewesen, du wärst nicht einfach abgehauen. Vielleicht sollte ich dich besser anleinen.«

Bitte? Zur Strafe an die Leine? Tatsächlich. Marc zieht die Leine aus seiner Jackentasche, kniet sich hin und leint mich an. In einiger Entfernung sitzt Zottel und beobachtet das Ganze. Feixend, wie mir scheint. Was für eine Demütigung! Carl-Leopold von Eschersbach, Nachfahre berühmter Jagdhunde, Retter von Henri und Luisa, an die Leine gelegt. VOR einem ganz gewöhnlichen Hütehund!

Gesenkten Hauptes trotte ich hinter meinen Menschen her. Die Schafe blöken gehässig.

Zottel kommt angetrabt.

»Ich hab's dir ja gesagt – die Muttertiere sind ganz schön nervös momentan. Aber ist noch mal gut gegangen. Eure Kinder haben sich nur erschreckt, oder?«

Ich nicke und trotte weiter.

»Alles okay bei dir?«

Kein Kommentar.

»Hey, nimm's nicht so schwer. Das kann immer mal passieren. Ich meine – ihr kennt euch mit Schafen eben nicht aus. Ihr seid aus der Stadt, oder? Sieht man doch schon daran, wie ihr hier rumlauft. Und dann – heiraten auf dem Turm. Mein Schäfer würde jetzt sagen, dass nur Städter auf so einen seltsamen Gedanken kommen. Du müsstest das im Sommer mal sehen: Die Bräute in ihren langen Kleidern – hier, wo Menschen doch eher Gummistiefel brauchen. Und als Hund verliert man in der Stadt wahrscheinlich auch alle überlebenswichtigen Instinkte. Na, hat man ja gerade auch an dir gesehen. Also, ich würde sagen …«

Ich bleibe stehen und mustere Zottel.

»Apropos *sagen*: Wenn du mich nicht eben gerettet hättest, würde ich jetzt sagen *Schnauze, Landei*!«

Und dann lasse ich den Idioten einfach stehen und trabe weiter Richtung Leuchtturm. In der Hoffnung, dass es Caro dort oben nicht gefällt und ich nie wieder hierhinmuss. An den Ort meiner Schmach.

Am Turm angekommen bestätigt sich eine Befürchtung nicht: Die Stufen sind selbst für jemanden mit meiner Beinlänge locker zu bewältigen. Allerdings führen sie wie eine Spirale im Kreis nach oben, nach drei Runden ist mir ganz schwindelig, und ich muss ein kurzes Päuschen machen. Ob mich nicht einer meiner Menschen tragen kann? Immerhin wird Henri auch nach oben geschleppt, und der wiegt mittlerweile bestimmt mehr als ich! Aber nein, sie turnen alle munter an mir vorbei. Super. Ein Weltklasseausflug. Von Schafen malträtiert, vom Frauchen missachtet.

Nach drei weiteren Runden kommen wir endlich in einem Raum an, in dem ein Tisch und mehrere Stühle stehen. Der Raum ist ganz rund, Licht fällt nur durch Fenster, die ganz oben an der Wand liegen müssen, ich kann sie jedenfalls nicht sehen. Hier im Turminneren kann man auch erkennen, dass er komplett aus metallenen Vierecken zusammengesetzt zu sein scheint. Fast sieht es aus, als stünden wir mitten in einer Maschine. Überhaupt ist der Raum ganz schlicht, kein Vergleich zu den holzgetäfelten und geschmückten Zimmern, die wir eben im Kloster besichtigt haben.

»Und, wie findest du es?«, will Marc von Carolin wissen.

Die dreht sich zögerlich hin und her.

»Weiß nicht. Ist natürlich schon sehr karg hier.«

»Maritim eben.«

»Hm. Das sah in dem Hochzeitsmagazin viel netter aus. Na ja, wenn ich dich auf einem Schiff kennengelernt hätte, würde es passen.«

»Hast du aber nicht, richtig?«

»Richtig.«

»Okay. War auch nur ein Vorschlag.«

Sehr gut. Scheint so, als ob ich die blöden Schafe nie wiedersehen müsste.

NEUN

Ja, okay, ich versuche, es irgendwie zu schaffen! Bis gleich!«

Als Caro auflegt, ist sie ganz aufgeregt. Dann verstaut sie das Handy nicht etwa in ihrer Jackentasche, sondern wählt sofort wieder.

»Marc? Du musst sofort mit Henri kommen. In den Katharinenweg. Die Purzelzwerge haben eben angerufen.«

Ich kann nicht genau hören, was Marc antwortet, aber er klingt erstaunt.

»Ja, ich weiß, dass wir da eigentlich erst morgen den Termin haben, aber da klappt es doch nicht bei ihnen, aber sie könnten heute in der Mittagspause. Wenn wir da nicht gleich erscheinen, ist der Platz weg.«

Pause.

»Genauso ist es. Jetzt oder nie!«

Sie legt auf, und nun verstaut sie das Handy wirklich wieder in der Jacke.

»Komm, Herkules, gib Gas. Wir müssen gleich einen superguten Eindruck machen. Schon schlimm genug, dass ich dich überhaupt mitbringen muss – also benimm dich!«

Dann scheint ihr noch etwas anderes durch den Kopf zu schießen, und sie kramt wieder ihr Handy hervor.

»Marc? Ich bin es noch mal. Tu mir mal einen Gefallen – setz Henri bitte nicht in die Karre, sondern pack ihn ins Tragetuch. Genau. Warum? Nein, die Karre ist heil – aber ich will, dass wir einen besonders guten Eindruck machen.

Und ich glaube, Väter, die ihre Kinder im Tragetuch tragen, machen bei Erzieherinnen bestimmt einen sehr engagierten, netten Eindruck. Bestimmt. Bis gleich!«

Während wir eben noch Kurs Werkstatt unterwegs waren, ändern wir jetzt unsere Richtung. Weil ich nicht weiß, wo genau Carolin nun hinwill, bleibt mir nichts anderes übrig, als einfach hinter ihr herzulaufen. Und dabei über das zu sinnieren, was ich eben gehört habe. Väter mit Tragetüchern machen einen guten Eindruck. Wie kann Caro das gemeint haben? Was für einen Unterschied macht es denn, ob Marc, der heute kurz auf Henri aufpassen sollte, während wir in die Werkstatt wollten, Henri nun in der Karre oder im Tuch anschleppt? Das kann doch nicht ernsthaft für irgendjemanden von Belang sein. Und falls doch, muss ich feststellen, dass die Aufzucht des menschlichen Nachwuchses ungleich komplizierter ist, als einen Dackelwurf großzukriegen. Wobei man das gar nicht meinen sollte, denn für mich liegt es völlig im Bereich des Unmöglichen, dass es einen strengeren Verein als den Deutschen Teckelclub von 1888 gibt. Und bei denen nutzt einem ein Tragetuch, will sagen, ein netter, engagierter Eindruck, gar nichts. Entweder man hat die richtigen Papiere – oder man darf nicht züchten. So einfach ist das.

»So, stopp, da wären wir schon. Hier sind die Purzelzwerge. Und jetzt gilt: Gutes Benehmen ist Pflicht! Du weichst nicht von meiner Seite. Nicht, dass das wieder so ein Durcheinander wie am Leuchtturm gibt!«

Pah! Diese Spitze kann sie sich sparen! Soll sie mal besser ein Auge auf den Junior haben, dann passiert auch nichts. Außerdem kann ich mir nicht vorstellen, dass es bei den Purzelzwergen Schafe gibt.

Von außen betrachtet sieht das Haus, vor dem wir jetzt stehen, nämlich ganz normal aus. Direkt vor uns kann man durch eine Schaufensterscheibe in einen kleinen Laden gucken. Offenbar wird dort Kinderspielzeug verkauft, denn selbst aus meiner Augenhöhe sehe ich sehr viel davon in dem Laden herumliegen. Puppen, Bauklötzchen – eben all das, was auch in Henris Zimmer herumfliegt, weil er damit noch nicht viel anfangen kann. Wohingegen ich damit bei Strafe nichts anfangen darf, obwohl ich es durchaus könnte. So ungerecht ist die Welt!

Caro wirft einen Blick aufs Klingelschild, dann drückt sie einen der Knöpfe, und kurz darauf geht der Summer, und wir stehen im Hausflur. Es riecht alt und muffig, und ich bin mir ziemlich sicher, auch einen Hauch dreckiger Windel zu erschnuppern. Alles in allem kein tolles Geruchserlebnis. Warum wollen wir gerade hier einen guten Eindruck machen?

Die Tür zum Laden hin öffnet sich, und eine junge Frau schaut heraus.

»Hallo! Bist du Caro?«

Caro nickt.

»Ich bin die Dörte. Kommt doch rein.«

»Danke! Und das mit dem Hund ist wirklich kein Problem? Ich bin ihn nicht so schnell losgeworden.«

»Nein, ist völlig okay. Unser Anruf war ja ziemlich spontan. Wir haben ein altes Kissen rausgekramt, da kann er sich gern drauflegen. Wir sind hier sowieso nicht so eine sterile Einrichtung. Ist überhaupt nicht gut für Kinder.«

Falls steril ein anderes Wort für *ordentlich* sein soll, muss ich Dörte sofort recht geben. Es ist wirklich nicht besonders ordentlich hier. Ich erkenne jetzt, dass wir uns nicht in einem Spielzeugladen befinden, sondern dass der große Raum vielmehr eine Art Spielzimmer ist, in dem alles wild durcheinanderfliegt. Gut, dass Hedwig nicht hier ist. Die würde einen Anfall bekommen. Vielleicht ist *steril* aber auch ein anderes Wort für *sauber*. Würde auch passen. Auf Anhieb finde ich auf dem Boden vor mir nämlich Krümel von Keksen und etwas, was selbst meine sensible Dackelnase nicht identifizieren kann. Es riecht nach fast gar nichts. Wie mag es wohl schmecken? Schnell schlabbere ich es auf. Hm. Scheint eine Art Reiskeks zu sein. Ungesalzen. Fast ohne Geschmack. Sollten die damit hier etwa die Kinder füttern? Gottogott. Der arme Henri!

Ein kräftiger Ruck an meiner Hundeleine.

»Sag mal, spinnst du, Herkules?«, zischt Carolin mir zu. »Du kannst doch hier nicht vom Boden fressen!«

Wahrscheinlich stimmt das. Viel zu gefährlich! Ich würge ein paar Krümel wieder aus.

Ein neuer Ruck an meinem Halsband.

»Jetzt reicht's aber! Ich will hier einen guten Eindruck machen. Hör auf mit dem Mist, oder ich binde dich draußen am erstbesten Laternenpfahl an!«

So ist das also! Nicht Sorge um meine Gesundheit, sondern Sorge um Dörtes Wohlwollen! Was ist denn bloß mit Carolin los? Die gibt doch sonst nicht so viel darauf, was andere Leute von ihr denken. Beleidigt trolle ich mich auf das große Kissen, das Dörte direkt neben das Schaufenster gelegt hat. Caro versucht, sich möglichst unauffällig zu bücken, und sammelt die ausgewürgten Brocken mit einem Taschentuch ein, das sie anschließend in ihrer Handtasche verstaut.

»Ist mein Freund noch gar nicht da?«

»Nee, du bist die Erste von euch. Möchtest du vielleicht einen Roibuschtee? Ich habe eben einen für das andere Bewerberpärchen gekocht, da müsste noch einer in der Kanne sein.«

»Das ist lieb, vielen Dank, aber im Moment nicht.«

Jetzt klingelt es wieder, genauer gesagt ertönt ein sanfter Gong. Caro guckt erstaunt, und Dörte erklärt kurz:

»Lustig, unsere Klingel, oder? Ist, damit die Kinder in der Mittagsruhe nicht immer aufwachen. Das ist bestimmt dein Mann.«

Richtig. Im Türrahmen erscheint Marc mit einem vor seinen Bauch geknoteten Henri. Gut, dass der offenbar schläft – das Konstrukt sieht nämlich sehr ungemütlich aus, und im wachen Zustand würde Henri vermutlich lautstark protestieren.

»Hallo, Schatz. Das ist Marc, mein Freund. Und das schlafende Päckchen ist Henri. Marc, das ist Dörte.«

Die beiden schütteln sich kurz die Hand, Dörte streicht dem schlafenden Henri mit einem *Wie süß!* über die Wange.

»So, dann will ich mit euch erst mal einen kurzen Rundgang machen. Hier drüben« – sie geht ein paar Schritte von der Haustür den Flur entlang – »ist unsere Küche.«

Wir folgen ihr und kommen in einen relativ großen Raum, in dem auch drei niedrige Tische mit noch niedrigeren Stühlen stehen.

»Hier wird gekocht, gleichzeitig haben wir genug Platz, um mit allen Kindern zu essen. Unser Essen ist natürlich bio und außerdem vegetarisch.«

Vegetarisch? Das habe ich schon mal gehört – Luisa hat es mir erklärt. Es bedeutet mit ohne Fleisch. Ich bin erstaunt. Können Menschenkinder überhaupt ohne Fleisch richtig groß werden? Nicht, dass unser Henri nicht nur schwachsinnig bleibt, sondern auch mickrig. Das wäre ja ganz furchtbar!

»Es ist so ruhig hier«, stellt Marc fest. »Wo sind denn die ganzen Kinder?«

Dörte lächelt.

»Die machen gerade Mittagsschlaf. Um eins legen wir

sie immer hin, dann ist hier mindestens eine Stunde Ruhe. Warte, ihr könntet mal einen Blick ins Schlafzimmer werfen.«

Sie geht aus der Küche und öffnet eine Tür schräg gegenüber. Schnell trabe ich zu ihr und linse durch den Spalt. Tatsächlich! Auf einem Matratzenlager liegen lauter Kinder dicht an dicht und schnarchen friedlich vor sich hin. Im Rudel schläft es sich eben doch am besten!

»Tja, viel mehr gibt es auch nicht zu sehen. Wir sind eine sehr kleine Einrichtung, und das sind wir bewusst.«

Mit diesen Worten geht Dörte ins Spielzimmer vor und bietet Caro und Marc einen Platz auf dem Boden neben meinem Hundekissen an. Sehr seltsam. Wieso setzen die sich nicht auf Stühle? Ich hebe den Kopf und schaue mich um. Verstehe. Hier gibt es gar keine Stühle. Nicht mal kleine wie in der Küche. Ein interessantes Konzept.

»So«, beginnt Dörte das Gespräch, »gleich kommen noch die Karin, die ist hier auch Erzieherin, und der Jörg. Der ist Vater und hat hier das ›Neue Eltern‹-Amt. Wie ihr wisst, sind wir eine Elterninitiative. Das heißt, bestimmte Aufgaben werden von den Eltern wahrgenommen, um Geld zu sparen. Damit bezahlen wir dann eine halbe Stelle mehr, sodass wir einen besseren Personalschlüssel haben. Kommt also den Kindern zugute. Und den Eltern irgendwie auch, denn die lernen sich ja untereinander viel besser kennen als in so einer großen Einrichtung.«

Marc und Caro nicken andächtig.

»Zum Ablauf: Vor euch hat sich auch ein Pärchen vorgestellt, und nach euch kommt noch eins. Wir haben aber leider nur einen Platz zu vergeben. Seid also bitte nicht enttäuscht, wenn es diesmal nicht klappt. Das hätte nichts mit euch persönlich zu tun, sondern schlicht und ergreifend mit der

Tatsache, dass wir auf einen freien Platz momentan mehr als zehn Bewerber haben.«

Unfassbar! Die Eltern stehen Schlange, um ihre Kinder hierherbringen zu dürfen? Und deswegen auch der ganze Zirkus mit dem Tragetuch, das sich Marc sonst niemals freiwillig umbinden würde? Nur, damit er jetzt als total fürsorglicher, seine Brut überall mit sich rumschleppender Menschenvater rüberkommt. Auweia. Die menschliche Kindererziehung wird mir immer rätselhafter. Wieso legen die meisten Menschen im Restaurant oder Café auf eine gewisse Optik Wert, und wenn es um die lieben Kleinen geht, dann steht eine Murkelbude wie diese hoch im Kurs? Ob Menschen das irgendwie kuschelig finden?

Marc hat sich Henri mittlerweile abgeknotet und legt ihn ganz vorsichtig auf ein Matratzenlager neben mir. Dann hockt er sich neben Carolin und nimmt ihre Hand. Das soll bestimmt auch sehr fürsorglich und sympathisch wirken.

»Also, Carolin und ich sind schon Typen, die sich gern einbringen. Ich finde es gut, wenn man mit anpackt.«

Er lächelt ein sehr anpackendes Lächeln.

Die Tür öffnet sich noch einmal, ein Mann und eine Frau kommen rein und setzen sich ebenfalls zu uns auf den Boden. Das müssen dann wohl Jörg und Karin sein.

Richtig geraten. Genauso stellen die beiden sich vor. Jörg wiederholt im Grunde genommen das, was Dörte schon erzählt hat. Marc lächelt noch anpackender, Caro spielt nervös mit einer Haarsträhne. Karin erzählt, dass sie zwölf Kinder betreuen, wie so ein Tag bei den Purzelzwergen aussieht und welche Angebote sie den Kindern machen. Dabei ist ziemlich viel von frühkindlicher Bildung die Rede, was ich ziemlich gut finde, da unser kleiner Henri doch leider dumm wie Brot ist. Offensichtlich besteht für ihn noch Hoffnung, hurra!

»Wir nehmen die Kinder am liebsten, wenn sie genau ein Jahr sind. Dann ist die Eingewöhnung am leichtesten, haben wir festgestellt. Vorher fremdeln sie meist noch, später wäre die Zeit in unserer Gruppe eigentlich zu kurz – die Kinder verlassen uns ja mit dem dritten Geburtstag. Wie alt ist Henri noch mal genau?«

»Zehn Monate«, gesteht Carolin. »Aber er ist wahnsinnig weit für sein Alter«, beeilt sie sich, eine dicke Lüge hinterherzuschieben.

Karin und Dörte sagen dazu nichts. So etwas kennen sie wahrscheinlich schon.

»Wie könntet ihr euch denn einbringen? Macht ihr irgendetwas, was die Initiative voranbringen könnte?«, will Jörg dann von Marc wissen. »Ein Handwerk vielleicht? Oder bist du Anwalt oder Steuerberater?«

»Äh, nicht direkt. Ich bin Tierarzt. Also, wenn ihr mal Meerschweinchen für die Kinder kauft, kann ich mich drum kümmern.«

Dörte, Karin und Jörg gucken wenig überzeugt. Ich bin es allerdings auch nicht. Ich möchte mir nicht ausmalen, wie sich ein Meerschwein in einer Horde von zwölf Henris fühlen würde.

Dann räuspert sich Caro.

»Nun ja, ich bin Geigenbauerin. Das ist ein bisschen wie Möbeltischler. Wenn hier mal etwas gebaut werden muss, dann kriege ich das bestimmt hin. Holz ist meine Leidenschaft.«

Sie lächelt. Fast ein wenig schüchtern, süß! Ich würde Carolin sofort einen Platz geben, und diesem Jörg kann ich ganz genau ansehen, dass er gerade das Gleiche denkt – Möbel hin oder her.

»Tischlerin – das ist natürlich praktisch!« Karin nickt

wohlwollend. »Tatsächlich wollen wir demnächst ein neues Spielpodest mit einer Kletterrampe und einem Türmchen einbauen. Da können wir noch Hilfe brauchen.«

»Kein Problem«, versichert Caro.

»Aber wir haben auch ein paar regelmäßige Dienste, die von Eltern erledigt werden müssen«, erklärt Dörte weiter. »Zweimal die Woche wird von Eltern geputzt, und außerdem kochen wir auch zweimal selbst. Von montags bis mittwochs haben wir eine Köchin, die Helene. Sie hat aber nur einen Minijob bei uns, deshalb kochen donnerstags und freitags die Eltern. Ihr wärt also so alle fünf, sechs Wochen jeweils einmal mit Putz- und einmal mit Kochdienst dran.«

Großartig. Wo Marc doch schon einen Nervenzusammenbruch bekommt, wenn unsere Putzfrau mal krank wird. Dann ist das hier bestimmt genau das Richtige für ihn. Trotzdem lässt er sich nichts anmerken, sondern lächelt unverdrossen weiter.

»Ich finde eine frische, ausgewogene Küche ja total wichtig für Kinder«, lehnt sich Caro, die unangefochtene Meisterin im Fischstäbchenbraten, jetzt ganz weit aus dem Fenster.

Nur gut, dass Hedwig nicht da ist. Die würde bestimmt einen Lachkrampf bekommen.

Auch Dörte scheint auf derlei Beteuerungen von Eltern nicht mehr viel zu geben, denn sie zieht die Augenbrauen zusammen und sagt in leicht spöttischem Tonfall: »Ja, ja, ausgewogen ist wichtig – das bedeutet allerdings nicht Pizza an den geraden und Spaghetti mit Ketchup an den ungeraden Tagen. Daran müssen wir unsere Eltern manchmal erinnern.« Sie lächelt süffisant.

»Nein, nein, natürlich nicht«, beeilt sich Caro zu versichern, guckt aber ein wenig ertappt.

»Habt ihr denn so weit noch Fragen?«, will Jörg wissen.

Caro und Marc schütteln den Kopf.

»Okay, das wäre es eigentlich schon. Ich melde mich dann heute Abend, ob es geklappt hat.«

Nach einer kurzen Tour durch das doch ziemlich kleine Reich der Purzelzwerge werden wir wieder nach draußen entlassen. Caro winkt dem Auswahlausschuss noch einmal freundlich durch das Schaufenster zu, Marc tut es ihr gleich. Dann spazieren wir mit dem immer noch schlafenden Henri Richtung Werkstatt.

»Und«, meint Caro, als wir eine Ecke weiter sind, »meinst du, das hat geklappt?«

Marc zuckt mit den Schultern.

»Weiß nicht, schwer zu sagen. Ich habe jedenfalls mein Bestes gegeben. War ja ganz niedlich da drinnen. Könnte ich mir schon gut vorstellen.«

»Ja, ich auch. Wobei – Henri ist doch noch so klein. Die Lösung mit der Tagesmutter war mir im Grunde genommen sympathischer.«

Wieder Schulterzucken.

»Tja, das hat eben nicht sollen sein. Wir könnten aber immer noch meine Mutter …«

»Marc! Nicht wieder das Thema!«

»Nein, ich meinte ja nur …«

»Ich weiß, was du meintest. Und ich finde es nicht gut. Lass uns lieber hoffen, dass es mit den Purzelzwergen klappt.«

»Klar. Also, ich zwitschere jetzt mit Henri wieder ab. Was denkst du, wann du wieder zu Hause bist? Ich wollte noch mal kurz in die Praxis.«

»Nicht vor fünf. Aber mach dir nichts draus – ich finde, bisher hast du nicht besonders viel von deinem Tierarztdasein geopfert.«

Caro klingt gereizt.

Freunde, nicht streiten! Sonst müssen wir wieder einen Ausflug zu den verrückten Schafen machen!

Bei der Werkstatt angekommen, werde ich schon von Herrn Beck erwartet, der am Vorgartenzaun hin- und herläuft.

»Mann, da seid ihr ja endlich!«

»Waren wir verabredet?«

Ich kann mich nicht daran erinnern.

Beck ignoriert meinen Einwand.

»Ich muss dir dringend etwas erzählen. Ich habe etwas herausgefunden.«

»Dann leg mal los.«

»Nein, nicht hier. Du musst mit nach oben kommen. Dann zeige ich es dir.«

»Ich wollte jetzt eigentlich erst mal in die Werkstatt. Bestimmt bekomme ich gleich etwas zu fressen.«

»Echt, Herkules. Fressen ist nicht alles. Bitte, komm mit hoch!«

Das sagt der Richtige! Gegen Herrn Beck sah ich selbst in beleibteren Tagen gertenschlank aus. Weil Fressen für mich eben *nicht* alles ist. Aber einen Moment kann mein Napf vielleicht wirklich noch warten. Immerhin habe ich bei den Purzelzwergen ja Teile der Fußbodendekoration verspeist.

»Na gut, denn mal los.«

Ohne ein weiteres Wort flitzt Herr Beck Richtung Haustür. Ich bin nicht mehr angeleint und kann gleich hinterhersausen, Carolin ist offenbar so in Gedanken, dass sie das gar nicht bemerkt. Kurz darauf sitzen wir vor Ninas Wohnungstür.

»Und jetzt?«

»Na, ich gehe durch die Katzenklappe in die Wohnung.«

Großartig. Das bringt mich richtig weiter. Da passe ich bestimmt nur zur Hälfte durch. Bleibt der Rest eben draußen, was macht das schon.

»Hm. Du passt da wahrscheinlich nicht durch, oder?«

»Korrekt.«

»Bist du ganz sicher?«

»Todsicher. Auf Schloss Eschersbach hatten wir auch so eine, die war aber ein bisschen größer. Das ging so gerade eben. Aber diese hier – keine Chance.«

»Verstehe ich nicht. Du bist doch schlanker als ich.«

»Ja, aber zum einen bist du wendiger als ein Hund. Und zum anderen habe ich längere Beine. Das macht mich für kleine Öffnungen ein bisschen sperrig. Kurz: Ich glaube nicht, dass das funktioniert.«

»Macht nichts. Wenn ich erst mal drin bin, lotse ich Nina zur Tür. Sie wird dir öffnen. Das klappt schon.«

»Ist die denn zu Hause? Die arbeitet doch normalerweise tagsüber.«

Deswegen ja auch seit Neuestem die Katzenklappe – damit Herr Beck eigenständig nach draußen und spazieren gehen kann. An der Kellertür unten ist auch noch mal eine, so kommt er auch allein in den Garten. Aber für mich ist das nichts. Habe ich schon mal vorsichtig probiert. Hat nicht funktioniert. Daniel musste mich gewissermaßen rausschrauben. Auf einen weiteren Versuch lege ich keinen gesteigerten Wert.

»Das ist es ja eben. Nina ist zu Hause. UND heult. UND telefoniert. In einer fremden Sprache. Mit einem fremden Mann. Diesmal habe ich es genau gehört. Aber ich habe auch etwas anderes entdeckt. Also, bleib mal sitzen.«

Ich seufze und hocke mich brav vor die Tür. Wieso höre ich bloß immer auf den doofen Kater? Kurz darauf kommen

Schritte auf der anderen Seite der Tür näher. Nina. Ihren Gang erkenne ich sofort. Die Tür wird geöffnet.

»Tatsächlich. Da sitzt ja noch einer. Na, komm rein, Herkules.«

Nina klingt schwer erkältet. Vielleicht hat sie aber auch tatsächlich geweint. Ich blicke mich kurz um und entdecke Herrn Beck an der Schwelle zu Ninas Küche.

»Hey, komm mal her.«

Ah, ein gemeinsames Fresschen? Keine schlechte Idee. Sofort stehe ich neben Beck und werfe einen erwartungsvollen Blick in die Küche. Allein: Kein Napf zu sehen. Enttäuscht gucke ich Herrn Beck an.

»Und?«

»Na, da oben! Auf dem Tresen! «

Ich schaue nach oben. Dort steht eine Flasche.

»Beck. Da steht eine stinknormale Flasche. Sonst nichts. Mal Butter bei die Fische – was willst du mir sagen?«

»Pfff, das ist keine stinknormale Flasche. Das ist Champagner.«

»Aha.«

»Champagner. Diese Flaschenform erkenne ich sofort. Ein ganz edler Tropfen. Verstehst du?«

Offen gestanden nicht. Aber ich bemühe mich, es mir nicht anmerken zu lassen, was nicht schwierig ist, denn Herr Beck redet sowieso einfach weiter.

»Und da steht auch nicht sonst nix, sondern wenn du den Blick mal Richtung Spüle lenken würdest, könntest du noch etwas anderes sehen.«

Ich tue, wie mir geheißen. Okay, da stehen noch ein paar Blümchen.

»Blumen«, bemerke ich trocken.

Herr Beck gibt daraufhin einen fauchenden Laut von sich.

»Quatsch. Langstielige Rosen sind das. Und zwar ziemlich viele. Verlässlich kann ich nur bis circa zehn zählen – und das sind deutlich mehr. Deutlich!«

»Tut mir leid. Ich weiß immer noch nicht, worauf du hinauswillst.«

»Das ist doch offensichtlich. Rosen! Champagner! Irgendein Mann versucht, Nina für sich zu gewinnen.«

»Tja, wahrscheinlich Alexander. Will seiner Süßen eine Freude machen, weil es gerade nicht so läuft. Wenn Caro irgendwie sauer ist, bringt Marc auch gern mal Blumen mit. Ein ganz alter Trick. Wundere mich sowieso, dass der immer noch funktioniert.«

»Aber das ist es doch gerade. Die sind nicht von Alexander. Die kamen heute früh mit einem Boten. Zusammen mit der Flasche Champagner. Und einem Brief. Den hat Nina gelesen. Und dann hat sie geheult. Und dann telefoniert. Mit diesem Typen. Sie war so aufgelöst, dass sie nicht daran gedacht hat, wieder ins Schlafzimmer zu flüchten. Ich konnte also jedes Wort hören.«

»Und«, will ich wissen, »was haben sie besprochen?«

Langsam werde ich doch neugierig.

»Na, es war doch in dieser anderen Sprache. Die konnte ich nicht verstehen. Aber der Mann klang flehentlich, Nina zwar traurig, aber bestimmt. Dann hat sie aufgelegt, und kurz darauf hat noch dreimal jemand versucht anzurufen. Sie ist aber nicht rangegangen. Das war bestimmt dieser Typ.«

»Hm. Das ist wirklich seltsam. Schade, dass Nina nicht mit dir darüber spricht. Oder wenigstens mit Carolin. Dann wären wir jetzt schlauer.«

Beck nickt.

»Tja, ich muss das wohl weiter beobachten. Aber irgendwann kriege ich es schon noch raus. Ach so, und dann ist heute noch etwas Bemerkenswertes passiert. Jedenfalls aus deiner Sicht. Hätte ich fast vergessen, dir zu erzählen.«

»Echt? Was denn? Immer raus damit!«

»Cherie ist unten in der Werkstatt. Daniel hat sie heute Morgen mitgebracht. Jedenfalls hoffe ich, dass sie noch da ist. Sonst hättest du sie ziemlich knapp verpasst.«

Cherie! Mit einem Schlag bekomme ich Herzrasen und Ohrenrauschen.

»Warum hast du das denn nicht gleich gesagt, als ich angekommen bin?«

Herr Beck macht große Augen und schaut unschuldig.

»Na, ich dachte, die Geschichte mit Nina sei dir erst mal wichtiger. Nach der hast du mich doch neulich extra gefragt.«

Jaul! Dieser blöde Kater!

ZEHN

Was ist schlimmer als ein schlecht gelaunter Dackel? Ein sehr schlecht gelaunter Dackel! Als ich nach unten in die Werkstatt gehetzt gekommen bin, war Cherie bereits mit Daniel verschwunden, und nur ihr süßer Duft hing noch in der Luft. Jaul!

Und jetzt schleift mich eine ebenfalls schlecht gelaunte Carolin hinter sich her, denn offenbar hat es mit Henri und den Purzelzwergen doch nicht geklappt. Jedenfalls deute ich so den Anruf, den Carolin gerade erhalten hat. Nach einem erfreut-aufgeregten *Hallo* folgte ein sehr enttäuschtes *Schade*, kurz darauf hat sie sich ihre Tasche geschnappt und ist mit mir wieder aus der Werkstatt raus. Anscheinend will sie ganz schnell nach Hause, ich komme kaum hinterher. Das will schon etwas heißen, denn sonst ist es meist andersherum.

Und so kommt zu meiner schlechten Laune nun auch noch, dass ich nicht mal in Ruhe pinkeln kann. Als wir an unserem Haus ankommen, bin ich echt froh, dass der kleine Spaziergang zu Ende ist. Was für ein bescheidener Tag!

Marc wartet oben bereits auf uns. Klar, der will ja noch in die Praxis. Allerdings traut er sich nicht, das noch mal zu sagen. Bestimmt eine schlaue Taktik. Caro riecht gerade so, als könne sie gleich einen Mord begehen. Hoffentlich sind alle Küchenmesser gut verstaut.

Allerdings schreit sie dann gar nicht rum, sondern weint.

»So ein Mist! Ich hatte so gehofft, dass es klappt. Was

sollen wir denn jetzt bloß machen? Was soll *ich* denn jetzt machen? Den Auftrag können wir vergessen, den schafft Daniel nicht allein. Am besten, wir machen gleich die ganze Werkstatt dicht. Hat sowieso alles keinen Sinn.«

»Ach, Spatzl!« Marc nimmt Carolin in den Arm und drückt sie. »Das tut mir so leid. Aber das kriegen wir schon irgendwie hin. Ich habe auch schon eine Idee, wie.«

»Ja?«

Carolin klingt zweifelnd, Marc gibt ihr ein Taschentuch, in das sie lautstark trompetet.

»Komm mal mit ins Wohnzimmer, ich erkläre es dir in Ruhe.«

Brav trottet Caro hinter Marc her und setzt sich neben ihn aufs Sofa. Henri ist auch da und versucht an der Sofakante etwas, was entfernt an Klimmzüge erinnert. Ich deute das mal als Bemühen, von allein aufzustehen. Mann, entwickeln sich Menschen langsam! Das kann doch jeder Dackel schon nach zwei Wochen!

»Bei mir haben sie ja ebenfalls wegen der Absage angerufen«, beginnt Marc. »Kurz nachdem dein Anruf kam, hatte ich auch diesen Jörg an der Strippe. Und der hat mir noch etwas Interessantes erzählt. Wir haben zwar nicht den Aprilplatz bekommen – aber wenn wir wollen, können wir einen Platz im August haben. Nach den Sommerferien wechseln nämlich drei Kinder in den Kindergarten, und sie haben bisher erst zwei Plätze besetzt – mit Mädchen. Deswegen hätten sie gern noch einen Jungen. Sie fanden uns sehr nett und würden uns den Platz deshalb geben. Normalerweise nehmen sie die Kleinen zwar am liebsten mit einem Jahr, aber Henri ist dann auch erst vierzehn Monate alt, das würde noch passen. Wir müssten nur vier Monate überbrücken. Erschlag mich bitte nicht gleich, aber ich habe für diesen Notfall Hedwig gefragt.

Sie würde es sehr gern machen. Und es wäre nur für den Übergang, keine Dauerlösung. Großes Indianerehrenwort!«

Interessiert schaue ich zwischen Marc und Caro hin und her. Gibt es wirklich Schläge? Eine echte Keilerei ist bei den Menschen, die ich so persönlich kenne, ziemlich selten. Obendrein ist Caro doch ein ganzes Stück kleiner als Marc. Das wäre schon interessant zu beobachten. Aber anstatt Marc zu hauen, legt Caro die Stirn in Falten und sagt erst mal nichts.

Dann, nach einer Weile, räuspert sie sich. »Wahrscheinlich hast du recht, und das ist eine gute Idee. Ich weiß auch nicht, warum ich auf Hedwig immer so allergisch reagiere. Vielleicht, weil ich immer noch nicht das Gefühl losgeworden bin, dass sie insgeheim enttäuscht ist, dass du nicht mehr mit Sabine zusammen bist. Ich fühle mich ständig so, als würde ich von ihr eine schlechte Note bekommen – weißt du, was ich meine?«

Marc nickt.

»Klar weiß ich, was du meinst. Und das sollte dich gleichzeitig beruhigen. Dieses Gefühl gibt sie doch allen. Es liegt nicht an dir. Ich weiß, du redest nicht gern über meine Ex, aber Sabine ging es mit Hedwig genauso, als wir noch verheiratet waren.«

»Echt?« Caro ringt sich zu einem Lächeln durch. »Das ist tatsächlich tröstlich. Ich komme mir immer vor wie die schlechtere Schwiegertochter.«

Marc grinst.

»Das musst du nicht.«

»Trotzdem. Hedwig ist auch dauernd so übergriffig. Alles weiß sie besser. Deswegen mache ich mir schon ein bisschen Sorgen, dass sie bei Henri alles an sich reißt. Und uns wieder überall reinredet.«

Ich denke darüber nach, ob ich Caro verstehen kann. Persönlich komme ich mit Hedwig bestens klar. Aber sie ist eben eine starke Persönlichkeit. Die Rudelchefin – ich erwähnte es bereits. Diese hier offensichtlich ungeklärte Rangordnung führt selbstredend zu Problemen – nicht nur bei Hunden. Aber was wäre die Lösung? Henri doch in die Werkstatt mitzunehmen? Vielleicht könnte ich dort auf ihn aufpassen und ihn vom Geigenzerstören abhalten. Ich könnte mir vorher ein paar Tipps von Zottel holen – so wie der seine Schafe in die Hinterläufe zwickt, könnte ich es doch mit den Waden von Henri machen. Nur dann, wenn er sich doch mal in böser Absicht einer Geige nähern sollte, klaro. Das würde dem Kleinen wahrscheinlich nicht gefallen, aber Caro müsste sich überhaupt keine Sorgen machen, dass ich mich zu sehr in seine Erziehung einmische. Okay – ich könnte ihm natürlich zeigen, wie man einen Baum anpinkelt. Das müsste Henri eigentlich hinkriegen. Immerhin bewegt er sich seit einigen Tagen auf allen vieren fort.

»Ich weiß, dass meine Mutter so ist. Aber ich habe ihr auch ganz klar gesagt, dass wir eine Unterstützung brauchen, keine Aufsichtsratsvorsitzende.«

Caro lacht, ich verstehe den Witz leider nicht. Aber egal. Wenn Caro lacht, ist es immer ein gutes Zeichen. Dann ist die Lage doch nicht hoffnungslos, und sie gibt der Geschichte mit Hedwig eine Chance.

»Na gut. Wenn du meinst, dass die Botschaft bei ihr angekommen ist, dann freue ich mich natürlich auf ihre Hilfe.«

»Die Botschaft ist ganz sicher angekommen. Mach dir keine Sorgen. Sie wird sich nicht einmischen, sondern nur helfen. Und falls sie es doch macht, kümmere ich mich darum.«

»Also, ich finde, mit fast einem Jahr ist Henri doch groß genug, ohne Schnuller auszukommen. Ich habe Marc damals von Anfang an keinen Schnuller gegeben.«

Hedwig hält einen von Henris Schnullern mit spitzen Fingern über die Spüle in der Küche. Täusche ich mich, oder hat Carolin schon Schaum vor dem Mund? Hedwig ist gerade erst gekommen und hat schon drei tolle Verbesserungsvorschläge für das Babyhandling gemacht. Einmal ging es ums Füttern (»lieber selbst kochen anstatt Gläschen«), dann um die Windeln (»wo ist eigentlich sein Töpfchen? Ich kann doch schon mal mit ihm üben«), und gerade jetzt ist der Schnuller das Thema. Eigentlich wollte Caro Hedwig wohl erklären, worauf sie achten soll, solange sie auf Henri aufpasst. Aber soeben läuft es eher andersherum. Hedwig erklärt Caro, wie man sich um ein Kleinkind kümmert. Wuff! Ich kann förmlich riechen, wie sich eine gewisse Spannung in der Küche aufbaut.

Wo ist eigentlich Marc? Der wollte sich doch um alles kümmern. Inklusive seine Mutter in Schach zu halten. Die gleiche Frage scheint sich Caro auch gerade zu stellen.

»Hedwig, ich muss mal kurz runter zu Marc. Bin gleich wieder da.«

Sehr schlaue Taktik. Sich nicht allein mit der Rudelführerin anlegen, sondern Verstärkung holen. Könnte von mir sein. Tatsächlich taucht Marc keine fünf Minuten später auf. Allein. Oha. Krisengespräch.

»Mutter, ich muss doch noch mal kurz mit dir sprechen.«

Er setzt sich an den Küchentisch, Hedwig setzt sich daneben.

»Es ist wegen des Schnullers, richtig?«

Sie klingt fast ein bisschen reumütig.

»Auch. Aber nicht nur. Man könnte auch sagen, wegen des

Töpfchens. Oder wegen der Gläschen. Es geht ums Prinzip, verstehst du?«

»Aber ich will doch nur helfen!«, verteidigt sich Hedwig. »Caro ist eine junge Mutter, und sie macht das alles ganz toll – doch ich dachte, es ist gut, wenn ich sie von meiner Erfahrung profitieren lasse. Das war keinesfalls böse gemeint!«

»Ich weiß. Trotzdem: Halt dich doch mal ein bisschen zurück. Sonst kommt deine Hilfe leicht als Bevormundung rüber.«

Dazu sagt Hedwig nichts. Wahrscheinlich ist sie beleidigt.

Marc seufzt.

»Ich hatte gehofft, du verstehst, was ich meine. Dass du uns so tatkräftig unter die Arme greifst, finde ich toll. Aber Henri ist unser Kind, und einige Sachen entscheiden wir deshalb so, wie *wir* es für richtig halten. Auch, wenn du anderer Meinung sein solltest. Ich fände es zwar sehr schade, wenn das nicht gehen sollte, aber dann müssen wir es eben leider lassen.«

Hedwig schaut zu Boden, unsere Blicke treffen sich. Sie sieht sehr zerknirscht aus. Jetzt tut sie mir leid! Ich glaube ihr, dass sie es nur gut mit ihren Ratschlägen meint.

Nach einer Weile räuspert sie sich.

»Ich werde mich bemühen, mich in Zukunft etwas zurückzuhalten. Aber du musst mir glauben: Das war alles nur gut gemeint. Ich freue mich doch so, mich um meine Enkelkinder kümmern zu können.«

»Das weiß ich doch. Und das finde ich auch toll. Caro hat sich auch darüber gefreut und weiß es sehr zu schätzen. Ich glaube, ihr müsst euch da nur ein wenig aufeinander abstimmen. Dann klappt das schon.«

Hedwig nickt. Und ich hoffe sehr, Marc liegt richtig mit seiner Einschätzung. Vier Monate können vermutlich ganz schön lang sein, wenn hier ständig dicke Luft ist. Vielleicht sollte ich mich dann für tagsüber nach einer andren Bleibe umsehen? Ob es so etwas wie die Purzelzwerge auch für Hunde gibt?

Der restliche Nachmittag verläuft aber ganz friedlich. Caro zeigt Hedwig noch einmal alle Sachen von Henri. Sie spielen zusammen, dann kommt Luisa nach Hause, und wir gehen alle eine Runde Gassi. Wieder zu Hause angekommen backt Hedwig mit Luisa einen Kuchen, und Luisa erzählt von unserem abenteuerlichen Ausflug zum Leuchtturm.

»Stell dir vor, eines der Schafe hat Henri gebissen und seine Kinderkarre umgeschubst!«

Hedwig zieht die Augenbrauen hoch, und man kann genau erkennen, dass sie sich vermutlich denkt, wie unverantwortlich es war, den kleinen Henri einer solchen Gefahr auszusetzen. Aber sie sagt nichts, ringt sich stattdessen ein Lächeln ab und fragt mit sanfter Stimme:

»Was wolltet ihr denn an dem Leuchtturm, mein Schatz?«

»Na, das Trauzimmer besichtigen. Weißt du, Marc und Caro wollen doch nur eine ganz kleine Hochzeitsfeier, und auf den Leuchtturm passen sowieso nur elf Leute. Und dann kommt der Leuchtturmwärter und verheiratet Papa und Caro.«

Hedwig schnappt hörbar nach Luft. Mir scheint, dass sie in den Plan mit der sehr kleinen Hochzeit noch nicht eingeweiht war.

»Bitte, *was* will dein Vater auf dem Leuchtturm?«

»Heiraten. Aber wahrscheinlich doch nicht auf dem Leuchtturm, der war von innen ganz schön scheußlich, hat mir und Caro überhaupt nicht gefallen. Jetzt suchen sie etwas anderes Kleines zum Heiraten.«

»Aha.«

Mehr sagt Hedwig dazu nicht, aber es ist wirklich toll, wie

sie in diese zwei Silben Empörung für eine mindestens zweistündige Rede packt. Tolle Frau! Luisa scheint das allerdings nicht zu bemerken, denn sie plappert munter weiter.

»Also, ich fände ein richtig großes Fest ja schöner, aber das will Carolin irgendwie nicht. Sie möchte zu ihrer Hochzeit nur die Leute einladen, die ihr am wichtigsten sind.«

»Da kann ich ja nur hoffen, dass ich dabei bin«, kommentiert Hedwig sehr schmallippig.

»Aber Oma«, lacht Luisa, »natürlich bist du dabei. Du bist doch ganz wichtig.«

Hedwig greift über den Küchentisch und drückt Luisas Hand.

»Danke, mein Kind. Manchmal bin ich mir da nicht mehr so sicher.«

Luisa guckt überrascht, sagt aber nichts. Stattdessen steht sie auf und linst in den Ofen.

»Ich glaube, unser Kuchen ist fertig. Den hol ich mal raus.«

Kurz darauf steht ein dampfender Schokokuchen auf dem Tisch und riecht wirklich verführerisch. Hoffentlich schneidet ihn Hedwig gleich auf. Dann sind meine Chancen auf einen Probierhappen nicht schlecht. Wenn hingegen erst mal Marc zu Hause ist, kriege ich garantiert nichts ab. Er ist der Meinung, dass Schokolade für Hunde sehr schädlich ist. Aber selbst wenn – an einem Stückchen würde ich bestimmt nicht sterben.

Caro kommt wieder in die Küche.

»Hm, das riecht aber lecker! Gibt es schon was?«

»Er muss eigentlich noch ein bisschen abkühlen«, erklärt Hedwig. »Aber ich schneide schon mal ein Stück für Marc raus. Das will ich ihm in die Praxis bringen.«

»Ach, lass doch. Keine Umstände. Der ist in einer Stunde sowieso wieder hier.«

Hedwig schüttelt den Kopf.

»Nein, nein, das ist ja keine Mühe. Ich bringe ihm gern ein Stück, solange es noch warm ist.«

Sie verfrachtet ein Kuchenstück auf einen Teller und holt eine Gabel aus der Küchenschublade, dann kramt sie eine Serviette aus dem Regal.

»Ich bin gleich wieder da.«

»Wie du meinst.«

»Ja, warm ist es am leckersten. Außerdem wollte ich Marc sowieso noch etwas fragen.«

Schwupp. Weg ist sie. Und ich bin mir ziemlich sicher, dass ich weiß, was Hedwig Marc fragen will. Mit Henri hat es diesmal bestimmt nichts zu tun.

ELF

Sag mal, könntet ihr am Wochenende vielleicht Herrn Beck nehmen?«

Nina und Carolin haben sich in ihrem Lieblingscafé Violetta getroffen. Eigentlich wollte Caro Nina von unserem Forschungstrip in Sachen Hochzeit erzählen, doch Nina kann sich darauf kaum konzentrieren. Selbst die Geschichte mit den Schafen entlockt ihr nicht einmal ein Lächeln. Kurz: Sie hört offenbar überhaupt nicht zu.

»Wieso? Willst du wegfahren?«

»Nein, ich bekomme Besuch. Aber der hat eine Katzenallergie, und ich muss vorher einmal komplett die Wohnung von Becks Haaren befreien.«

»Von mir aus. Beck und Herkules verstehen sich ja gut, das dürfte kein Problem sein. Wer besucht dich denn?«

»Ach, eine Bekannte aus Stockholm.«

Stockholm – da hat Nina das gesamte letzte Jahr verbracht. Sie ist nämlich Psychologin an der Universitätsklinik und erforscht zusammen mit anderen Psychologen und Ärzten, warum es Menschen gibt, die so viel trinken oder anderes Zeugs nehmen, dass sie davon krank werden. Dort hat sie auch ihren Freund Alexander kennengelernt – also, nicht weil der zu viel trinkt oder so, sondern weil der als Arzt in der gleichen Klinik arbeitet. Nina hat aber nicht nur in Hamburg, sondern eben auch in diesem Stockholm geforscht und war in dieser Zeit nur ab und zu am Wochenende da. Um Herrn Beck hatte sich während Ninas Abwesenheit allerdings immer Alexander gekümmert, ich wundere mich, warum wir den fetten Kater diesmal aufs Auge gedrückt kriegen. Die gleiche Frage scheint sich auch Caro zu stellen.

»Wo ist eigentlich Alexander? Nimmt der sonst nicht immer die Katze? Wäre doch fast praktischer – immerhin wohnt er im Stockwerk über dir.«

»Alex ist am Wochenende nicht da, und ich kann Herrn Beck nicht die ganze Zeit allein lassen. Da langweilt der sich doch nur. Zwischendurch um ihn kümmern ist aber auch schwierig, da müsste ich mich dann immer wieder gründlich enthaaren, bevor ich in meine Wohnung zurückgehe. Ich will ja keinen Asthmaanfall bei meinem Besuch riskieren.«

»Nee, klar – wenn es so schlimm ist, ist das auch viel zu gefährlich. Also, einverstanden, ich nehme ihn. Vielleicht packst du mir ein kleines Carepaket für ihn zusammen, sprich, Sachen, die er gern frisst, und sein Körbchen.«

Nina grinst. »Körbchen geht in Ordnung. Fressen tut er alles gern. Da kannst du wirklich nehmen, was gerade wegmuss. Im Umgang ist Herr Beck sehr wählerisch, beim Futter überhaupt nicht.«

Hihi, selten ist der Kater so treffend charakterisiert worden. Aber kein Wunder. Nina ist schließlich Fachfrau. Eine Psychologin, so weiß ich mittlerweile, beschäftigt sich nämlich mit den Sachen, die im Kopf passieren. Natürlich meist im menschlichen Kopf, aber offenbar kann sie sich auch ganz gut in einen Kater einfühlen.

»Ab wann möchtest du denn mit deinem Frühjahrsputz beginnen?«

»Nun ja, wenn du Beck schon am Freitagvormittag holen könntest, wäre das toll.«

Caro nickt.

»Kein Problem. Mach ich. Ich bin Freitag sowieso in der Werkstatt, ich habe jetzt ein Top-Kindermädchen.«

»Richtig, diese Tagesmutter, Frau Langhagen. Hast du schon erzählt.«

»Hm«, seufzt Carolin tief, »leider nicht. Hedwig kümmert sich momentan um ihn.«

»Echt? Aber das wolltest du doch auf keinen Fall!«

»Richtig. Diese blöde Tagesmutter hat uns leider im letzten Moment versetzt. Jetzt haben wir zwar einen Krippenplatz für Henri, aber erst ab August. Ich muss allerdings unbedingt jetzt schon wieder arbeiten, sonst geht Daniel und mir ein Mörderauftrag flöten.«

Nina nickt.

»Verstehe. Mit Kindern ist es wahrhaftig manchmal ganz schön kompliziert. Da habe ich es doch deutlich leichter.«

Während Ninas Bekannte eine Katzenallergie hat, hat Nina bekanntermaßen eine Kinderallergie. Sie kriegt zwar nicht gerade Pickel, wenn sie die lieben Kleinen sieht – aber offen gestanden ist es nur so knapp davor. Mit Henri geht sie trotzdem ganz niedlich um, aber das ist auch die große Ausnahme.

»Ja, mit Kleinkind zu arbeiten hatte ich mir deutlich leichter vorgestellt. Also, wenn ich Freitag in die Werkstatt komme, kannst du mir Monsieur gleich vorbeibringen. Hedwig kommt um halb zehn, ich dürfte also um zehn da sein.«

Ein Wochenende mit Herrn Beck. Fast wie in alten Zeiten. Ich ertappe mich dabei, wie ich mich richtig darauf freue!

Als wir am Freitag in der Werkstatt auftauchen, sind wir etwas spät dran. Marc hatte noch irgendetwas Wichtiges mit Caro in der Praxis zu besprechen. Weil es dringend ohne Hedwig sein musste, schätze ich mal, ging es entweder wieder ums

Kindererziehen oder ums Heiraten. Langsam wird's langweilig. Jedenfalls ist Nina schon da und quatscht mit Daniel. Herr Beck lungert vor der Küchentür herum und sieht nicht so glücklich aus, wie ich es erwartet hätte.

»Hey, Kumpel«, raune ich ihm im Vorbeitraben zu, »freust du dich denn nicht wenigstens ein bisschen? Ein echtes Männerwochenende, nur du und ich?«

»Ja, großartig«, murmelt der Kater knapp.

Begeisterung klingt anders. Schade, für mich gibt es nur eine Sache, die ich mir noch schöner vorstellen könnte – nämlich ein Wochenende mit Cherie, aber das steht wohl leider nicht zur Diskussion. Ich verkneife mir einen Kommentar und laufe mit Caro in den großen Werkstattraum.

»Hallo, Nina, guten Morgen, Daniel! Hält dich die Dame von rechtschaffener Arbeit ab?«, will Caro lächelnd wissen.

Daniel schüttelt den Kopf.

»Nein, nein, sie gewährt mir tiefe Einblicke in die weibliche Psyche. Die kann ich immer gebrauchen, auch wenn ich noch nicht genau weiß, wie ich die geschäftlich ummünze. Privat habe ich da allerdings schon eine Idee.«

»Ach, ihr redet über Yoga.«

Caro grinst.

»Ha, ha. Sehr witzig, Frau Kollegin.«

»Ich habe eine Tüte mit Sachen für Herrn Beck vorne in den Flur gestellt. Wenn du nicht noch irgendwelche Fragen hast, würde ich mich jetzt mal ans Putzen machen.«

Nina dreht sich schon zum Gehen, die scheint es wirklich eilig zu haben.

»Nee, ist okay. Ich komm klar. Außerdem habe ich mit Marc doch den Fachmann par excellence zu Hause.«

Nina rauscht ab, und nun gesellt sich auch Herr Beck zu uns.

»Männerwochenende. Pah! Abgeschoben werde ich. Und die Nummer mit der ›alten Bekannten‹ kann Nina auch ihrer Großmutter erzählen. Ich bin doch nicht blöd. Mr Rosen-und-Champagner kommt zu Besuch, und niemand soll es merken. Wahrscheinlich ist auch die Geschichte mit der Katzenhaarallergie nur ein Märchen, weil sie selbst mich nicht dabeihaben will, wenn der Typ anreist.«

Ich bin völlig perplex. Er denkt, Nina hat gelogen? »Aber, aber – wie kannst du dir da so sicher sein?«

»Mann, Dackel, das ist doch logisch! Kaum war klar, dass Alex am Wochenende seine Eltern besucht und gar nicht da ist, schon sagt sich die ominöse Freundin aus Stockholm an. Apropos Stock: Da kannste doch mit 'nem Stock dran fühlen.«

»Häh?«

»Ich meine, das ist doch eindeutig eine Lüge.«

Ach so. »Na, du wirst ja sehen, wer da tatsächlich auf der Matte steht.«

»Nein, werde ich eben nicht! Ich bin doch bei euch. So ein Mist.«

Stimmt, das hatte ich gerade verdrängt. Herr Beck ist ja gar nicht bei Nina, sondern bei mir. Jetzt verstehe ich auch, warum ihn das so ärgert.

»Aber vielleicht kannst du es hinterher erschnuppern?«

»Haha! Ein echter Jagdhundwitz. Du weißt genau, dass meine Nase mit dem Alter nicht besser geworden ist. Außerdem will ich es sehen, und zwar mit eigenen Augen. Ich lasse mich doch hier nicht hinters Licht führen wie ein Maikätzchen. Von einem Menschen! Pah! Aber ich weiß mir schon zu helfen. Ich werde da sein. Darauf kann Nina Gift nehmen.«

Herr Beck, Teufelskerl! Ich bin ein bisschen beeindruckt von dieser markigen Ansage. Endlich mal ein Haustier, das nicht einfach alles mit sich machen lässt. Manchmal erinnert mich Herr Beck in letzter Zeit an meinen eigenen Opili. Der war zwar ein treuer Begleiter seines alten Herrn, aber durchaus meinungsstark. Wenn er den Fuchs links im Wald vermutete, dann ging es linksrum. Auch wenn der Alte lieber nach rechts gegangen wäre. Ein schlauer Mensch hört eben auf seinen Vierbeiner! Ein nicht so schlauer muss damit rechnen, dass sein Haustier eigenmächtig tätig wird, und genau das scheint Herr Beck gerade zu planen. Ich merke, wie sich meine Rückenhaare von der Rutenspitze bis zum Nacken aufstellen – Mann, ist das aufregend! Ich will mitmachen!

»Weißt du«, schlage ich vor, »vielleicht könnten wir heute Abend zusammen abhauen? Und dann helfe ich dir dabei, Nina zu beschatten!«

»Unabhängig davon, dass du wahrscheinlich keine große Hilfe bist, würde ich dir als Freund den Gefallen tun und dich mitnehmen. Aber wie willst du denn heimlich in die Wohnung von Nina kommen? Du weigerst dich doch bisher, dir mit der Katzenklappe Mühe zu geben.«

Keine große Hilfe? Wuff! Beck ist nicht nur meinungsstark. Er ist auch ahnungslos. Und die Kombination aus beidem, meinungsstark und ahnungslos, ist offen gestanden nicht besonders sympathisch.

»Also, wenn ich dir keine Hilfe bin, dann bleibe ich natürlich zu Hause. Es ist mir zwar schleierhaft, wie du ohne mich aus unserer Wohnung rauskommen willst, aber das ist dann nicht mein Problem.«

Ich kann auch unfreundlich, wenn ich will! Herr Beck mustert mich kopfschüttelnd.

»Ein Kater kommt überall raus.«

Mir platzt der Kragen – oder besser: das Halsband! »Weißt du, Beck, manchmal bist du einfach ein elender Klugscheißer!«

Herr Beck mustert mich kühl.

»Falsch. Ich bin kein Klugscheißer, ich weiß es wirklich besser.«

Okay, Herr Beck ist doch nicht wie mein Opili. Opili war nämlich nicht so verdammt arrogant. Auch wenn er wahrscheinlich tatsächlich die meisten Sachen besser wusste, ließ er es nicht so raushängen wie der doofe Kater. Er war eben ein weiser Dackel-Mann. Ich beschließe, nichts mehr zu sagen und hiermit einem seiner weisen Ratschläge zu folgen: Unrat vorbeischwimmen lassen. Stattdessen trabe ich zu Carolins Werkbank und mache es mir davor gemütlich. Um diese Uhrzeit scheint nämlich immer die Sonne – wenn sie denn mal scheint – auf die Holzdielen vor der Bank und wärmt diese ein bisschen an. Herrlich!

Es dauert keine fünf Minuten, dann ist Beck wohl klar geworden, dass Klugscheißen ganz schön einsam macht. Jedenfalls taucht er neben mir auf und macht es sich ebenfalls bequem. Dann holt er tief Luft.

»Na gut. Dann komm halt mit.«

Ich sage nach wie vor nichts.

»Okay, deine Idee ist vermutlich nicht schlecht – je nachdem, was bei Nina wirklich vor sich geht, ist es unter Umständen besser, zu zweit zu sein, und ich könnte deine Hilfe brauchen.«

Nee, das reicht mir noch nicht ganz.

»Herkules. Entschuldige, ich war blöd zu dir. Würdest du mir heute bitte helfen?«

Wuff! Opili hatte recht! Die Sache mit dem Unrat funktioniert!

»Ich helfe dir gern, Beck. Vielleicht sollten wir schon mal einen Schlachtplan ausklügeln.«

Als wir am Nachmittag wieder in der Wohnung ankommen, werden wir von Henri stürmisch begrüßt. Er krabbelt uns mit einem Affenzahn entgegen und ruft begeistert:

»Gagaah! Mam mam mam!«

Dann setzt er sich hin und klatscht in die Hände. Ich muss zugeben, dass dieser Freudenschrei verdächtig nach *Mama* klang. Gut, dass Marc nicht da ist. Es hätte ihn vermutlich frustriert. Hedwig taucht aus der Küche auf.

»Hallo, Carolin.«

Sie klingt ein bisschen unterkühlt.

»Hallo, Hedwig. Und, alles in Ordnung hier?«

Falls Caro die Kühle auch wahrgenommen hat, hat sie jedenfalls beschlossen, fröhlich darüber hinwegzugehen.

»Ja. Alles gut. Henri hat gut gegessen und geschlafen. In der Zeit habe ich mal ein bisschen Klarschiff in der Wohnung gemacht. Hier sieht es ja manchmal … ach, egal. Eingekauft habe ich auch. Luisa hat ihre Hausaufgaben schon gemacht und ist dann zu irgendeiner Ella abgedüst. Sie kommt um sechs wieder. Für euren Besuchskater habe ich in der Küche zwei Näpfe klargemacht. Ach – und die größte Sensation: Henri kann endlich richtig allein und frei sitzen! Auf einmal hat's geklappt!«

Immerhin: Jetzt lächelt Hedwig.

»Danke, toll, was du alles gemacht hast«, erwidert Caro.

Richtig. Ganz alte Hundetrainer-Schule: Wenn etwas gut gemacht wurde, ganz doll loben. Am besten ein Leckerli anbieten.

»Willst du vielleicht noch etwas bleiben und ein Stück Kuchen mit mir essen? Ich glaube, wir haben noch Muffins im Schrank.«

Ah, perfekt! Sehr gut, Carolin!

»Eigentlich wollte ich gleich los. Sag mal, hat Marc schon mit dir gesprochen?«

Hm, schon ist Hedwigs Lächeln wieder verschwunden.

»Nein, worüber?«

Carolin tut ganz ahnungslos, aber das nehme ich ihr nicht ab. Über irgendetwas hat sie sich doch heute früh mit Marc unterhalten.

»Ach, nichts Wichtiges. Ich bin auch in Eile. Erzähl ich dir ein anderes Mal.«

Komisch. Vornehme Zurückhaltung ist doch sonst gar nicht Hedwigs Art. Aber weil ich gedanklich schon bei unserer späteren Flucht aus der Wohnung und der Überwachung von Ninas Besuch bin, bin ich auch nicht neugierig. Was auch immer es ist, ich werde es schon irgendwann erfahren.

Herr Beck ist mittlerweile in die Küche gelaufen. *Näpfe klar für den Besuch* – das hat ihn bestimmt magisch angezogen. Und richtig: Dort finde ich ihn. Andächtig sitzt er vor zwei Schälchen, die Hedwig für ihn vorbereitet hat. Soweit ich das vom Türrahmen aus erschnuppern kann, ist in dem einen frisch gekochtes Hühnerherz. Hm, lecker! Bestimmt gibt es für mich auch eine Portion. Ich laufe ebenfalls zu den Näpfen und setze mich neben Herrn Beck. Bingo: Mein Napf ist auch randvoll mit der Köstlichkeit. Ich weiß wirklich nicht, was Carolin immer gegen Hedwig hat …

»So«, verkündet Beck mit vollem Maul, »dann lass mal hören: Wie kommen wir hier nachher raus?«

»Darüber habe ich mir tatsächlich schon Gedanken gemacht: Es gibt von dieser Wohnung aus zwei Ausgänge auf die Terrasse, die eine Treppe zum Garten hat. Einmal kommt man vom Wohnzimmer hin. So spaziere ich meistens in den Garten. Allerdings kontrolliert Marc abends immer, ob die Tür auch geschlossen ist. Da müssten wir also schon relativ früh abhauen, und dann werden die uns bestimmt suchen. Die Wahrscheinlichkeit, dass sie bei der Fahndung auch in der Werkstatt gucken und Nina fragen, ist bestimmt ziemlich hoch. Das ist demzufolge nicht so klug. Die zweite Terrassentür geht von Luisas Kinderzimmer ab. Die ist zwar selten offen, aber wenn, vergisst Luisa oft, sie abends wieder zu schließen. Deswegen folgender Plan: Wir müssen Luisa irgendwie dazu bringen, die Tür zu öffnen. Und dann tun wir so, als ob wir unbedingt in ihrem Zimmer schlafen wollten. Das ist bestimmt nicht so schwer, weil Luisa garantiert sowieso möchte, dass wir das tun. Sie mag dich ziemlich gern – erst recht, seit wir damals zusammen abgehauen sind.«

»Ja, stimmt. Sie ist ein liebes Mädchen. Und unsere Flucht war tatsächlich eines der größten Abenteuer, die ich jemals erlebt habe.«

»Geht mir genauso. Eigentlich war die Idee wirklich irre. Per Anhalter in einem Viehtransporter bis München! Aber Luisa war ja wild entschlossen. Sie wollte unbedingt zu ihrer Mutter. Gut, dass wir sie begleitet haben.«

Beck nickt.

»Junge, Junge, wenn ich daran zurückdenke …«

Er kichert in sich hinein, wobei er sich prompt an einem Stück Hühnerherz verschluckt und husten muss. Ich schubse ihn kurz an, er spuckt das Stückchen aus und atmet tief durch.

»Danke, Kumpel!«

Da nich für, wie der Hamburger sagt. Der Kater wird schließlich noch gebraucht.

»Also, wenn Luisa später eingeschlafen ist, machen wir uns vom Acker. Das fällt dann niemandem mehr auf. Und bis die hier alle wach werden, sind wir längst zurück. Ein perfekter Plan!«

Wie perfekt er ist, zeigt sich ein paar Stunden später. In Luisas Zimmer Quartier zu beziehen ist richtig einfach. Wie von mir vorhergesagt, bittet sie Marc von allein, Herrn Becks Katzendecke und mein Körbchen ins Zimmer nehmen zu dürfen. Als Herr Beck dann beginnt, an ihrer Terrassentür zu kratzen, öffnet sie diese bereitwillig.

»Na, dann kommt, ihr beiden! Drehen wir noch eine schnelle Runde durch den Garten, bevor's ins Bett geht!«

Gesagt, getan. Es folgt eine kurze Schnuppertour im Garten, bei der ich so tue, als würde ich Beck meine Lieblingsecken zeigen. Als Nächstes wirft Luisa noch ein bisschen Stöckchen, und selbst Herr Beck versucht sich beim Apportieren. Sieht schon sehr ulkig aus, wenn eine Katze einen geworfenen Stock wieder zurückschleppt! Selbst Luisa muss darüber lachen. Zum Schluss noch ein paar Sprünge über das Eimerchen, das Henri in dem kleinen Sandkasten hat liegen lassen, dann geht es zurück ins Kinderzimmer, wo wir uns wieder brav auf die Decke und ins Körbchen legen. Luisa liest uns noch eine sehr seltsame Geschichte über einen Esel, einen Hund, eine Katze und einen Hahn vor, die zusammen vor ihren alten Besitzern davonlaufen. Komisch, wie sie gerade heute darauf kommt? Aber nachdem sie ihr Licht ausgemacht hat, dauert es nicht lang, dann hören wir an Luisas regelmäßigem Atem, dass sie eingeschlafen ist.

Vorsichtig schleichen wir wieder zur Tür. Sie steht tatsächlich noch offen, und so sind wir kurz darauf wieder im Garten, winden uns durch die Hecke erst in den Vorgarten und stehen daraufhin vorm Haus.

»So. Teil eins des Plans hat schon mal tadellos funktioniert«, stelle ich fest.

»Richtig. Stellt sich nur die Frage, wie wir dich bei Nina reinkriegen. Durch die Katzenklappe willst du ja nicht.«

»Na ja, ich könnte es noch mal versuchen.«

»Und wenn du stecken bleibst? Dann ist aber Matthäi am Letzten. Denn dann müsste ich Nina holen, um dich zu befreien, und eine unbemerkte Überwachung könnten wir zu den Akten legen.«

»Vielleicht haben die ja auch die Balkontür geöffnet. Es ist heute tatsächlich ziemlich warm für einen Frühlingstag. Irgendwas fällt uns schon ein. Auf alle Fälle will ich es versuchen.«

Herr Beck seufzt.

»Na, dann los.«

ZWÖLF

Du musst dir schon ein bisschen mehr Mühe geben. Allein kriege ich dich da nicht durch.«

Mein erster Versuch, durch die Katzenklappe im Keller zu kommen, ist schon in die Hose gegangen. Ich schaffe es nur zur Hälfte, dann verlässt mich mein Elan, und ich kriege mein Hinterteil nicht mit durch, sondern bleibe mit beiden Läufen auf der Erde. Immerhin haben wir keine menschliche Hilfe gebraucht, um mich wieder herauszubekommen. Ich konnte meine erste Hälfte ganz vorsichtig zurückziehen und habe mir dabei nur ein ganz kleines bisschen die Schlappohren geklemmt. Ich muss einfach entschlossener sein, sonst fehlt mir der nötige Schwung, der den ganzen Hund durch die blöde Klappe bringen kann.

Ich gehe ein paar Schritte zurück, dann nehme ich Anlauf und presche entschlossen auf die Klappe zu – nur, um im letzten Moment eine Vollbremsung zu machen.

Herr Beck faucht laut auf.

»Herkules, jetzt mach endlich! Das kann doch nicht so schwierig sein! Seit wann bist du bloß so ängstlich? Ich dachte immer, du stammst von sieben Fantastillionen Jagdhundahnen ab? Denk an die Wildschweinjagd, an deine Vorfahren, an was auch immer – aber gib verdammt noch mal Gas!«

Richtig! Gas geben! Und zwar sofort! Wieder ein Anlauf, und zwar ein ganz entschlossener, dann schließe ich die Augen, springe – und bleibe ganz am Ende mit meinem letzten

Drittel hängen. Jaul! Ich hänge in der Luft, und zwar im wahrsten Sinne des Wortes! Wie soll ich mich da nur wieder rauswinden? Meine Hinterläufe zappeln in der Schwebe, meine Schnauze hängt dafür auf der anderen Seite knapp über dem Boden. Verfluchte Sch...!

Und was macht der blöde Kater? Der lacht doch tatsächlich. Ich hingegen fange an zu heulen.

»Herkules, wenn du wüsstest, wie komisch das von hier hinten aussieht, würdest du auch lachen.«

»Ja, vielen Dank auch für deine großartige Hilfe!« Immerhin heule ich die letzten Worte nicht mehr, sondern knurre sie.

»Ach, Gottelchen. Nun stell dich mal nicht an. Ich helfe dir ja gleich. So geht es tatsächlich besser. Warte mal kurz.«

Leider kann ich nicht sehen, was Herr Beck damit meint. Und sagen tut er nichts mehr. Er scheint sich ein bisschen von der Klappe zu entfernen. Während ich noch darüber nachdenke, was Herr Beck wohl vorhat, trifft mich auf einmal ein gewaltiger Schlag direkt zwischen meine Hinterläufe auf den Allerwertesten. Der Stoß ist so heftig, dass er tatsächlich den letzten Rest von mir durch die Klappe bugsiert. Sehr unsanft knalle ich auf meine empfindliche Dackelnase und bleibe einen Moment benommen auf dem Kellerboden hinter der Klappe liegen. Aua! Verdammt, was war das?

Dann klappert es, und kurz darauf sitzt Herr Beck neben mir.

»Du magst nicht so fett sein wie ich, eine Elfe bist du aber auch nicht gerade. Beim Schubsen habe ich mir garantiert eine ziemliche Beule geholt.« Er reibt sich mit einer seiner Vorderpfoten an seiner Stirn entlang.

»Mann, das tat jetzt richtig weh! Was hast du gemacht?«

»Dich mit Anlauf durch die Klappe geschoben. Das wäre

sonst doch nie etwas geworden. Dass ihr Hunde aber auch so steif sein müsst! Du solltest ein bisschen Gymnastik machen. Wenn du ein echter Jagdhund wärst, müsstest du ja auch mal in den Bau. Ist mir schleierhaft, wie du das in dieser Verfassung schaffen wolltest.«

»Hey, Moment mal, was heißt denn *Wenn du ein echter Jagdhund wärst*? Ich *bin* ein echter Jagdhund!«

Herr Beck schaut mich belustigt an.

»Meinst du? Egal, für diese Diskussion haben wir keine Zeit. Los, hoch zu Nina!«

Möglichst unauffällig und leise traben wir die Stufen zu ihrer Wohnung hoch, was eigentlich unnötig ist, denn unter Ninas Wohnung ist sowieso nur die Werkstatt, und die ist um diese Uhrzeit natürlich längst verlassen. Vor ihrer Tür angekommen hocken wir uns erst mal hin und lauschen. Es ist ziemlich still, aber ein fernes Gemurmel verrät, dass jemand im hinteren Teil der Wohnung sein muss. Es ist zwar sehr leise, aber es sind eindeutig zwei verschiedene Stimmen zu vernehmen. Aha. Die ominöse Freundin ist zu Besuch. Und ihre Stimme ist tatsächlich auffallend tief. Beck scheint mit seinem Verdacht auf der richtigen Spur zu sein.

»So, Herkules. Es wäre großartig, wenn du es diesmal selbst durch die Klappe schaffst. Erstens war die Aktion eben sehr schmerzhaft, zweitens war sie sehr laut. Da können wir gleich einpacken, wenn wir hier so rumrumpeln. Also, mehr Einsatz, Kumpel!«

Der hat gut reden. Aber es stimmt natürlich. Wenn wir hier die Tür halb eintreten, wird Nina bestimmt sofort nachsehen, was los ist, und wir fliegen auf. Ich nehme all meinen Mut zusammen, kümmere mich nicht weiter um mein rasendes Herz und sause los. Entschlossen springe ich auf die Öffnung zu und mache mich möglichst lang und schmal. Es macht *klapp-klapp* – dann lande ich sicher auf der anderen Seite. Sensationell! Mit dieser Nummer kann ich mit Sicherheit im Zirkus auftreten. Am liebsten würde ich vor Freude laut bellen, verkneife es mir aber.

Ein weiteres *Klapp-Klapp*, dann sitzt Beck neben mir und maunzt anerkennend.

»Nicht schlecht, Dackel, nicht schlecht.«

Leise schleichen wir durch den Flur, in den nur schwaches Licht fällt, den Stimmen entgegen. Sie kommen aus dem Schlafzimmer. Ninas Stimme – eindeutig. Und ein Mann – ebenso eindeutig nicht Alexander. Und ich kann endlich nachvollziehen, was Herr Beck mit »andere Sprache« meint. Denn ich höre jedes Wort, was die beiden miteinander sprechen – gleichzeitig verstehe ich gar nichts.

Die Tür zum Zimmer steht einen Spalt auf, wir huschen hinein. Nun wird klar, warum das Licht, das in den Flur fällt, so schwach ist: Nina hat nicht die normale Lampe angemacht, sondern sehr viele Kerzen angezündet, die überall im Zimmer stehen, den Raum in ein flackerndes Licht tauchen und ihm damit eine ganz seltsame Stimmung verleihen. Irgendwie – ich weiß gar nicht, wie ich es beschreiben soll. Ob es das ist, was die Zweibeiner *romantisch* nennen?

»Los, weiter!«, raunt mir Herr Beck zu. »Sonst sehen die uns doch gleich!«

Mit *die* sind natürlich Nina und der fremde Mann gemeint, die gemeinsam auf Ninas großem Bett liegen und sich sehr angeregt in dieser seltsamen Sprache unterhalten. Momentan haben die beiden nur Augen für sich selbst, aber es stimmt natürlich: Wenn wir die Situation weiter beobachten wollen, sollten wir hier nicht wie angenagelt stehen bleiben.

Der Kater hat offensichtlich auch schon eine Vorstellung davon, was ein idealer Beobachtungsposten sein könnte, er steuert direkt auf die Tür der kleinen Kammer zu, die vom Schlafzimmer abgeht und Nina als begehbarer Kleiderschrank dient. Sehr schlau! Von da haben wir die optimale Aussicht, und Nina und der Typ werden momentan garantiert keinen Gedanken an die Kleiderkammer verschwenden – obwohl beide nackt sind und sich unter normalen Umständen durchaus die Frage stellen könnten, was man denn mal Schönes anziehen sollte. Aber damit ist gerade nicht zu rechnen, denn die ganze Szenerie, die sich uns hier darbietet, sieht mir ganz schwer nach dem Auftakt für etwas aus, bei dem sich Menschen ungern von anderen Sachen ablenken lassen: Sex. Oder Liebe. Oder beides. Das weiß man beim Menschen nie so genau.

Wir huschen in die Kammer, vorsichtig öffnet Herr Beck mit einem Tatzenstoß die Tür ein wenig weiter. Dann hüpfen wir beide auf das unterste Regalbrett, auf dem ein paar Schuhe herumstehen. So. Ein echter Logenplatz. Kann losgehen.

Tatsächlich nimmt der Mann gerade die Flasche Champagner, die vor ein paar Tagen zusammen mit den Rosen angekommen ist, gießt zwei Gläser ein und reicht Nina eins davon.

»Thanks.« Sie trinkt, stellt dann das Glas wieder ab. Auch der Mann hat sein Glas abgestellt, nimmt Nina in den Arm und küsst sie auf den Mund. Die erwidert den Kuss. Allerdings nur kurz, dann schiebt sie den Mann ein Stück von sich weg und betrachtet ihn nachdenklich.

»Sören, we can't go on like this.«

»Nina, believe me, I love you.«

»But you have a wive and children and I have a boyfriend. I feel bad about this.«

Hä? Was ist los? Ich werfe Herrn Beck einen Blick zu.

Der schüttelt den Kopf.

»Sag ich doch«, flüstert er. »Man versteht kein Wort.«

»Aber dem Ton nach ist es irgendwie ein Krisengespräch«, merke ich an.

»Stimmt. Allerdings ein ungewöhnlicher Aufbau für ein Krisengespräch: Beide nackt, Kerzen, Champagner. Da wäre doch nach meiner Erfahrung vom menschlichen Paarungsverhalten eher mal Sex angesagt.«

»Tja. Vielleicht ist der Typ auch Psychologe. Dann reden die vielleicht nur stundenlang, und es ist für sie genauso gut wie Sex.«

»Oder sie hatten schon Sex und machen gerade eine Pause. Wir wissen ja nicht, wie lange der Kerl schon da ist. Um wirklich zu wissen, was hier gespielt wird, müssen wir das Ganze wohl länger beobachten.«

Nina steht vom Bett auf und nimmt die Flasche Champagner.

»Hey, where are you going?« Der Mann guckt Nina verwundert an. Scheint eine Frage gewesen zu sein.

»I'm just putting the champagne into the fridge.«

Sie verlässt das Zimmer, Mr Fremdsprache bleibt auf dem Bett liegen und schaut an die Zimmerdecke. Er ist größer als Alexander und bestimmt einige Jahre älter. Denn während Alexander noch ein ganz glattes Gesicht hat, hat der hier schon ziemliche Falten um die Augen. Die kann ich selbst auf die Entfernung sehen. Hellere Haare als Alexander hat er auch, sogar noch heller als die von Caro. Seine Arme sind sehr kräftig und muskulös, er sieht aus wie ein Mensch, der nicht im Sitzen arbeitet, sondern richtig. Vielleicht ein Stallbursche? Die Burschen auf Schloss Eschersbach waren auch sehr kräftig – das brachte die Arbeit auf dem Hof so mit sich.

Klick, klick. Bilde ich mir das ein, oder habe ich gerade ein Geräusch gehört, das klingt, als ob ein Schlüssel im Haustürschloss gedreht wird? Nein, keine Einbildung – auch Herr Beck scheint es gehört zu haben.

»Ach du Scheiße! Kommt jetzt etwa Alexander nach Hause? Er hat jedenfalls auch einen Schlüssel zur Wohnung. Na, das wird gleich lustig!«

Die Tür zum Schlafzimmer fliegt auf, und mit einem Riesensatz steht Nina wieder neben dem Bett. Sie packt den Mann am Arm und zieht ihn vom Bett hoch.

»Quick! My boyfriend's coming home.«

»But you said …«

»No time for talking! GET UP! And get into the wardrobe over there!«

Als er steht, schubst ihn Nina in Richtung Kleiderkammer. Auch wenn ich die Worte nicht verstehe – der Inhalt ist klar: Nina will ihn verstecken. Und da fällt ihr natürlich der gleiche Ort ein, an den auch wir als Erstes gedacht haben. Oje, oje! Gleich wird's hier eng.

»Denkst du das Gleiche wie ich?«, maunzt Herr Beck.

Ich nicke.

»Okay, dann sollten wir uns mal ein bisschen in die Klamotten verkrümeln.«

Gesagt, getan – Beck und ich kriechen so weit es geht in eine Ecke der Kammer und drücken uns zwischen die langen Kleider von Nina. Keine Sekunde zu früh – denn jetzt wird die Tür zur Kammer noch weiter geöffnet, Nina schiebt den Typen hinein, es klirrt kurz. Das müssen die Gläser sein. Klar, die würden Besuch verraten. Dann schließt Nina die Tür. Es ist stockfinster, aber ich brauche den Mann nicht zu sehen, um festzustellen, wie aufgeregt er ist. Sein Atem geht schnell, er riecht nach Schweiß. Lieber Menschengott, mach, dass Alexander ganz schnell wieder geht und wir alle heil aus dieser Kammer kommen.

»Hallo, Schatz! Wo steckst du denn?«

Alexanders Stimme schallt über den Flur, und seine Schritte kommen näher.

»Im Schlafzimmer. Ich habe schon fast geschlafen.«

Ninas Stimme klingt verräterisch zittrig, hoffentlich bemerkt Alexander das nicht.

»Schon so müde?«

Jetzt ist Alexanders Stimme so laut und nah, dass er im Schlafzimmer angekommen zu sein scheint. Der Atem von dem Herrn im Schrank wird unregelmäßiger und hektischer – und irgendwie pfeifend. Kein Wunder, in seiner Haut möchte ich gerade nicht stecken. Ich möchte momentan noch nicht mal in meiner Haut stecken, obwohl meine Situation ungleich besser ist als seine.

»Ich hab's mir anders überlegt und bin nach dem Abendessen gefahren. Hatte Sehnsucht nach dir.«

»Wie schön. Ich bin aber total müde.«

»Soll ich uns noch ein Glas Wein holen?«

Bitte, bitte nicht! Ich will nicht die restliche Nacht mit einem fremden Mann im Kleiderschrank verbringen.

»Nee, du. Ich will schlafen. Lass uns mal morgen quatschen.«

Eine ausgezeichnete Idee. Los, Alexander! Husch ins Körbchen, und zwar in dein eigenes!

»Wie du meinst.«

Alexander klingt enttäuscht, scheint die Geschichte aber zu kaufen. Der Dielenboden knarrt, Alexander geht wohl wieder. Wuff! Endlich!

Den Schritten nach müsste Alexander schon fast an der Tür sein, da beginnt Ninas fremder Besucher zu husten. Also, nicht nur einmal kurz, sondern mehrmals. Erst klingt es sehr gepresst, ganz so, als würde er versuchen, es zu unterdrücken, aber dann wird es stärker. Was auch stärker wird, ist das pfeifende Geräusch, das mir eben schon an seinem Atem aufgefallen ist. Eindeutig: Er pfeift und hustet. Unglaublich – kann der sich nicht noch zwei Minuten zusammenreißen?

»Heilige Ölsardine!«, faucht Beck. »Was soll denn das? Der soll gefälligst Ruhe geben.«

Alexander ist wieder stehen geblieben.

»Was ist denn das für ein Geräusch?«

»Welches Geräusch?«

»Na, da hat doch jemand gehustet.«

»Ich hör nix«, behauptet Nina tapfer.

Leider wird das Pfeifen noch lauter, das Husten klingt fast wie ein Würgen. Was ist bloß auf einmal los?

»Ach, du liebe Güte!«, maunzt Beck. »Sag bloß, der Typ ist wirklich gegen Katzen allergisch. Ich dachte, das sei eine Ausrede, um mich loszuwerden, aber vielleicht hat Nina die Wahrheit gesagt.«

»Hä?« Mehr fällt mir dazu nicht ein.

»Na, es gibt tatsächlich Menschen, die auf Katzenhaare so reagieren wie der Typ jetzt. Vor allem, wenn man sie mit einer Katze in den Kleiderschrank sperrt. Ich habe da auf einmal ein gaaanz schlechtes Gefühl …«

Ein neuer Hustenanfall – aber nicht nur das: Der baumlange Kerl geht auf einmal vor uns in die Knie, sein Atem pfeift und rasselt, ich kann die Panik des Mannes genau riechen. Todesangst. Er hat echte Todesangst. Ob so eine Allergie richtig gefährlich ist? Oder ist es die Angst, gleich ein paar von Alexander auf die Schnauze zu kriegen?

»Nina, da ist doch jemand im Schrank!« Alexander klingt wütend und fassungslos.

»Nein, ich … äh …. das stimmt gar nicht!«

»Mach die Tür auf!«

»Nein. Ich will, dass du jetzt gehst. Raus aus meiner Wohnung, Alexander!«

»Nina, du ...«

»Raus, habe ich gesagt!«

Ob sie ihn tatsächlich so loswird? Dann würde er sich zwar seinen Teil denken können, aber, wie das Anwaltsherrchen von Herrn Beck seinerzeit so schön sagte: glauben ist nicht wissen. Vielleicht kriegt Nina so noch die Kurve.

Den Bruchteil einer Sekunde später erübrigt sich diese Überlegung. Mit einem lauten Pfeifen geht unser Schrankmitbewohner zu Boden, dabei schlägt sein Kopf mit einem lauten Knall an der Kammertür an. Die Tür wird aufgerissen, an den Kleidern vorbei kann ich sehen, dass Alexander in der Türöffnung steht. Okay. Soeben ist aus Glauben Wissen geworden.

Zwischen zwei pfeifenden Atemzügen presst der Mann ein Wort hervor: »Help!« Help? Hm. Ob das wohl *Entschuldigen Sie bitte, dass ich nackt aus dem Kleiderschrank Ihrer Freundin gefallen bin. Es wird nicht wieder vorkommen* heißt? Vermutlich nicht. Dafür war es dann doch zu kurz.

Alexander schaltet das Licht in der Kammer an und kniet sich neben den Mann. Der macht jetzt ein Geräusch, das wie *hu... hu... hu... hu...* klingt.

»Scheiße, Nina, ruf sofort die 112 an. Wir brauchen dringend einen Rettungswagen.« Und an den Mann gewandt: »Versuchen Sie, ganz ruhig zu bleiben.«

Na, Alexander hat vielleicht Nerven. Will den Typen verhauen und bestellt vorher schon mal vorsichtshalber die Ambulanz. Oder verstehe ich da etwas falsch?

»Sören kann kein Deutsch.« Nina klingt verheult.

»Sören? Aha. Scheißkerl. Egal.«

Alexander beugt sich neben den Mann. »Sören, you have to

stay calm. Please, pretend you give me a kiss and breathe out very slowly through your lips.«

Von meinem Blickwinkel sieht es nun so aus, als würde Sören versuchen, Alexander zu küssen. Jedenfalls formt er einen Kussmund. Eine interessante Entwicklung. Küssen sich jetzt die Männer? Und falls ja – ob Nina dann eifersüchtig wird?

»Was machst du denn da?«, will Nina auch tatsächlich wissen, als sie mit dem Telefon in der Hand wieder neben Alexander auftaucht.

»Dein Liebhaber hat offensichtlich einen schweren Asthmaanfall. Ich versuche, ihn per Lippenbremse so atmen zu lassen, dass sich seine Bronchien wieder weiten. Wann kommt die Rettung?«

Ach so. Alexander will ihn nicht vermöbeln, sondern retten. Sehr noble Geste!

»Keine Ahnung, wann die kommen!«

»Hat er ein Spray mit?«

»Keine Ahnung!« Nina heult.

»Ist er gegen irgendwas allergisch?«

»Gegen Katzen. Aber ich habe Beck heute früh weggebracht.«

»Aha. Von langer Hand geplant. Wundervoll. Aber irgendwo müssen hier noch viele Katzenhaare sein. Hey, Sören, breathe out slowly. Form your mouth, as if you were kissing. Breathe out! And slowly, very slowly!«

Alexander kniet sich hinter Sören, will ein bisschen Platz schaffen, schiebt die Kleider weg – und erwischt dabei den Schwanz von Herrn Beck. Sofort dreht er sich zu uns um. In der zwischen den Kleidern entstandenen Lücke sitzen wir wie auf dem Präsentierteller.

»Herr Beck! Herkules! Was macht ihr denn hier? Nina, schaff sofort den Kater raus. Raus mit ihm!«

Er schlägt nach Beck, der maunzt laut auf und rennt zu Nina. Ich bleibe wie angenagelt sitzen, unfähig, einen klaren Gedanken zu fassen. Sören scheint kaum noch Luft zu bekommen. Alexander packt ihn bei den Schultern.

»Sören, do you have a spray? Salbutamol? Asthmaspray?«

Sören schüttelt den Kopf.

»Auch egal, das kriege ich momentan sowieso nicht in ihn rein. So, komm, Sören, ab in die Küche.«

In die Küche? Ich kann mir nicht vorstellen, dass Sören gerade Hunger hat.

»Nina, ich brauch deine Hilfe. Sperr die Katze im Wohnzimmer ein. Ich setzte deinen Freund hier vor den geöffneten Kühlschrank, feuchte, kalte Luft hilft oft. Bleib bei ihm. Ich glaube, ich habe in meinem Arztkoffer noch Cortison. Das spritze ich ihm jetzt.«

Er schleppt Sören in die Küche, ich laufe hinterher. Dann schiebt Alexander einen Stuhl vor den Kühlschrank, verfrachtet Sören darauf und öffnet die Tür.

»Oh, Champagner! Großartig. Da hattet ihr beiden wohl bisher einen richtig netten Abend. Breathe out slowly. Very slowly through your lips. Out, understand? Good! Very good! Nina, wo bleibst du!«

Nina taucht auf und stellt sich neben Sören.

»Versuch, ihn zu beruhigen. Und hör endlich auf zu heulen. Du musst jetzt Ruhe ausstrahlen, sonst wird er noch panischer. Ich hole meinen Koffer von oben.«

Nina tut, wie ihr geheißen, und streichelt über Sörens Wange. Im Licht des Kühlschranks sieht sein Gesicht irgendwie ziemlich blau aus. Ungesund! Kurz darauf ist Alexander mit einer Tasche wieder da, wühlt darin und zieht schließlich ein Fläschchen und eine Spritze daraus hervor.

»So. Ein Gramm Cortison, dann dürfte das Leben für deinen Freund gleich schöner aussehen. Salbutamolspray hab ich auch noch. Vielleicht krieg ich das gleich in ihn rein.«

Er nimmt Sörens Arm und sticht die Spritze hinein. Als er fertig ist, greift er Sörens beide Arme und legt sie auf dessen Oberschenkel, sodass Sören fast schräg im Kühlschrank liegt.

»Slowly out. Now, can you breathe in a little?«

Sören nickt.

»Wonderful. It's getting better. Now take this.« Er gibt ihm eine längliche runde Dose mit einem Röhrchen dran. »That's Salbutamol. Do you know, how it works?«

Sören nickt wieder. Es würde mich zu sehr interessieren, worüber sich die beiden gerade unterhalten.

»Four times, okay?«

Wieder ein Nicken.

Alexander schüttelt die Dose und gibt sie Sören. Der nimmt das Röhrchen in den Mund und atmet ein. Zweimal, dreimal, viermal. Dann hört er auf und stützt sich wieder auf seine Oberschenkel. Tatsächlich klingt sein Atem nicht mehr ganz so pfeifend und wird langsam ruhiger.

Es klingelt an der Tür. Das muss der Krankenwagen sein. Alexander greift seine Tasche, geht zur Wohnungstür und öffnet. Zwei Männer in hellen Jacken kommen in den Flur.

»Guten Abend, Kollegen. Alexander Klein mein Name. Der Patient ist in der Küche. Zustand nach Status asthmaticus. Schwerer Katzenhaarallergiker. Ich bin Arzt, war zufällig da. Habe ihm schon ein Gramm Cortison intravenös gegeben und eben vier Hübe Salbutamol. Akute Krise ist beendet, aber er sollte in ein Krankenhaus.«

Dic Männer nicken.

»Wow. Da hat er ja Glück gehabt, dass Sie gerade vorbeigekommen sind.«

»Wie man es nimmt«, erwidert Alexander knapp. »Aber

ich muss jetzt leider los. Habe noch einen anderen Notfall. Etwas mit dem Herzen.«

Dann nimmt er die Tasche und seine Jacke, die noch am Haken neben der Tür hängt, und geht.

Notfall mit dem Herzen. Ich weiß genau, welches Herz gemeint ist. In diesem Moment tut mir Alexander sehr, sehr leid.

DREIZEHN

Nachdem die Rettungssanitäter Sören mitgenommen haben, ist es in der Wohnung ganz still. Nina steht immer noch wie betäubt in der Küche, sie trägt das Nachthemd, das sie sich übergeworfen hatte, als Alexander so überraschend kam. Nach einer Weile öffnet sie die Kühlschranktür, nimmt den Champagner heraus und trinkt. Und zwar direkt aus der Flasche. Ein sehr ungewöhnlicher Anblick. Soweit ich weiß, trinkt man das Zeug sonst eher aus Gläsern.

Etwas ratlos trabe ich in Richtung Wohnzimmer. Dort ist Herr Beck nach wie vor eingesperrt. Als er mich kommen hört, kratzt er an der Türe.

»Hey, Kumpel! Kannst du mich irgendwie rauslassen?«

Ich setze mich vor die geschlossene Tür.

»Wie denn? Die Klinke ist ganz weit oben, da komme ich nicht ran. Ich überlege auch gerade, ob ich nicht besser wieder abhaue. Mein Gefühl sagt mir, dass wir hier möglicherweise noch richtig Ärger bekommen. Nina kippt sich gerade den ganzen Champagner rein, guckt finster und sieht auch sonst nicht so aus, als wäre sie in der richtigen Stimmung, um Haustiere zu verwöhnen.«

Herr Beck sondert ein Fauchen ab.

»Nix da, hiergeblieben! Mitgefangen, mitgehangen. Du wolltest unbedingt mit, dann kannst du dich nicht einfach so vom Acker machen und mir den ganzen Ärger überlassen.«

So ungern ich es zugebe – hier hat der Kater recht. Es

wäre ziemlich feige, nun durch die Katzenklappe wieder zu verschwinden und so zu tun, als wäre ich gar nicht dabei gewesen. Eines echten Jagdhundes unwürdig. Und eines guten Freundes sowieso.

Nina kommt aus der Küche, greift sich das Telefon, das mittlerweile auf dem kleinen Schränkchen neben der Wohnungstür liegt, und tippt eine Nummer ein.

»Caro? Hier ist Nina. Ich weiß, es ist schon fast zehn Uhr, aber kannst du trotzdem unbedingt kommen? Es ist WIRKLICH dringend. Übrigens: Falls du deinen Hund vermisst, der ist hier.«

Schluck. Die Hoffnung, zumindest bei Caro und Marc wieder heimlich unterzuschlüpfen, kann ich hiermit wohl offiziell begraben. Die Frage ist nur, wie viel Ärger genau mich erwartet: ein bisschen, durchschnittlich oder richtig Ärger?

»Also, nur, dass ich es verstehe: Dein nackter Liebhaber ist deinem Freund aus dem Kleiderschrank entgegengefallen? Und der musste ihn dann retten? Weil er sonst erstickt wäre?«

Kurz nach dem Telefonat sitzt Caro in Ninas Wohnzimmer auf dem Sofa. Ich glaube, eigentlich soll sie ihre Freundin trösten, aber momentan klingt sie nicht mitfühlend, sondern amüsiert. Das ist für Nina natürlich doof, es erhöht jedoch meine Chance, mit nur ein bisschen Ärger davonzukommen, deutlich. Eine gut gelaunte Caro wird bestimmt Gnade vor Recht ergehen lassen.

»Sören ist nicht mein Liebhaber«, erklärt Nina trotzig.

»Verstehe. Und warum genau hat er sich nackt in deinem Kleiderschrank versteckt?«

»Er *war* mein Liebhaber. Aber ich hatte die Affäre schon beendet.«

Herr Beck wirft mir einen vielsagenden Blick zu. Man muss kein Meister der Verhörtechnik sein, um an diesem Punkt noch mal nachhaken zu wollen. Caro geht's genauso.

»Tja, von außen betrachtet – und das ist sicherlich die Sichtweise, die Alexander einnehmen wird – könnte man glatt denken, die Affäre sei noch voll im Gange.« Sie grinst.

»Mann, Carolin – das weiß ich doch selbst. Deswegen versuche ich ja, es dir zu erklären, aber ich habe das Gefühl, dass dich gar nicht interessiert, wie es wirklich ist. Sollte es aber. Schließlich bist du meine Freundin.«

Caro hört schlagartig auf zu grinsen.

»Tut mir leid. Das war doof von mir. Wie ist es denn wirklich?«

Nina holt tief Luft – dann fängt sie zu weinen an. Auweia. Selbst der Kater schaut ratlos. Die toughe Nina in Tränen aufgelöst: An diesen Anblick muss ich mich erst mal gewöhnen. Caro schaut auch erschrocken, aber dann legt sie ihren Arm um Ninas Schulter und zieht sie mit einem *Schhh, Schhh* ganz eng an sich heran.

Nach einer Weile hat sich Nina wieder beruhigt. Caro gibt ihr ein Taschentuch, in das sie laut schnäuzt, dann beginnt Nina, ihr Herz auszuschütten.

»Ich habe Sören letztes Jahr in Stockholm kennengelernt.«

»War er in deiner Forschungsgruppe?«

Nina schüttelt den Kopf.

»Nein. Sören ist Bildhauer. Er hatte eine große Ausstellung in unserer Klinik. Da habe ich ihn das erste Mal gesehen.«

Bildhauer? Klingt brutal. Und seit wann kann es denn ein Beruf sein, etwas zu verhauen? Noch dazu so etwas Wehrloses wie ein Bild. Na gut, es gibt auch Boxer, das habe ich schon einmal im Fernsehen gesehen. Aber die prügeln sich gegenseitig. Und irgendwann fällt einer um, und der andere sieht auch nicht gerade taufrisch aus, darf dafür aber so eine Art Bauchbinde hochhalten. Ob Sören so etwas Ähnliches macht? Das würde natürlich erklären, warum er solche Muckis hat.

»Oh, ein Künstler. Klingt interessant.«

Klingt interessant? Ich finde, es klingt absurd. Kunst ist doch so etwas, was Aurora macht – also, vor vielen Leuten Geige spielen. Oder meinetwegen auch, den alten von Eschersbach auf ein großes Stück Stoff zu malen, damit er es im Salon aufhängen kann. Aber ein Bild zu verhauen – was soll denn daran bitte schön Kunst sein? Dieser Sören wird mir langsam suspekt. Doch wahrscheinlich habe ich das falsch verstanden. Ist auch kein Wunder. Als Dackel ist man nicht so häufig im Museum.

»Ja, ein Künstler. Seine Skulpturen sind wundervoll. Stark, wild und rau – aber auch verletzlich.« Ninas Stimme bekommt einen verträumten Klang, und ich frage mich, was genau Skulpturen sind. »Er hatte sie überall auf dem Klinikgelände aufgestellt. Ich habe ihn beobachtet, wie er einige von ihnen aus dem Transporter lud. Allein, wie er sie in den Armen hielt, sah so verdammt sexy aus! So kräftig und zärtlich zugleich.«

»Und lass mich raten – er fasst nicht nur Statuen kräftig und zärtlich zugleich an«, sagt Caro mit einem unüberhörbaren Grinsen und kassiert dafür sofort einen bösen Blick von Nina. »'tschuldigung, war nicht so gemeint«, murmelt sie daraufhin.

Aha. Ein wichtiger Hinweis! Skulpturen scheinen Statuen zu sein. Und davon hatten wir im Schlosspark jede Menge. Engel, Jünglinge und vor dem Haupthaus sogar ein Reiterstandbild. Allerdings hätte man keine dieser Statuen einfach durch die Gegend tragen können, dafür sind sie eindeutig zu groß und zu schwer, selbst für jemanden mit Armen wie

Sören. Wenn Sören nun hauptberuflich Stein in Statuen verwandelt, ist das natürlich schon eine Kunst, das sehe ich ein. Interessant finde ich, dass selbst Menschenfrauen wie Nina für männliche Kraft empfänglich zu sein scheinen. Ich meine, Nina lebt eigentlich nur mit dem Kopf. Sie redet viel, sie arbeitet nicht mit den Händen, und Alexander ist von der gleichen Sorte. Ich hätte nie gedacht, dass ein Mann Nina mit Kraft beeindrucken kann. Ist aber wohl so. Wieder etwas gelernt.

»Zur Ausstellungseröffnung waren alle Klinikmitarbeiter eingeladen. Ich kam etwas später, hatte sogar erst überlegt, gar nicht hinzugehen.«

»Echt? Warum?«

»Ach, ich war so schlecht drauf an dem Tag. Hatte mich mit Alexander am Telefon total gestritten, und in der Projektgruppe lief es gerade auch nicht optimal. Meine Laune war grauenhaft. Ich glaube, eigentlich bin ich nur zu der Ausstellung gegangen, um mich gepflegt zu betrinken. Damit habe ich dann auch unverzüglich angefangen.«

Wuff. Frauen und Alkohol. Eine Kombination, die ich nicht besonders schätze. Ach was: Menschen und Alkohol passen meiner Meinung nach nicht zusammen. Da ist der Mensch nun ein vernunftbegabtes Wesen, und dann tut er manchmal alles dafür, diese Vernunft schon im Keim zu ersticken. Zwei Flaschen Wein, und der Durchschnittsmensch ist auf dem Niveau von Frau Müllers Wellensittich, jede Wette!

»Und dann?«, erkundigt sich Caro neugierig.

»Nach dem dritten Glas Sekt fiel mir auf, dass Sören wirklich der einzig interessante Mann auf dieser Veranstaltung war. Also habe ich mich mit ihm unterhalten. Auf Englisch, denn ich kann kein Schwedisch und er kein Deutsch.«

Sieh an, es spricht nicht jeder Mensch jede Sprache.

Manchmal verstehen sie sich demzufolge nicht. Das erklärt auch, warum Beck und ich heute Abend kein Wort verstanden haben – Nina, Sören und Alex haben sich in einer Art Gemeinschaftssprache für Menschen unterhalten.

»Smalltalk auf Englisch, wie cool!«

»Nee, gar nicht Smalltalk und gar nicht cool: Wir hatten noch keine fünf Minuten miteinander gesprochen, da haben wir uns fast gezofft. Ich weiß nicht, wie Sören das geschafft hat, noch dazu in einer anderen Sprache, jedenfalls hatte er mich in null Komma nix auf der Palme. Ich habe irgendeine harmlose Bemerkung gemacht, und er hat sie gleich extrem tiefschürfend hinterfragt. So, als ob ich völlig naiv und ahnungslos wäre und er der große Meister. Das konnte ich natürlich nicht auf mir sitzenlassen, und schon hatten wir den schönsten Streit über die Kunst und den Kommerz.«

Ich weiß zwar nicht genau, was Kommerz ist, aber das mit dem Streit glaube ich trotzdem sofort. Denn unsere Nina lässt sich von niemandem die Welt erklären, und schon gar nicht in diesem Englisch. Das ist so was von klar, klarer geht's nicht. Da hält sie natürlich dagegen, drei Glas Sekt hin, drei Glas Sekt her. Teufelsweib!

»Na, das klingt nicht gerade wie der Beginn einer wunderbaren Freundschaft ...« Caro lacht, und auch Nina muss grinsen.

»Och, zu viel Harmonie ist auch langweilig. Wir mussten unseren Streit jedenfalls ganz dringend ausdiskutieren. Und als sich die Veranstaltung aufgelöst hat, sind wir in die nächste Kneipe weitergezogen. Sören war mittlerweile zum Thema Freiheit und der Sozialismus skandinavischer Prägung übergegangen. Da habe ich ihn geküsst. Ich konnte nicht anders. Warum, weiß ich auch nicht mehr so genau.«

»Vielleicht wolltest du, dass er aufhört zu reden.«

Nina kichert.

»Kann sein. Ist ja auch nicht so ein sexy Thema. Jedenfalls küsste ich ihn, und dann küsste er mich, und ich dachte mir nur: WOW! Es war, als ob ich an eine Hochspannungsleitung gefasst hätte.«

Dieses Gefühl kann ich nur zu gut nachempfinden. Als Cherie mir das erste Mal über meine Schnauze geschleckt hat, dachte ich auch, mich hätte der Schlag getroffen. Gleichzeitig machte mein Herz einen Riesensatz, so, als wollte es aus meinem Maul hinaushüpfen. Wenn es mit Sören genauso war, dann muss es Liebe sein. Oje, die arme Nina! Hat nur ein Herz, aber zwei Männer.

Caro sagt erst mal nichts, sondern macht nur große Augen.

»Jedenfalls haben wir dann eine ganze Weile rumgeknutscht, bis sie in der Kneipe auch irgendwann schließen wollten. Da war mir aber schon klar, dass ich gern die Nacht mit Sören verbringen will.«

Caro schnappt hörbar nach Luft.

»Mensch, Nina – hast du denn überhaupt nicht an den armen Alexander gedacht?«

Nina zuckt mit den Schultern.

»Nein. Eigentlich nicht mehr. Zu Beginn des Abends schon, aber da war ich auch noch so sauer auf Alex, dass ich kein schlechtes Gewissen beim Flirten hatte.«

»Aber worüber hast du dich so mit ihm gestritten?«

»Alexander wäre es am liebsten gewesen, ich wäre jeden Freitag in den Zug nach Hamburg gestiegen. Er hingegen hat mich in der ganzen Zeit vielleicht ein- oder zweimal besucht. Es musste immer alles nach seinem Dienstplan gehen. Dass ich in Stockholm auch totalen Stress hatte, hat ihn nie interessiert, den Herrn Doktor.«

»Bist du nicht ein bisschen ungerecht? Alexander ist doch

immer sehr stolz auf deinen Job. Er hat jedenfalls allen hier ständig von deinem Forschungsprojekt erzählt und was für eine tolle Wissenschaftlerin du bist.«

Nina zuckt mit den Schultern.

»Weiß nicht. Mein Gefühl war jedenfalls, dass sich bei uns immer alles um den Halbgott in Weiß drehte.«

Halbgott in Weiß? Wer soll das denn nun schon wieder sein? Gott ist eine Art höheres Wesen und sozusagen der Chef vom Ganzen, so viel habe ich aus Gesprächen der Menschen untereinander schon mitbekommen. Er hat auch einen Sohn, Jesus, der ihn auf der Erde vertritt. Gerade an Weihnachten wurde viel über die beiden gesprochen. Irgendwie hing da auch noch der Weihnachtsmann mit drin, vielleicht als eine Art Abteilungsleiter? Von einem Halbgott habe ich aber noch nie gehört – ob das wohl eine weitere Hierarchieebene ist? Gewissermaßen Gott, Jesus, Weihnachtsmann, Halbgott? Und was hat das mit dem Stockholm-Aufenthalt von Nina zu tun und damit, dass Alex sie nie besuchen wollte? Seltsam, seltsam.

»Aha. Also war Sören Rache?«, will Caro wissen.

Nina schüttelt den Kopf.

»Nein, so nun auch wieder nicht. Aber ich fühlte mich irgendwie im Recht. Jedenfalls sind wir dann aus der Kneipe gewankt, beide ziemlich betrunken, und Sören hat mich gefragt, ob ich noch mit zu ihm kommen wollte, er würde nicht weit weg wohnen. Ich hatte nichts dagegen.«

Jetzt schüttelt Caro den Kopf.

»Auweia, Nina!«

»Ich bin die ganze Nacht bei ihm geblieben. Ehrlicherweise erinnere ich mich nur noch bruchstückhaft – aber diese Stücke sind wunderschön. Wir haben viel geredet und gelacht. Na ja. Natürlich nicht nur.« Sie macht eine Pause und seufzt.

Carolin lacht.

»Schon klar. Erspare mir die Details.«

»Irgendwann sind wir dann eingeschlafen. Als ich morgens wach wurde, fühlte ich mich seltsamerweise immer noch gut. Dieses Gefühl hielt allerdings nur bis zum Frühstück. Auf dem Weg in die Küche stolperte ich nämlich über Gegenstände, die eindeutig Kindern gehörten. Kleinen Kindern. Davon hatte Sören kein Wort erwähnt. Ich war fassungslos, habe sofort mein Zeug zusammengesucht und bin abgehauen.«

Gut. Das mit den Kindern ist wahrscheinlich ein Punkt, den sich Menschen normalerweise erzählen, wenn sie sich kennenlernen. Wobei es sehr für Sörens Menschenkenntnis spricht, dass er es nicht getan hat. Schließlich hat Nina doch diese Kinderallergie. Zwar nicht so stark wie Sörens Katzenallergie – schließlich musste sie noch nie ins Krankenhaus, wenn sie Henri auf dem Arm gehalten hat, und eine Spritze musste ihr Alexander deswegen auch noch nicht geben. Trotzdem ist ihre Allergie doch so ausgeprägt, dass sie es mit Kindern nie lang aushält. Wahrscheinlich wäre sie also mit Sören gar nicht mitgegangen, wenn sie gewusst hätte, dass er mit kleinen Kindern zusammenwohnt.

»Ja, aber wieso ging die Geschichte dann überhaupt weiter?«, will Caro wissen. »Nach diesem Klopper gab es doch gar keinen Grund, diesen Typen noch ein einziges Mal zu sehen.«

Stimmt. Da hat Caro vollkommen recht. Denn die Kinder ist der doch vermutlich nicht einfach losgeworden.

»Sören ließ nicht locker. Er rief mich im Krankenhaus an, immer wieder. Wollte wenigstens noch einmal mit mir essen gehen. Mir alles erklären. Irgendwann habe ich nachgegeben. Denn ehrlicherweise musste ich sowieso ständig an ihn denken.«

»O Mann, Nina! Ein Typ mit Kindern!«, stöhnt Caro.

»Ja, ich weiß. Jedenfalls waren wir dann essen, und er hat mir ganz offen erzählt, dass er verheiratet ist und zwei Kinder hat. Und dass es mit seiner Frau schon lange nicht mehr gut läuft.«

»Und das hast du geglaubt? Das ist doch so platt, platter geht es nicht!«

»Ich habe ihn gefragt, warum er das nicht gleich gesagt hat. Er hat das mit einer Gegenfrage beantwortet – nämlich, ob ich eigentlich einen Freund hätte. Tja, von Alexander hatte ich ihm tatsächlich auch nicht erzählt. Und da saßen wir dann, wir beiden Betrüger. Es fühlte sich furchtbar an und gleichzeitig wunderschön. Ich hatte mich in ihn verliebt.«

»Und dann?«

»Von da an haben wir uns getroffen. Erst ganz selten, dann immer häufiger. Ich war glücklich, mit Sören zusammen zu sein. Aber gleichzeitig wurde mir immer klarer, dass es so nicht ewig weitergehen würde. Ich hatte mittlerweile auch Alexander gegenüber ein mörderschlechtes Gewissen. Also sagte ich Sören, dass wir uns entscheiden müssten. Entweder wären wir ein Paar, dann müssten wir uns beide von unseren Partnern trennen. Oder wir könnten uns nicht mehr sehen.«

»Lass mich raten – von seiner Familie wollte er sich dann aber doch nicht trennen.«

»Genau. Er sagte, er liebe mich über alles, aber das könne er seinen Kindern nicht antun. Da habe ich Schluss gemacht. Und seitdem ganz schlimmen Liebeskummer. Insofern ist es auch gut, dass Alexander jetzt Bescheid weiß. Es wäre sowieso nicht länger gutgegangen. Egal, was aus Sören und mir noch wird – dass ich mich so in ihn verliebt habe, heißt wohl, dass es zwischen mir und Alexander nicht mehr stimmt.«

»Puh! Das ist wirklich ein Geständnis! Aber nun verstehe

ich auch, warum du in letzter Zeit so schlecht auf das Thema Liebe und Hochzeit zu sprechen bist. Ich meine, du hast es mal angedeutet – aber dass es so dramatisch ist, hätte ich natürlich nicht gedacht.«

Nina nickt.

»Ja, es war mir unangenehm, mit dir darüber zu sprechen. Ich sehe wirklich nicht gut aus in dieser Geschichte, das weiß ich schon selbst.«

»Und wie geht es weiter?«

»Keine Ahnung. Schätze mal, ich bin jetzt wieder Single. Alexander kann ich nun wirklich nicht mehr unter die Augen treten. Und was Sörens Besuch anbelangt: Ich wusste eigentlich vorher, dass das eine Schnapsidee ist. Aber er wollte so gern kommen, und ich habe ihn so vermisst. Na ja. Ich werde ihn nachher mal im Krankenhaus besuchen.«

»Mitten in der Nacht?«

»Ich glaube nicht, dass Sören heute besonders gut schlafen kann.«

»Kein Schlaf des Gerechten? Dann nimm ihm doch den restlichen Schampus mit.« Caro kichert.

»Ha, ha! Sehr witzig.«

»'tschuldigung. Konnte ich mir nicht verkneifen. Klar, fahr ihn besuchen, da freut er sich bestimmt. War für ihn bestimmt einer der schlimmsten Abende seines Lebens. Wobei er es verdient hat. Genau genommen habt ihr es beide verdient.«

»Schon gut. Das weiß ich ja selbst. Und dass ihn ausgerechnet Alexander dann noch retten musste – was für eine unglaubliche Geschichte! Unglaublich furchtbar. Ich lege an dieser Stelle ein Gelübde ab: Nie wieder fremdgehen! Viel zu stressig.«

»Sehr gut, ich bin deine Zeugin und erinnere dich beizeiten daran.«

»Eine Sache würde mich allerdings brennend interessieren.«

»Und zwar?«

»Wie kam der fette Kater in den Kleiderschrank? Du hast ihn doch heute Morgen mitgenommen. Also: Wie haben es Herkules und Beck geschafft, bei euch zu türmen und sich zu mir durchzuschlagen? Und vor allem: warum?«

Caro zuckt mit den Schultern.

»Ich habe nicht die geringste Ahnung. Aber dies ist definitiv einer der Momente, in denen ich wünschte, der Dackel könnte mit mir sprechen.«

VIERZEHN

Das Wochenende verbringe ich damit, mich wie ein ganz normales Haustier zu verhalten. Fressen, schlafen, spielen, ab und zu mal einen Baum anpinkeln – keine Extravaganzen. Nach der Aktion mit Beck stehe ich hier unter Dauerbeobachtung, und ich fürchte, wenn ich mir noch eine Schote leiste, werden sie mich irgendwann auch in der Wohnung anleinen.

Nur Luisa ist stolz darauf, dass ihr Dackel offensichtlich über außergewöhnliche Begabungen verfügt. Vergnügt erzählt sie ihren Freundinnen am Telefon von meinem abendlichen Ausflug – wobei sie wesentliche Details wie den nackten Liebhaber im Kleiderschrank gar nicht kennt, die hat Caro nämlich nur Marc erzählt. Der hat daraufhin den Kopf geschüttelt und etwas gemurmelt, das wie *Weiber* klang.

Und so hätte der Sonntag auch ein sehr friedlicher Sonntag werden können, wenn nicht Hedwig ihren Besuch für nachmittags angekündigt hätte. Seit ihrem Anruf ist die Stimmung im Hause Neumann-Wagner irgendwie – angespannt!

»Marc, ich möchte, dass du deiner Mutter endlich klipp und klar sagst, dass sie sich aus unseren Hochzeitsvorbereitungen raushalten soll!«

»Das habe ich ihr doch längst gesagt, Spatzl.«

Marcs Stimme klingt beschwichtigend. Das nutzt ihm aber nichts, Caro bleibt hart.

»Offenbar nicht deutlich genug. Sie hat mich vorgestern

gefragt, ob du schon mit mir gesprochen hättest. Das klang eher so, als solltest du mich überreden, so zu feiern, wie sie sich das vorstellt.«

Marc seufzt. Tief.

»Ich habe es dir doch schon gesagt – Hedwig war ein bisschen verschnupft, weil sie von Luisa erfahren hat, dass wir erstens überhaupt diesen Sommer heiraten wollen und zweitens das Ereignis im ganz kleinen Kreis stattfinden soll. Es wäre wahrscheinlich besser gewesen, wir hätten ihr das gleich gesagt.«

Caro schnaubt.

»Was denn gleich gesagt? Wir wissen doch selbst noch nichts Genaues und haben mit der Planung gerade erst angefangen. Ihr kann es doch völlig egal sein, ob wir zehn, hundert oder fünfhundert Leute einladen. Sie wird in jedem Fall dabei sein. Ich fand es völlig in Ordnung, sie erst zu informieren, wenn alles steht.«

»Ist ja gut, nun werd doch nicht so heftig!« Marc hebt beschwichtigend die Hände.

»Ich werde nicht heftig!«

Wird sie wohl. Komisch, warum geht sie bei diesem Thema immer so an die Decke? Marc sagt nichts mehr, sondern schnappt sich die Zeitung vom Wohnzimmertisch und setzt sich zum Lesen auf das Sofa.

»Hey, was ist jetzt? Redest du gleich mit deiner Mutter oder nicht?«

»Ja, ich rede mit ihr. Versprochen. Ich verstehe nur nicht, warum du so ein Drama daraus machst.«

»Ganz einfach: Weil es ein Drama ist! Deine Mutter will alles bestimmen, selbst Sachen, die sie nun wirklich nichts angehen.«

»Also, neulich hast du dich noch aufgeregt, weil du das

Gefühl hattest, meine Mutter würde Sabine für die bessere Schwiegertochter halten. Nun ist sie enttäuscht, weil wir unsere Hochzeit nicht groß feiern wollen, was doch wohl eindeutig ein Zeichen dafür ist, wie sehr sie sich über unsere Heirat freut – nun passt dir das auch wieder nicht. Langsam glaube ich, du hast etwas gegen meine Mutter.«

Wuff, Vorsicht! Dieser Streit geht in eine Richtung, die ich als Menschenkenner für gefährlich halte. Die *Deine Mutter*-Diskussion führt bestimmt geradewegs in einen Riesenzoff! Ich kann spüren, wie meine Rute anfängt zu jucken. Kein gutes Zeichen, überhaupt kein gutes Zeichen!

Das scheint sich auch Caro zu denken, denn jetzt hält sie kurz die Luft an, lächelt dann, setzt sich neben Marc, nimmt ihm die Zeitung weg und küsst ihn.

»Quatsch, mein Lieber. Natürlich mag ich Hedwig, schließlich verdanke ich ihr dich!«

Marc gibt ein langgezogenes *Mhhmmm* von sich, zieht Caro ganz dicht an sich heran, und schwupps liegen die beiden auf dem Sofa und küssen sich weiter. Hach, ein schönes Bild!

Findet Luisa allerdings gar nicht. Als sie mit Henri an der Hand ins Wohnzimmer spaziert kommt, ruft sie sofort: »Iieeeh, voll peinlich, ihr! Hört mal auf! Hier sind Kinder im Raum!«

Marc und Caro richten sich lachend wieder auf.

»Na hör mal, Luisa, die Hälfte der hier anwesenden Kinder gäbe es ohne unser Gekuschel gar nicht«, bemerkt Marc grinsend.

Aber Luisa verdreht nur die Augen, murmelt *Echt jetzt* und geht wieder raus. Henri hingegen krabbelt auf allen vieren zu seinen Eltern, um sich auch ins Getümmel zu stürzen. Und schon liegen die drei ineinander verknotet auf der Couch, kitzeln sich gegenseitig, lachen und juchzen. Ob da auch noch ein Plätzchen für mich ist? Ich taxiere kurz eine mögliche

Stelle zur Landung, dann springe ich hoch und schlabbere Caro durchs Gesicht. Die quiekt zwar vor Überraschung, schmeißt mich aber nicht runter. Herrlich, so ein menschlich-tierisches Rudel!

Die Wohnungstür im Flur schließt sich mit einem lauten Knall. Marc setzt sich auf.

»Nanu? Ist Luisa etwa gegangen?«

»Scheint so. Kein Wunder, wer will schon seinen Sonntag mit so peinlichen alten Leuten wie uns verbringen?«

»Trotzdem – abmelden könnte sie sich wenigstens noch. Moment, ich schau mal nach ihr.«

Marc springt auf und läuft auf die andere Seite der Wohnung. Wenn man dort im Badezimmer das Fenster öffnet, kann man auf die Straße gucken.

»Hey, Luisa«, hören wir ihn rufen, »wo willst du denn hin?« Die Antwort verstehen wir nicht, auf alle Fälle ist sie kurz. »Ja, ist in Ordnung. Aber sag demnächst bitte Bescheid, wenn du das Haus verlässt.«

Marc kommt zurück ins Wohnzimmer. Caro schaut ihn fragend an.

»Wohin will sie denn?«

»Zum Bäcker. Kuchen kaufen für Hedwigs Besuch. An sich ja keine schlechte Idee.«

»Stimmt. Aber das kann sie doch einfach sagen.«

»Tja. Vielleicht kommen wir langsam in die Pubertät.«

»Mit elf? Ein bisschen früh, oder?«

Marc zuckt mit den Schultern.

»Weiß nicht. Ist ja mein erstes Kind. Aber wenn ich Luisa von der Schule abhole, dann habe ich schon das Gefühl, dass die heute alle ein bisschen früher dran sind. Mit allem. Wenn nicht Pubertät, dann irgendetwas, was direkt davor kommt.« Er seufzt.

Pubertät? Was ist das denn? Eine Art Krankheit? Gar eine Kinderkrankheit? So wie die Windpocken, die Luisa vorletzten Sommer hatte? Davon soll es ja einige geben; Hedwig hatte damals noch von Krankheiten erzählt, die so lustige Namen wie Mumps oder Röteln hatten. Es gibt da jedoch eine besondere Medizin, damit man gar nicht erst krank wird. Impfen heißt das und wird auch bei Hunden angewandt. Ich kann ein Lied davon singen, denn an das Brennen der Spritze bei der Tollwutimpfung kann ich mich nur zu gut erinnern. Hedwig hatte jedenfalls geschimpft, weil Luisa nicht gegen Windpocken geimpft war. Offensichtlich sind Marc und Caro da nachlässig und haben bestimmt auch nicht gegen Pubertät geimpft. Deswegen müssen sie sich nun Sorgen machen. Selbst schuld also, aber vielleicht ist es noch nicht zu spät, und man könnte Luisa noch dagegen impfen.

»Och, Vatti, hast du es so schwer?«, zieht ihn Caro auf.

Marc schneidet eine Grimasse und nickt heftig.

»Und ob. Wie du selbst schon festgestellt hast, bin ich in meiner Familie umringt von schwierigen Frauen: Luisa, Hedwig – dich nicht zu vergessen! Wie gut, dass ich jetzt wenigstens mit Henri einen Mann an meiner Seite weiß!«

»Frechheit!«, ruft Nina gespielt empört und versetzt Marc einen Stoß in die Rippen. Das finde ich allerdings auch – denn noch vor Henri war doch wohl eindeutig ich der Mann an Marcs Seite. Ständig werde ich hier unter Wert verkauft, und wie gern würde ich nun beweisen, dass ich hier nicht nur das dumme Haustier bin. Lasse es aber, schließlich – siehe oben – muss ich die nächsten Tage wohl auf betont harmlos machen.

Eine ganze Weile später klingelt es. Vermutlich Luisa und der Kuchen. Hoffentlich eine ganz krümelige Sorte, denn dann sind meine Chancen, etwas abzubekommen, nicht schlecht. Schneller als der Staubsauger bin ich auf alle Fälle!

Diesmal steht Caro auf und geht zur Tür.

»Oh, hallo! Na, dann kommt mal alle rein.«

Alle? Redet Caro mit dem Kuchen? Sehr ungewöhnlich. Und wonach riecht das hier auf einmal so intensiv? Diesen Geruch kenne ich doch … es ist … hm …

Zwei Sekunden später ist klar, dass sich mein Frauchen *nicht* mit einem Stück Mürbeteig unterhalten hat. Im Wohnzimmer erscheint tatsächlich Luisa, aber dicht gefolgt von Hedwig und Daniel. UND Cherie! Mit einem lauten WUFF springe ich vom Sofa und stürze auf sie zu.

»Cherie, was machst du denn hier?«

Sie schaut mich aus ihren großen braunen Augen an.

»Hallo, Herkules! Das ist eine sehr, sehr lange Geschichte. Erzähl ich dir später.«

Ja, später ist wahrscheinlich besser. Denn gerade habe ich vor Aufregung so starkes Ohrenrauschen, dass ich wahrscheinlich nur die Hälfte der Geschichte verstehen würde. Auch Marc ist mittlerweile aufgestanden.

»Hallo, Mutter. Hallo, Daniel. Das ist ja eine Überraschung!«

»Wir haben uns alle beim Bäcker getroffen«, erklärt Hedwig. »Ich wollte Kuchen für meinen Besuch besorgen.«

»Und ich verbringe den Tag in der Werkstatt und hatte schlicht Hunger«, ergänzt Daniel.

»Und ich hatte die tolle Idee, dass gleich alle mitkommen!«, erklärt Luisa fröhlich.

»Ja, warum nicht? So ein Sonntagskaffee in größerer Runde hat doch was. Ich setz mal Kaffee auf«, beschließt Caro und verschwindet Richtung Küche.

»Luisa, hilf Caro bitte und deck hier im Wohnzimmer auf. Du kannst Teller und Tassen auch auf den Couchtisch stellen.«

Luisa verdreht die Augen.

»Mann, immer ich. Mach du doch auch mal was. Ich bin doch nicht das Dienstmädchen!«

Wuff, warum ist sie denn auf einmal so eine Zicke? Sie ist doch sonst ein sehr hilfsbereites Kind.

»Und ich bin nicht dein Butler!«

Marc guckt sie scharf an, sie stöhnt noch einmal herzzerreißend, trabt dann aber auch in die Küche, wo der Geschirrschrank steht. Also, wenn Pubertät tatsächlich eine Krankheit ist, dann hat sie Luisa schon. Impfen zwecklos.

Kurz darauf sitzen oder liegen wir alle um den Couchtisch herum. Die Menschen essen Kuchen oder in Henris Fall Banane. Wir Hunde schlabbern die entstehenden Krümel vom Boden auf. Ein ganz entspannter Sonntagnachmittag. Oder besser: Es *könnte* ein ganz entspannter Sonntagnachmittag sein, wenn ich nicht so wahnsinnig aufgeregt wäre. Meine Nase kribbelt wie verrückt, und das Ohrenrauschen legt sich auch nur sehr langsam. Ich rutsche noch ein bisschen näher an Cherie heran und genieße die Wärme, die von ihrem Körper ausgeht.

»Nun sag doch mal, was für eine lange Geschichte gibt es denn zu erzählen?«, frage ich sie neugierig.

»Ach, mein Frauchen spinnt mal wieder«, beginnt Cherie in einem sehr leidenden Ton, der nichts Gutes vermuten lässt.

Tatsächlich ist ihr Frauchen Claudia sehr sprunghaft. Nett, aber unberechenbar. Ich kenne sie nicht besonders gut, aber das war mir auch schon aufgefallen. Als ich Cherie vor zwei Jahren an der Alster zum ersten Mal traf, hatte Claudia gerade einen Typen kennengelernt. Und kaum war es mir endlich gelungen, mich mit Cherie anzufreunden, schon zog Claudia mit dem Mann zusammen, und sie und Cherie waren von einem auf den anderen Tag wie vom Erdboden verschluckt.

Genauso plötzlich tauchten sie allerdings auch wieder auf, als mit dem Kerl Schluss war. Cherie erzählte, dass Claudia nachts aus der gemeinsamen Wohnung getürmt ist – so schlecht wurde sie dort behandelt. Dann lernte sie Daniel kennen. Und kurz darauf lieben. Zack, schon zogen die beiden in einen Vorort namens Volksdorf. Wenn ich bedenke, wie lange es bei Caro gedauert hat, ihr Herz an Marc zu verschenken, dann geht bei Claudia wirklich immer alles in Lichtgeschwindigkeit. Doch vielleicht ist das nicht unbedingt ein Erfolgsrezept.

»Claudia hat bis vor Kurzem noch in einer Boutique gearbeitet und Kleidung verkauft. Das war ein super Job, ich durfte sogar mitkommen und hatte in dem kleinen Büro neben dem Verkaufsraum meinen Korb stehen. Dann fing sie auf einmal mit Yoga an, und mittlerweile ist es das Einzige, was ihr noch wichtig ist.«

Cherie klingt sehr traurig, und ich schlecke ihr zum Trost einmal an der Schnauze entlang. Wuff, was für ein tolles Gefühl! Ich schlecke gleich noch einmal, und Cherie lässt es sich gefallen. Wahnsinn! Ich glaube, ich bin süchtig danach – verglichen damit bedeutet mir Fleischwurst rein gar nichts. Dann bemühe ich mich allerdings um geregelte Konversation. Cherie soll nicht denken, dass mich ihre Sorgen nicht interessieren.

»Yoga?«, frage ich also nach. »Davon hat Daniel erzählt. Er lag neulich im Vorgarten und hat sehr seltsame Dinge veranstaltet.«

»Tja, dann könnt ihr nur hoffen, dass es ihn nicht so packt wie Claudia. Die hat auch erst einen ganz harmlosen Kurs besucht. Dann hat sie es immer öfter zu Hause geübt und irgendwann Daniel zu einem Seminar geschleppt. Das ging über mehrere Tage, ich musste solange zu einer Freundin.

Und jetzt arbeitet Claudia gar nicht mehr in der netten Boutique, sondern organisiert mit ihrem Yoga-Lehrer Swami selbst Kurse. Und die wiederum finden nun am Wochenende immer bei uns zu Hause statt, und weil der doofe Swami Angst vor Hunden hat und ihn sowieso alles stört, was nicht mit Yoga zu tun hat, haben Daniel und ich an diesen Tagen praktisch Hausverbot. Kannst du dir so etwas vorstellen? Ein Hund, der nicht in der Wohnung seines Frauchens sein darf? Das ist doch ein Skandal!«

»Stimmt«, gebe ich Cherie recht, denn das ist wirklich ungewöhnlich. Ungewöhnlich ist aber auch, dass Daniel sich das bieten lässt. Ich glaube nicht, dass Marc hier am Sonntag immer das Feld räumen würde. Irgendetwas stimmt doch bei Daniel und Claudia nicht – den Verdacht hatte Caro ja auch schon. Wenn es allerdings dazu führt, dass ich Cherie nun endlich wieder häufiger sehe, soll es mir sehr willkommen sein. Ich bin schließlich für mein eigenes Herz zuständig, das von Daniel interessiert mich nur am Rande. Und meinem Herzen geht es gerade ziemlich gut.

»Sag mal, Mutter, ich wollte noch mal über die Hochzeit mit dir sprechen«, beginnt Marc nun pflichtschuldig mit dem Thema, das Caro ihm vorhin aufgetragen hatte. Allerdings kann ich schon an seiner Stimme erkennen, wie wenig erpicht er darauf ist.

Während sich Marc also quält und ich sehr zufrieden vor dem Tisch liege und Cherie anschmachte, tritt mir Caro einmal fast auf die Rute, erwischt aber nur die Haare an der Spitze. Jaul, das ziept! Anstatt sich bei mir zu entschuldigen, guckt sie nur kurz – und tritt dann Marc vor das Schienbein. Was soll das denn? Marc beugt sich etwas zu ihr vor.

»Hey, was ist los?«, flüstert er in Caros Ohr.

»Nicht dieses Thema«, zischt Caro zurück.

»Aber ich sollte meine Mutter auf die Hochzeit ansprechen, schon vergessen?«

»Ja – aber doch nicht, wenn Daniel danebensitzt. Ich habe ihm noch gar nicht ...« Sie bringt den Satz nicht zu Ende.

»Oh – ihr wollt heiraten?«, fragt Daniel erstaunt.

»Sehen Sie, Daniel, Sie hatten auch noch nichts davon gehört, oder?«, ergreift Hedwig das Wort.

»Nein«, bestätigt Daniel, »das ist mir völlig neu.«

»Tja, das liegt wohl daran«, klärt ihn Hedwig auf, »dass Carolin und mein Sohn nur ein sehr, sehr intimes Fest planen. Ich finde es ja schade, aber ich werde natürlich nicht gefragt.«

Daniel schaut Caro erstaunt an.

»Du willst heiraten und mich nicht dazu einladen? Mich, deinen ältesten Freund?«

Ich versuche, einen Blick auf Caros Gesicht zu erhaschen. Tatsächlich, ihre Gesichtsfarbe wird deutlich dunkler.

»Äh, nein, so stimmt das doch gar nicht. Wir wissen noch gar nicht genau, wie wir feiern wollen. Aber eine Riesenfeier wird es wohl eher nicht werden. Das wäre mittlerweile auch rein organisatorisch gar nicht mehr drin – wir wollen im Sommer feiern, und es ist schon April.«

»Also, an der Zeit soll es nicht liegen. Ich könnte euch mit der Organisation helfen«, bietet Hedwig sofort an. »Dann bekommen wir bis zum Sommer bestimmt noch eine sehr schöne Feier hin. Ich habe heute schon mal mit meinen Chorschwestern gesprochen, die hätten zum Beispiel große Lust, euch mit musikalischer Begleitung eine Freude zu machen. Ihr wollt doch kirchlich heiraten, oder? Das fand ich schon bei deiner ersten Hochzeit sehr stimmungsvoll, Marc. Gut, dass wir evangelisch sind, da hast du ja noch ein paar Versuche frei.«

Hedwig lächelt, Marc verzieht das Gesicht, und Caro sieht aus, als habe sie auf etwas sehr Saures gebissen.

Davon gänzlich unbeeindruckt redet Hedwig munter weiter.

»Wann genau im Juni soll es noch mal sein?«

»Im Juni?« Daniel klingt fassungslos. »Und du hast mir noch nichts erzählt? Jetzt bin ich schon ein bisschen ... na ja, enttäuscht.«

Ich kann Caros Schweiß riechen, das Ganze ist ihr sehr unangenehm.

»Ich wollte es dir erzählen, aber ich habe noch nicht ... äh ...«

»Was hast du noch nicht?«

»Äh ... äh ...«

Caro scheint von einer Art Sprachlähmung befallen.

»Sie hat noch nicht den passenden Moment gefunden«, springt Marc in die Bresche, »denn ich hatte sie gebeten zu warten, weil ich ... äh ...«

Auch Sprachlähmung? Leute, langsam wird es peinlich! Gebt doch einfach zu, dass ihr Daniel nicht dabeihaben wollt, sondern lieber mit drei doofen Schafen zusammen auf einem Leuchtturm genau in der Mitte von Garnichts heiraten würdet. Marc räuspert sich. Los, Mann, gestehe!

»Sie hat dir noch nichts gesagt, weil ich dich fragen wollte, ob du mein Trauzeuge werden willst. Das wollte ich natürlich von Mann zu Mann machen, bei einem schönen Bier. Aber jetzt ist es ja raus. Also, wie schaut's aus, Daniel: Willst du mein Trauzeuge werden?«

Hä? Langsam verstehe ich hier überhaupt nichts mehr. Ich denke, er wollte irgendeinen ominösen Georg fragen. Wie kommt er denn auf einmal auf Daniel?

Daniel guckt ebenso überrascht wie ich. Dann nickt er langsam und klopft Marc auf die Schulter.

»Danke, Mann. Das ehrt mich. Mach ich natürlich gern.«

FÜNFZEHN

Und Tante Inge? Ihr wollt doch nicht etwa Tante Inge nicht einladen. Marc, sie ist immerhin deine Patentante!«

Der Kuchen ist längst aufgegessen, das nachfolgende Abendbrot schon abgeräumt, Henri schläft, Luisa liegt auch im Bett, Daniel und Cherie sind gegangen – aber Hedwig werden wir einfach nicht los. Seitdem Daniel das unselige H-Wort in den Mund genommen hat, scheint sie an unserem Sofa zu kleben. Marc hat schon ein paar Anläufe genommen, ihr deutlich zu machen, dass sie nicht das Festkomitee für die Hochzeit ist. Vergeblich. Carolin rollt schon wieder mit den Augen, schätze mal, es wird nicht mehr lange dauern, und sie geht an die Decke.

»Hedwig, echt jetzt!«

Richtig geschätzt. Hat nicht mehr lang gedauert.

»Wenn wir eine kleine, intime Hochzeitsfeier wollen, dann ist das eindeutig unsere Sache. Ich freue mich, dass du so Anteil nimmst, aber die Gästeliste musst du schon Marc und mir überlassen!«

Hedwig schnappt nach Luft und sieht sich hilfesuchend nach ihrem Sohn um. Der versucht ganz offensichtlich, sich möglichst klein zu machen, aber damit kommt er bei keiner der Damen durch.

Carolin funkelt ihn böse an.

»Sag du doch auch mal was dazu, *Schatz*!«

Marc zieht den Kopf noch mehr zwischen die Schultern, antwortet jedoch.

»Ja, also, Mutter – Carolin hat ganz recht. Wir wollen eine kleine Feier, eigentlich nur im engsten Kreis.«

»Ach, und deine Patentante gehört nicht dazu? Das ist nicht dein Ernst! Ich weiß noch genau, als du so furchtbare Koliken hattest als Baby, und ich hatte nächtelang nicht geschlafen, und Inge ist extra gekommen, obwohl wir nicht mal ein Gästezimmer hatten, dein Vater war ja noch Assistenzarzt und verdiente wenig Geld, aber Inge war es egal, sie hat auch auf dem Sofa geschlafen, jedenfalls hat sie dich die ganze Nacht rumgetragen und sich um dich gekümmert, damit ich mal zu Kräften kommen konnte, eine Riesenhilfe war das von der Inge, ich weiß gar nicht, wie ich ohne sie … Ach, du warst so ein süßes Baby, und ich …«

Hedwig redet, ohne Luft zu holen. Erstaunlich, wie viele Worte aus dieser älteren Dame ohne jegliche Pause herausströmen können.

Rums! Marc haut mit der flachen Hand auf den Couchtisch.

»Mutter! Jetzt ist es mal gut! Ich verstehe, was du meinst. Aber bitte respektiere unseren Wunsch!«

Hedwig kneift die Augen zu ganz schmalen Schlitzen zusammen.

»Nun schrei mich doch nicht an! Ich will euch doch nur helfen. Aber bitte – wenn meine Hilfe nicht gewünscht wird, dann eben nicht. Ich muss mich nicht aufdrängen. Ich dachte, ihr seid froh. Sabine war damals sehr froh über meine Hilfe. Es ist ein sehr schönes Fest geworden. Und Sabine und ich sind uns über die Vorbereitungen sehr nahegekommen. Hier bin ich dagegen offenbar immer unerwünscht.«

Carolin seufzt und schüttelt den Kopf.

»Nein, Hedwig, du bist natürlich nicht unerwünscht. Ich weiß ja, dass du uns nur helfen willst. Das finde ich auch sehr nett von dir. Und wenn es dir so wichtig ist, dann können Marc und ich ja noch einmal darüber nachdenken, ob wir doch ein bisschen größer feiern, okay?«

Von jetzt auf gleich beginnt Hedwig zu strahlen, als ob man eine Lampe in ihr angeknipst hätte.

»Das ist doch eine gute Idee! Genau – denkt mal drüber nach.«

»Machen wir, versprochen.«

Huch, warum ist Carolin denn auf einmal so weichgespült?

Als Hedwig später gegangen ist, stellt Marc Caro genau meine Frage.

»Sag mal, Schatz – was war denn auf einmal mit dir los? Ich werfe mich tapfer dem Feind entgegen, und dann kommst du und sagst, dass wir noch einmal drüber nachdenken? Das habe ich nicht ganz verstanden.«

»Ach, als sie sagte, dass sie sich damals mit Sabine bei der Hochzeitsplanung so nahgekommen ist, hat es mir irgendwie einen Stich gegeben. Weil ich doch immer das Gefühl habe, dass sie Sabine lieber mag als mich. Und da dachte ich mir, vielleicht verpasse ich wirklich eine Chance, unser Verhältnis zu verbessern. Könnte doch sein, oder?«

Marc zuckt mit den Schultern.

»Weiß nicht. Ich finde nicht, dass ihr Verhältnis zu Sabine so gut war. Das scheint sich in der Erinnerung ein bisschen zu verklären. Wenn ich es richtig zusammenbekomme, haben sich die beiden Damen darüber gestritten, ob es eine Hochzeitskutsche geben soll und ob Sabine einen Schleier trägt. Meine Mutter hat ihren nämlich aufbewahrt, aber Sabine wollte ihn nicht.«

Caro seufzt.

»Oh, oh, oh. Ich will auch keine Kutsche. Und einen Schleier finde ich albern.«

»Na, wenn wir doch auf dem Leuchtturm heiraten, dann werden wir um die Kutsche durch das Watt nicht herumkommen. Oder willst du auf Gummistiefeln zum Altar waten?«

»Auch keine schlechte Idee, dann erledigt sich der Schleier von selbst. Der passt bestimmt nicht zu den Gummistiefeln.«

Schleier? Gummistiefel? Versteh ich alles nicht. Ich hoffe nur, dass die Leuchtturmnummer nicht wieder ernsthaft zur Diskussion steht. Ich sehe keinen Sinn darin, die Gästeliste bei den Menschen möglichst kurz zu halten, nur damit dann lauter verrückte Schafe an der Zeremonie teilnehmen.

Am nächsten Morgen übernimmt eine sehr gut gelaunte Hedwig unseren Henri, und Caro und ich dackeln ab in die Werkstatt. Über die Hochzeit haben die beiden Damen nicht mehr gesprochen, und ich frage mich, ob sie tatsächlich einen gemeinsamen Nenner finden werden. Halte ich für eher ausgeschlossen, aber bei Menschen weiß man ja nie.

»Guten Morgen, ihr zwei!«, begrüßt uns Daniel fröhlich, als wir in den Werkraum kommen. »Das war ein ausgesprochen netter Nachmittag gestern – vielen Dank! Ich war so schlecht gelaunt, als ich beim Bäcker ankam. Wenn mich Luisa nicht eingesammelt hätte, wäre das ein echter Scheißtag geworden. Dieser Swami geht mir mittlerweile so auf den Keks …«

Caro stellt ihre Tasche ab und zieht ihren Stuhl neben Danicls Werkbank.

»Ich fand es auch sehr schön. Allerdings hatten wir abends noch eine Riesendiskussion mit Hedwig über die Ausmaße unseres Festes. Ich glaube, sie würde am liebsten jeden einladen, den sie kennt. Einerseits finde ich es natürlich schön, dass sie sich so freut, andererseits möchte ich keine Mammutveranstaltung.«

»Verstehe. Ich freue mich übrigens total, dass Marc mich gebeten hat, sein Trauzeuge zu werden. Als ich von der Hochzeit gehört habe, war ich im ersten Moment schon ein bisschen angefasst. Aber das hat sich Gott sei Dank schnell geklärt – dass Marc warten wollte, bis er mich mal unter vier Augen erwischt, ist ja klar … Nee, echt prima. Ich bin mir bei Marc immer nicht so ganz sicher, ob ihm unsere enge Freundschaft nicht manchmal suspekt ist, aber dann ist die Sorge doch völlig unbegründet. Klasse!«

Caro murmelt nur *Ja, ja* und *Ich hol uns mal 'nen Kaffee*. Von Marcs Freund Georg sagt sie nichts. Dann verschwindet sie in der Küche, um kurz darauf mit zwei Bechern zurückzukehren, von denen sie einen Daniel in die Hand drückt.

»Wer wird eigentlich dein Trauzeuge?«, will der wissen.

»Nina. Ich habe sie schon gefragt. Sie hat gesagt, sie macht es gern – ich hoffe, das stimmt immer noch.«

»Wieso soll das nicht mehr stimmen? Mit Marc hat sie doch ihren Frieden gemacht, oder?«

»Klar, das meine ich auch nicht. Aber Nina hat gerade ziemlichen Liebeskummer, da ist die gedankliche Beschäftigung mit einer Hochzeit vielleicht nicht so passend.«

»Liebeskummer?«, fragt Daniel erstaunt.

»Ja. Vielleicht auch eher Liebeschaos. Du hast das Drama am Freitag verpasst, oder?«

»Welches Drama?«

»Nina hatte Herrenbesuch, weil sie dachte, dass Alexander am Wochenende nicht da sei. Aber dann kam Alex überraschend wieder und …«

PPPFFFFF! Bevor Caro ihren Satz zu Ende gesprochen

hat, prustet Daniel seinen Schluck Kaffee fontänenartig über die Werkbank und bekommt einen Hustenanfall. Hoffentlich ist das nicht der Beginn einer Hundeallergie! Caro nimmt ihm schnell den Becher ab und klopft ihm auf den Rücken. Noch ein paar Huster, dann hat sich Daniel wieder beruhigt.

»Nina hatte *was*? Herrenbesuch? Also einen Lover, und die beiden wurden von Alexander erwischt? Ich *fasse* es nicht!«

»Tja«, pflichtet ihm Caro bei, »schön ist anders. Aber die Geschichte geht noch viel unglaublicher weiter. Offenbar hatte Nina in letzter Sekunde versucht, Sören, so heißt der Typ, in ihrer Kleiderkammer zu verstecken. Da saßen allerdings schon Herr Beck und Herkules. Und dann hat Sören einen Eins-a-Asthmaanfall bekommen, weil er Katzenhaarallergiker ist, und Alexander musste ihn vor dem Erstickungstod retten. Ist das nicht der Knaller?«

Daniel lacht.

»Klingt wie etwas, an dem man sich die Filmrechte sichern sollte.«

»Nina fand es natürlich nicht so lustig, aber ich glaube, ihr Liebhaber hat es lebend überstanden.«

»Ja, hat er, da kann ich dich beruhigen. Wenn es der Typ ist, den ich meine – den habe ich heute früh im Treppenhaus gesehen. Groß, blond, schon ein bisschen älter.«

Genau! Das ist Sören! Ich fange an zu bellen. Die beiden betrachten mich erstaunt, dann grinst Daniel.

»Wenn das mal keine eindeutige Identifizierung war! Sehr cool, Herkules. Du verstehst anscheinend jedes Wort. Kluges Hundchen! Das bringt mich auf eine ganz andere Frage: Wieso saßen denn Herkules und Beck in Ninas Schrank? Ihr hattet doch Freitagmorgen hier noch eine aufwendige Katerübergabe zelebriert.«

Caro zuckt mit den Schultern.

»Tja, das ist eines der ungelösten Rätsel dieses Universums. Die beiden müssen irgendwie bei uns abgehauen sein und dann durch die Katzenklappe zu Nina. Allerdings war es wirklich ein Riesenzufall, dass bei uns überhaupt eine Terrassentür aufstand. Normalerweise kontrolliert Marc das abends immer, aber diesmal hatte Luisa die Tür in ihrem Kinderzimmer geöffnet. Da müssen die beiden entwischt sein.«

»Wer weiß – vielleicht hatten die beiden das geplant? Vielleicht wusste Herr Beck von dem anstehenden Besuch?«

»Jetzt klingst du schon wie eine Elfjährige. Luisa behauptet auch, Herr Beck hätte sie überhaupt erst dazu gebracht, die Tür zu öffnen, er habe die Flucht bestimmt geplant.«

Daniel kratzt sich am Kopf.

»Und wenn sie recht hat?«

Genau! Und wie recht Luisa hat! Sie hat uns vollkommen durchschaut, das kluge Kind!

»Daniel, Herr Beck ist ein Tier. Bestimmt ein schlaues Tier, aber immer noch ein Tier. Tiere planen so etwas nicht. Luisa brauchte nur eine Ausrede, weil sie vergessen hat, ihre Tür wieder zu schließen. Alles andere ist totaler Quatsch.«

Ich kann nicht anders, jetzt muss ich einfach jaulen. Wahrscheinlich schneide ich mir damit ins eigene Fleisch, denn eigentlich wollte ich den Ball nach Freitag schön flach halten, aber das kann ich nicht so unkommentiert auf uns Haustieren sitzenlassen. Wetten, dass sich selbst der Wellensittich der alten Müller mehr Gedanken über sein Frauchen macht als umgekehrt? Woher nimmt der Mensch nur diesen Hochmut? Sicher, ich kann nicht lesen und nicht schreiben, und ich verwechsle auch schon mal, ob etwas einen Monat oder ein Jahr her ist – aber ich bin nicht dumm! Und Herr Beck ist es schon gleich gar nicht!

Zwischenzeitlich bin ich von Jaulen zu Knurren übergegangen.

Daniel und Caro schauen mich mit großen Augen an, schließlich kniet sich Caro neben mich und krault mich hinter den Ohren.

»Sag mal, was ist denn los mit dir, Herkules? Habe ich dich beleidigt? Habt ihr euren Ausflug wirklich geplant?« Sie schaut zu Daniel hoch. »Meinst du, das kann sein? Aber wie ist das möglich?«

Daniel setzt sich auch auf den Boden.

»Ich habe dir doch von unseren Terriern erzählt. Meine Eltern hatten immer welche. Das waren wirklich sehr intelligente Tiere – sie konnten die unglaublichsten Dinge. Also, wenn die sich in den Kopf gesetzt hatten, irgendwohin zu kommen, dann haben sie es auch geschafft. War eine der leichteren Übungen. Und Katzen sind doch auch sehr schlau. Schätze, wenn die beiden wirklich zu Nina wollten, dann war das für die nur eine Kleinigkeit. Eine Elfjährige kriegen die jedenfalls locker ausgetrickst.«

»Aber warum?«

»Wie gesagt: Herr Beck hat das mit dem Besuch irgendwie mitgekriegt – und war offenbar misstrauisch geworden. Ist wahrscheinlich eine treuere Seele als sein Frauchen.«

Daniels Grinsen reicht von einem bis zum anderen Ohr. Irgendwie habe ich das Gefühl, dass sich sein Mitleid mit Nina in sehr engen Grenzen hält.

»Ich weiß nicht, ob ich das glauben soll.« Caro wiegt ihren Kopf unschlüssig hin und her. »Aber komisch ist es schon. Immerhin hatten sich die beiden auch sehr zielstrebig ins Schlafzimmer geschlichen. Hätten sie das nicht gemacht, Nina und ihre Affäre wären wahrscheinlich gerade noch einmal davongekommen.«

»Okay. Das lässt nur einen Schluss zu.« Daniel macht eine Kunstpause.

»Nämlich?«

»Falls du jemals vorhast, deinen angehenden Ehemann zu betrügen: Sperr den Hund gut weg!«

Grrrr, das würde mein Frauchen sowieso niemals machen. Carolin hat schließlich ein Herz aus Gold. Wenn ich wider Erwarten allerdings so einen Betrug mitbekäme – mit dem Burschen würde ich nicht so zärtlich umgehen wie Zottel mit seinen Schafen. Den würde ich gehörig in den Hintern beißen, jawoll!

»Dann ist jetzt wohl Schluss zwischen Alexander und Nina, oder?«

Carolin nickt.

»Schätze mal schon.«

»Wobei: Vielleicht verzeiht ihr Alexander ja. Ich glaube, er liebt sie sehr.«

»Das glaube ich auch. Umgekehrt bin ich mir da indessen nicht so sicher. Nina ist doch eigentlich niemand, der lügt und betrügt. Wenn sie sich in diesen Sören verliebt hat, dann stimmt zwischen ihr und Alexander definitiv etwas nicht.«

»Die Liebe kommt, die Liebe geht.«

Daniel lächelt, aber auf einmal klingt er traurig. Das ist aber auch eine komplizierte Sache mit der Liebe und den Menschen. Ich weiß nicht, wie lange ich noch mit ihnen zusammenleben muss, um das jemals wirklich zu durchdringen. Wobei: Das Mysterium ist überhaupt nicht auf Zweibeiner beschränkt. Mir geht es mit Cherie nicht anders. Einerseits habe ich mich gestern so sehr gefreut, sie zu sehen, und wünschte, das wäre wieder häufiger der Fall. Andererseits habe ich fast ein bisschen Angst, dass mein Herz unglaublich wehtun wird, wenn ich sie öfter treffe. Ich sollte mir ein Beispiel an Herrn Beck nehmen: In der Beziehung haben es Einzelgänger wirklich deutlich leichter.

Es klingelt an der Werkstatttür. Ich trabe nach vorn, Daniel kommt hinterher und öffnet die Tür. Es ist Alexander. Er sieht grauenhaft aus. Und riecht auch so. Außerdem trägt er eine Sonnenbrille, was hier im Hausflur eigentlich völlig unnötig ist. Ich sagte es schon: Menschen und Alkohol. Keine gute Kombination. Aber anscheinend eine für schlechte Zeiten.

»Oh, hallo, Alex!«

»Hi.«

»Willst du nicht reinkommen?«

»Nee, ich muss gleich wieder los. Ich hab nur eine Bitte – könnt ihr in den nächsten Tagen mal nach meiner Post sehen? Ich habe zwar einen Nachsendeantrag gestellt, aber es dauert ein bisschen, bis der läuft. Mein Mitbewohner Simon ist gerade im Urlaub, sonst hätte ich den gebeten.«

»Nachsendeantrag?«, echot Daniel unsicher.

»Tja. Ich hau ab. Bin raus aus der Nummer. Caro wird's dir ja erzählt haben. Ich halte es mit Frau Dr. Nina Bogner keine fünf Minuten mehr unter einem Dach aus. Möbel hol ich später, ist eh nicht viel – ich muss schlicht erst mal raus hier. Sobald Simon wieder da ist, soll er sich einen neuen Mitbewohner suchen.«

»Äh …«

Eine sehr intelligente Bemerkung.

»Also, würdest du?«

Daniel nickt stumm.

»Danke, Kumpel. Hier sind Briefkasten- und Wohnungsschlüssel. Und hier«, er drückt Daniel noch einen kleinen Zettel in die Hand, »sind meine Handynummer und die Adresse meiner Eltern. Kannst du mir da einmal pro Woche alles hinschicken? Falls ein Paket kommt, leg's einfach in die Wohnung.«

»Ja, okay. Dann mach's mal gut.«

Nun nickt Alexander wortlos. Daniel klopft ihm auf die Schulter, dann dreht sich Alex um und geht.

»Wer war denn das?«, will Caro wissen, als wir wieder im Werkraum ankommen.

»Alexander«, antwortet Daniel. »Hier im Haus ist offensichtlich gerade ein Zimmer frei geworden. Vielleicht sollte ich mir das mal anschauen. Schlüssel habe ich schon.«

»Wie meinst du das denn?«

Genau, wie meint er das?

»Ach, weißt du, ich habe eigentlich immer weniger Lust, in einem Yoga-Institut zu wohnen.«

SECHZEHN

»Meinst du, es ist ein schlechtes Omen für unsere Hochzeit, dass unsere beiden Trauzeugen mitten in den schönsten Beziehungskrisen stecken?«

Ein paar Tage sind vergangen, seitdem Alexander morgens in der Werkstatt aufgekreuzt war, und tatsächlich ist er seitdem spurlos verschwunden. Carolin mustert Marc über den Rand ihres Wasserglases. Der lächelt.

»Och, ich würde sagen minus mal minus ergibt plus. Und außerdem glaube ich nicht an Omen.«

Carolin und ich haben Marc in der Mittagspause zum Essen abgeholt, jetzt sitzen wir im Café Violetta, und die beiden denken über die Hochzeit nach. Ich hingegen bin nicht wirklich bei der Sache, sondern überlege, wie ich mich verhalten soll, *falls* Daniel tatsächlich über der Werkstatt einzieht und *falls* er dann auch Cherie mitnimmt. Okay, ich gebe zu, das sind ungelegte Eier, verbunden mit zwei *Falls*. Aber ich kann den Gedanken daran einfach nicht abschütteln. Zweimal schon dachte ich, ich sei am Ziel und Cherie würde meine Gefühle erwidern. Zweimal wurde ich enttäuscht, und es tat verdammt weh. Soll ich das meinem kleinen Dackelherzen noch einmal zumuten? Es noch mal versuchen? Und was, wenn es wieder nicht klappt? Sterbe ich dann endgültig an gebrochenem Herzen? Ich lege den Kopf auf meine Vorderläufe und starre vor mich hin. Das Leben eines kleinen Hundes kann verdammt schwierig sein. Was sind dagegen schon Sorgen bei der Hochzeitsvorbereitung? Wenigstens haben Marc und Caro überhaupt jemanden gefunden, der sie heiraten will!

»Lass uns doch noch mal einen Blick auf die Gästeliste werfen«, schlägt Carolin vor, »vielleicht finden wir ja einen Kompromiss, mit dem auch deine Mutter gut leben kann.«

»Ja, und lass uns auch gleich einen Lottoschein ausfüllen. Wenn schon so ungewöhnliche Dinge passieren, knacken wir bestimmt auch den Jackpot.«

Ich kann Marcs Gesicht nicht sehen, weil er zu hoch über mir sitzt, aber seine Stimme klingt nach einem sehr breiten Grinsen. Offenbar hat er einen Witz gemacht, den ich nicht verstehe. Kompromiss, Lottospielen? Egal, interessiert mich momentan sowieso nicht. Hat schließlich nichts mit Cherie zu tun.

»Also, wenn wir deine Patentante einladen, dann würde ich auch die Schwester meiner Mutter einladen. Ich glaube, meine Mutter ist sonst beleidigt.«

»Okay. Kenne ich die?«

»Meine Mutter? Natürlich, du Flegel!«

Beide lachen.

»Nee, im Ernst – ich glaube, du hast Tante Agnes noch nie gesehen. Die ist aber sehr nett. Ein bisschen esoterisch angehaucht, aber nett.«

»Esoterisch? Hm, da hätten wir sie ja neben Yoga-Claudia setzen können. Aber so wie es ausschaut, kommt mein neuer Trauzeuge wohl ohne Begleiterin.«

»Ich finde es übrigens sehr nett, wie du mir mit Daniel aus der Klemme geholfen hast. Wenn du nicht behauptet hättest, dass du ihn im Männergespräch fragen wolltest, wäre er wohl ziemlich gekränkt gewesen. Danke, dass du dafür Georg geopfert hast.«

Sie schiebt unter dem Tisch ihr Bein zu Marc hinüber und streicht ihm damit über sein Schienbein. Eine sehr vertraute Geste – in diesem Moment beneide ich die beiden um ihre Gefühle füreinander.

»Hab ich gern gemacht, Spatzl. Und so dicke sind Georg und ich sowieso nicht mehr. Merkst du schon daran, dass du ihn kaum kennst. Insofern ist das mit Daniel ohnehin eine gute Idee.«

»Finde ich auch. Das Lustige ist, dass Daniel ernsthaft Angst hatte, dass du meine Freundschaft zu ihm irgendwie beunruhigend findest.«

Caro lacht. Marc nicht.

»Na ja, sooo abwegig ist der Gedanke nicht.«

»Wieso?«

Caro klingt irritiert.

»Na ja, immerhin hängst du jeden Tag mit Daniel rum. Du siehst ihn häufiger als mich. Und dass Daniel mal schwer in dich verknallt war, ist nun wirklich kein Geheimnis.«

Caro zieht ihr Bein wieder zurück.

»Du glaubst doch nicht etwa ernsthaft, dass zwischen uns irgendetwas laufen würde?«

»Das habe ich auch nicht gesagt. Ich meine ja nur, dass es tatsächlich ein seltsames Gefühl ist, wenn die eigene Frau einen so guten Freund hat, der mal was von ihr wollte.«

Dazu sagt Caro nichts mehr. Was sollte sie auch? Daniel war wirklich schwer verliebt in Caro, und das weiß sie natürlich.

»Nun lass uns mal mit der Gästeliste weitermachen«, wechselt sie einfach das Thema. »Also Hedwig, meine Eltern, Nina, Daniel, ob mit oder ohne Claudia, Tante Inge, Tante Agnes, Georg und seine Frau, deine Cousine Edda. Sind schon mal zehn Leute. Dann Stefanie und Tom, schließlich waren wir gerade bei denen eingeladen, und wir kennen uns immerhin schon seit der Grundschule. Wer noch?«

»Über meinen Cousin und seine Freundin würde sich Hedwig freuen, und ich habe auch ein ganz gutes Verhältnis zu Michael. Eigentlich ein besseres als zu Edda.«

»Stimmt«, pflichtet ihm Caro bei, »Michael und Susanne sind nett. Was ist denn mit Jens und Nicola?«

»Gute Idee. Ihre beiden Töchter sind so alt wie Luisa, das passt auch ganz gut. Und vielleicht Frau Warnke?«

Genau! Die Sprechstundenhilfe von Marc hat immerhin jedes Mal ein Leckerli für mich parat.

»Okay. Frau Warnke, mit ihr hätten wir neunzehn. Weitere Vorschläge?«

»Luisa wäre happy, wenn wir ihre Mutter einladen.«

»Nein. Kommt nicht in Frage. Die Frau hat mir den letzten Nerv geraubt, die will ich auf keinen Fall auf meiner Hochzeit sehen.«

»Verstehe ich. Bin ich auch nicht scharf drauf. Muss ich Luisa nur noch erklären. Somit sind wir bei neunzehn plus wir drei und Henri. Das ist doch eine gute Zahl. Und immer noch eine sehr überschaubare Veranstaltung. Da passen wir locker in das Kaminzimmer vom Kloster Uetersen.«

In diesem Moment höre ich das vertraute Geräusch von Gummireifen, die über den Fußboden rollern. Ein Kinderwagen kommt näher. Und zwar nicht irgendeiner, sondern unserer! Hedwig und Henri sind da.

»Hallo, ihr zwei!«, grüßt Hedwig freundlich. »Frau Warnke hat mir erzählt, dass ihr hier essen seid. Ich dachte, bei meinen sensationellen Neuigkeiten darf ich euch einen Besuch abstatten.«

»Grüß dich, Mutter! Sensationen hören wir natürlich immer gern. Setz dich doch zu uns.«

Marc steht auf und schiebt noch einen Stuhl für Hedwig an den Tisch. Henri scheint zu schlafen, jedenfalls höre ich aus dem Kinderwagen keinen Mucks.

»Na, was gibt's denn?«, fragt Carolin neugierig.

Hedwig setzt sich auf den Stuhl und strahlt mit der Kerze auf dem Tisch um die Wette.

»Ja – also: Haltet euch fest! Ihr könnt im Michel heiraten! Der ist im Juni eigentlich schon immer ein Jahr vorher ausgebucht, aber mein Chorleiter ist um drei Ecken mit dem Kantor verwandt. Und der hat mal nachgeforscht, ob sich nicht doch etwas machen lässt. Stellt euch vor: Es ist gewissermaßen noch genau eine Schicht am 15. Juni frei – wenn man das so nennen darf. Ist das nicht ein Glück?«

»Äh ... im Michel?«

Marc klingt entsetzt, und ich frage mich, warum. *Michel* klingt doch sehr nett. Ich habe keine Ahnung, wo das ist, aber dem Namen nach ist das bestimmt irgendetwas ganz Kleines, Kuschliges.

»Ja, im Michel. Toll, oder?«

»Mutter, St. Michaelis ist riesig! Da passen ein paar hundert Leute rein, eher wahrscheinlich ein paar tausend.«

»Aber es die bekannteste Hamburger Hauptkirche, das Wahrzeichen unserer Stadt! Denk doch mal an deine Freunde aus Süddeutschland – die wären bestimmt begeistert!«

Jetzt mischt sich Carolin ein, und ich höre ihrer Stimme an, dass sie sich wirklich bemüht, freundlich zu sein.

»Hedwig, ich finde es ganz lieb von dir, dass du dir solche Gedanken machst. Aber wir haben gerade über die Gästeliste gesprochen und mehr als vierundzwanzig Leute werden wir auf keinen Fall werden. Da wären wir in so einer großen Kirche doch ein sehr verlorenes Häuflein. Außerdem bin ich mir gar nicht sicher, ob wir kirchlich heiraten wollen.«

»Oh.« Hedwig klingt sehr enttäuscht. »Wollt ihr euch denn den Michel nicht wenigstens mal angucken? Vielleicht ladet ihr doch mehr Leute ein, und dann passt es wieder gut. Gib mir doch mal eure Gästeliste, bestimmt habt ihr irgendjemanden vergessen.«

»Hedwig, ich kenne den Michel. Ich bin schließlich gebürtige Hamburgerin und habe die Kirche bestimmt schon zwanzigmal mit Freunden aus ganz Deutschland besichtigt.« Schwupp – schon klingt Caro nicht mehr ganz so freundlich. »Und die Liste haben wir nur im Kopf. So viele Namen stehen nicht drauf, als dass ich da viel schreiben müsste.«

Hedwig seufzt.

»Na gut, wie ihr meint. Stefan, mein Chorleiter, hat euch den Termin für eine Woche reserviert. Ihr könnt gern noch mal drüber nachdenken. Ich mach mich wieder auf den Weg, bevor Henri hier drinnen noch wach wird.«

Sie rückt den Stuhl nach hinten, steht auf und rollert mit dem Kinderwagen Richtung Ausgang.

»Puh«, sagt Caro, als Hedwig außer Hörweite ist, »die ist echt hartnäckig. Wenn wir nicht aufpassen, landen wir zur Trauung im Michel, zum Empfang im Anglo-German Club, und die Feier findet dann im großen Ballsaal vom Hotel Atlantic statt.«

Marc lacht.

»Ganz auszuschließen ist das nicht. Vielleicht sollten wir vorsichtshalber schon mal darüber nachdenken, wen wir notfalls noch einladen können. Damit's im Michel nicht so leer aussieht.«

Nach der Mittagspause werden wir bereits von Herrn Beck erwartet, der nervös vor dem Haus hin- und herschleicht.

»Hey, Kollege, gut, dass ihr wieder da seid!«

»Wieso? Was'n los?«

»Weiß nicht genau. Irgendwas stimmt nicht mit Nina. Die hatte sich eben tierisch mit Daniel in der Wolle, aber ich hab's nicht richtig mitbekommen, weil sie sich in der Werkstatt gestritten haben. Dann ist sie heulend rausgerauscht, und Daniel ist auch weg. Ich hab gerade ein ganz komisches Gefühl. Hast du vielleicht eine Ahnung, was da los sein könnte?«

Also echt. Da ist man gerade mal eine Stunde nicht am Platz, schon bricht Chaos aus. Ach, diese Menschen!

»Nein, leider nicht. Bei uns war alles ganz normal, bis auf die Tatsache, dass Hedwig sich Marcs und Caros Hochzeit ganz anders vorstellt als die beiden selbst. Trotzdem haben sie sich nicht gestritten. Insofern stimmt das mit ›normal‹ gar nicht. Mein Mittag war auch ungewöhnlich. Ungewöhnlich friedlich.«

»Ja, ja. Mach du nur weiter mit Wortklauberei. Ich muss dennoch unbedingt wissen, was da los ist. Ich kann das Gefühl nicht leiden, dass sich Menschen, die ich mag, miteinander streiten.«

Oha! Der Kater wird altersmilde! Normalerweise interessiert sich Herr Beck nämlich nicht wirklich für menschliche Beziehungsprobleme jedweder Art. Bei mir war das schon immer anders: Wenn sich *meine* Menschen streiten, möchte ich am liebsten schlichten. Ist nur leider gar nicht so einfach, wenn man nicht sprechen kann. Wobei ein beherztes Aufs-Sofa-Springen und Die-Hände-der-Streitparteien-Zusammenknuddeln auch schon geholfen hat.

»Schätze mal, sobald Daniel zurückkommt, wissen wir mehr. Wenn es etwas Ernstes war, wird er es Carolin erzählen. So lange wirst du dich wohl gedulden müssen.«

Herr Beck gibt ein langgezogenes *Pfffff* von sich und trottet uns hinterher in die Werkstatt. Auch gut, habe ich wenigstens ein bisschen Gesellschaft. Und jemanden, dem ich in Sachen Cherie mein Herz ausschütten kann. Wenngleich der es vermutlich gar nicht hören will.

»Cherie war neulich bei uns zu Hause.«

Beck gähnt.

»Ich weiß. Haste schon erzählt.«

»Und seitdem muss ich ständig an sie denken.«

Wieder ein Gähnen. Na, großartig, die Anteilnahme!

»Und? Was denkst du da so?«

»Ich überlege, ob ich ihr noch einmal eine Chance geben soll. Oder ob ich mich nie wieder davon erhole, wenn es diesmal auch nicht klappt mit uns.«

Der Schwanz von Herrn Beck wippt hin und her. Der Kater scheint sich zu amüsieren.

»Ob *du ihr* eine Chance geben sollst? Habe ich da eine neue Entwicklung verpasst? War das bisher nicht eher umgekehrt?«

Grrrr, jaul. Beck legt die Tatze in die Wunde.

»Ja. Nein. Äh … ja und nein.«

»Hä? Also, wie war es denn nun?«

Ich hole tief Luft.

»Ich meine, ja. Es war bisher umgekehrt, und nein, du hast keine Entwicklung verpasst. Was ich aber eigentlich sagen wollte und insofern überlege, ob ich ihr noch eine Chance geben soll: Ist es nicht besser, mein Herz ihr gegenüber ganz zu verschließen? Damit es nicht wieder wehtut? Sie gewissermaßen zu ignorieren und ihr so keine Chance zu geben? In meinem Herzen?«

»Auweia, Herkules, was ist das denn für ein Geschwurbel? Man könnte glatt denken, dass du auch diesen Yoga-Chakra-Beziehungsquatsch-Kurs belegt hast. Soll ich dich anstatt Herr Kules lieber Herr Swami nennen?« Er gibt ein bösartiges Gekicher von sich, das wie das Gemecker einer Ziege klingt, nur fauchiger. »Außerdem ist noch gar nicht klar, wann du die Dame das nächste Mal siehst. Das würde ich erst ganz entspannt abwarten.«

»Ich dachte ja nur, *falls* Daniel in Alexanders Wohnung zieht und *falls* er dann Cherie mitnimmt.«

»Nanu, wieso sollte denn Daniel in Alex' Wohnung ziehen?«

»Oh, hast du das etwa noch nicht mitbekommen?«

»Nee, was denn?«

»Alexander wohnt nicht mehr über euch. Er hat Daniel seine Schlüssel in die Hand gedrückt, hat ihn gebeten, ihm die Post hinterherzuschicken, und ist weg.«

Hihi, dafür, dass Herr Beck sonst das Gras wachsen hört, ist er in dieser Angelegenheit bemerkenswert uninformiert. Und das, obwohl es dabei auch um sein Frauchen geht. Irgendwie freut mich das.

»Echt?«

»Und dann hat Daniel sich überlegt, ob die WG nicht etwas für ihn wäre, schließlich hat er momentan gar keine Lust mehr, mit Claudia zusammenzuwohnen, zumal dauernd ihr doofer Swami da ist. Stell dir vor, der mag Cherie nicht. Immer, wenn ein Kurs ist, muss Daniel mit Cherie verschwinden, obwohl das doch eigentlich Claudias Hund ist. Und deswegen halte ich es nicht für völlig abwegig, dass Daniel und Cherie demnächst in die WG über eurer Wohnung einziehen.«

»Donnerwetter – das ist tatsächlich spurlos an mir vorbeigegangen. Warum hat mir Nina denn nichts davon gesagt?«

Wuff, ich muss unwillkürlich mit den Augen rollen. Als ob Menschen ihren Haustieren immer alles erzählen würden! Ich meine, es wäre natürlich sinnvoll, weil wohl niemand einen Menschen besser kennt als sein Haustier und wahrscheinlich viel Ärger vermieden werden könnte, wenn der Mensch dann umgekehrt mal darauf hören würde, was sein Haustier ihm begreiflich zu machen versucht. Aber so ist es eben nicht, und das sollte Beck, der alte Haudegen, eigentlich wissen.

»Ja, warum wohl? Vielleicht, weil sie sich nicht mit ihrer Katze unterhält? Jedenfalls nicht über so Menschenkrams?«

Herr Beck ignoriert meinen Einwand und brabbelt etwas Unverständliches in seine Schnurrbarthaare.

»Oder aber sie wusste es selbst noch nicht. Dann konnte sie dir gar nichts davon erzählen. Möglicherweise ist das auch der Grund, warum sie sich mit Daniel gestritten hat. Er hat ihr das mit der Wohnung erzählt, und sie war deswegen sauer. Oder traurig, wenn sie sogar geheult hat. Hast du doch selbst gesagt.«

»Pah, warum sollte sie denn deswegen traurig sein? Kann ihr doch egal sein, ob Daniel in die WG zieht.«

Beck schaut völlig verständnislos.

»Immerhin ist ab dem Moment völlig klar, dass Alexander endgültig weg ist. Möglicherweise hat sie ihn doch noch ein bisschen lieb, und es tut ihr leid.«

»Da sieht man mal, wie schlecht du Nina kennst. Nina ist wie ich – die hängt ihr Herz nicht so sehr an einen Typen, dass sie weint, wenn er weg ist. Außerdem hatte sie ihn schon mehr oder weniger gegen diesen Sören eingetauscht.«

»Klasse. Ein Typ, der in Stockdingsda noch eine andere Familie sitzen hat. Nee, nee, mein Lieber. Ich glaube, Nina ist klar geworden, dass sie nun wirklich allein ist. Einsam und allein. Und deswegen hat sie sich mit Daniel gestritten. Er war der Überbringer der schlechten Nachricht.«

Nun ist es Herr Beck, der mit den Augen rollt.

»So ein Quatsch. Nina ist nicht einsam und allein. Sie hat doch mich.«

Ich schüttle den Kopf. Der Kater will es einfach nicht wahrhaben. Da könnte ich mir die Schnauze fusselig reden, er würde mich nicht verstehen. Ging mir ähnlich, als Carolin solchen Kummer wegen ihres blöden Exfreundes Thomas hatte. Da konnte ich auch nicht gleich einsehen, dass ich ihr als Freund nicht reiche. So ist es eben, wenn man sein Frauchen sehr liebt. Ist irgendwie auch rührend.

Immer noch murrend legt sich Beck auf die Decke, die vor meinem Körbchen im Werkraum liegt.

»Deine Theorien werden auch immer wilder, Herkules. Warten wir doch einfach auf Daniel, dann werden wir erfahren, worüber sie sich gestritten haben. Ich garantiere dir eins: Nicht über die Wohnung und Alexander. Das Thema hat Nina für sich abgehakt. Jede Wette.«

Es dauert tatsächlich nicht mehr lang, und Daniel kommt zurück. Erst dreht sich der Schlüssel im Schloss, dann steht Daniel im Flur, unter dem Arm eine große Tasche, aber leider keine Cherie an der Leine. Ob meine Theorie doch falsch ist? Andererseits ist die Tasche schon ziemlich voluminös, da könnten gut und gern Sachen für einen kleinen Umzug drin sein. Also abwarten und Öhrchen spitzen.

Gespannt beobachte ich, wie Daniel zu uns in die Werkstatt kommt, und aus den Augenwinkeln kann ich genau sehen, dass auch Herr Beck sehr aufmerksam geworden ist. Ob ich noch schnell mit ihm um etwas wette? Vielleicht, dass er mir eine Fleischwurst aus dem Kühlschrank klaut – er kommt da bestimmt viel besser dran als ich.

»Hallo, Daniel! Ich habe dich schon vermisst. Wir müssen noch die Lasuren für die Celli absprechen. Frau Hohwenser hätte gern bald eine Auskunft. Ich selbst bin mir da gerade etwas unsicher.«

»Klar, machen wir. Ich musste nur eben ein paar Sachen aus Volksdorf holen. Ziehe tatsächlich erst mal in das alte Zimmer von Alex ein.«

»Oh.«

Mehr sagt Carolin nicht dazu. Ich werfe dem Kater einen ersten triumphierenden Blick zu.

»Und weißt du, wer eine richtige Vollmeise hat?«

Caro zuckt mit den Schultern.

»Nee, wer denn? Die Hohwenser?«

»Nein, die doch nicht. Deine Freundin Nina. Die hat sie nicht mehr alle. Ich habe sie heute im Treppenhaus getroffen. Ich kam von Simon, der ist aus dem Urlaub zurück und hat mir noch mal das Zimmer gezeigt. Sie kam mit in die Werkstatt und hat mich gefragt, was ich in Alexanders Wohnung wollte. Ich habe nur gesagt, das sei nicht mehr Alexanders Wohnung, ich hätte sein Zimmer übernommen.«

»Ja, und dann?«

»Dann ist sie völlig ausgerastet und hat mich beschimpft. Dass ich mich jetzt zwischen sie und Alexander dränge. Und ob ich ernsthaft von ihrem Unglück profitieren wolle. Ich wusste echt nicht, wie mir geschieht. Na, da habe ich mal kurz darauf hingewiesen, mir sei zu Ohren gekommen, sie selbst sei nicht ganz unschuldig an seinem Auszug. Da hat sie angefangen zu heulen und ist raus. Hysterische Ziege!«

»Auweia! Das ist furchtbar. Die arme Nina!«

Caro ist sichtbar mitgenommen von der Geschichte.

»Was heißt denn hier *arme Nina*? Ist doch selbst schuld. Ich kann jedenfalls echt nichts dafür. Sie hat doch mit dem Kerl gevögelt, nicht ich. Doch das ist wieder typisch Nina Egozentrisch Bogner – es muss jemand anderes für ihr Elend verantwortlich sein, denn sie macht immer alles richtig. Ätzend! Wenn die nicht aufpasst, wird sie mal einsam und allein enden. Sie ist doch genau der Typ Frau, der irgendwann nur noch 'ne Katze hat. Und die hat Nina ja schon, ha, ha!«

Zusch! Mit einem eleganten Sprung hechtet Beck von der Decke zielstrebig auf die geöffnete Terrassentür zu – und ist verschwunden. Schade. Für die Wette ist es nun zu spät. Die Fleischwurst wäre eindeutig mein.

SIEBZEHN

Irgendetwas plant Hedwig. Irgendetwas. Ich weiß nur noch nicht, was. Aber die Art, wie ausgesprochen vorsichtig sie heute um Luisa herumschleicht und mit welch sanfter Stimme sie dabei spricht, macht mich extrem misstrauisch. Normalerweise ist Hedwig eine Frau der klaren Ansagen. Wenn Luisa aus der Schule nach Hause kommt, gibt es Mittagessen, dann wird Henri in sein Bettchen verfrachtet, und als Nächstes werden zack, zack die Hausaufgaben gemacht. Heute allerdings von militärischer Ordnung keine Spur. Stattdessen die Frage, ob's noch ein Dessert sein darf. Hier stimmt doch was nicht!

»Sag mal, Engelchen, so richtig viele Freunde haben Papa und Carolin wohl nicht, oder?«

Aha! Ein Ausforschungsversuch!

Luisa löffelt rasch den Rest des Schokopuddings, bevor sie antwortet.

»Doch, wieso?«

»Ach, ich meine nur so. Ich weiß gar nicht, ob die beiden ab und zu mal mit Freunden verabredet sind und ob sie eigentlich einen großen Bekanntenkreis haben. Wen sie zum Beispiel einladen würden, wenn sie eine Party feiern wollten.«

Nachtigall, ick hör dir trapsen … Party? Feiern? Sollte Hedwig wieder auf ihr derzeitiges Lieblingsthema zusteuern?

»Also, Papa hat ganz viele Freunde. Das kann ich dir auch zeigen.«

»Zeigen? Wo denn?«

»Na, in Papas Computer. Bei Facebook kannst du alle seine Freunde sehen. Das sind bestimmt dreihundert oder so. Ich habe sein Passwort. Darfst du aber Papa nicht erzählen, dann krieg ich Ärger.«

»Kind, ich weiß gerade gar nicht, wovon du redest. Wieso kann man Papas Freunde denn im Computer sehen?«

Eine sehr berechtigte Frage. Versteh ich auch nicht.

»Na, also, Facebook das ist so eine Art Treffpunkt im Internet. Da kann man seine Freunde treffen. Auch die, die man nicht persönlich kennt. Ich zeig's dir.«

Wie bitte? Kann man Freunde haben, die man noch nie gesehen hat? Ich hätte das bis zum heutigen Tage für ausgeschlossen gehalten, aber tatsächlich sitzen Hedwig und Luisa kurz darauf vor dem kleinen Fernseher, der sich Computer nennt, und Luisa erklärt Hedwig, dass Marc viele Freunde hat, die er gar nicht kennt. Verrückt, eindeutig verrückt. Wie soll man jemanden schätzen lernen und ihm vertrauen, wenn man ihm noch nie begegnet ist? Beim Menschen scheint es so etwas aber zu geben – ich kann es kaum fassen. Marc hat *in* seinem Computer mindestens dreihundert Freunde. Von denen er allerdings nur die Hälfte persönlich kennt. Die anderen sind nur *Facebook*-Freunde, so nennt Luisa sie jedenfalls. Hedwig kommt aus dem Staunen nicht heraus – und ich auch nicht.

Facebook-Freunde. Gut, hat wahrscheinlich auch Vorteile, wenn man seine Freunde nicht persönlich kennt. Herr Beck zum Beispiel ist seit dem Vorfall mit der Fleischwurstwette immer noch beleidigt. Und das, obwohl ich ihm die Wette noch nicht einmal vorgeschlagen habe und unsere Nicht-Wette schon ein paar Tage her ist. Wenn wir uns nur per Computer kennen würden, dann hätte ich das ganze

Schlamassel mit Alexander nicht mitbekommen und er nicht, dass Daniel umziehen will. Dann wäre zwischen uns alles in bester Ordnung gewesen, und wir hätten uns einfach über etwas anderes unterhalten als Ninas Beziehungsprobleme. Ich frage mich nur gerade, wie man sich überhaupt mit jemandem unterhält, den man nie trifft.

Die gleiche Frage treibt offenbar Hedwig um.

»Und dein Vater ist mit all diesen Menschen befreundet? Aber wie steht er denn in Kontakt mit denen? Telefonieren die immer, oder wie geht das?«

Luisa kichert und schüttelt den Kopf.

»Nein, Oma. Mit Facebook-Freunden chattet man.«

»Man macht was?«

»Na, man chattet. Das ist eine Unterhaltung per Computer. Guck mal, hier ...« – sie zeigt auf etwas, was ich von unterhalb des Schreibtisches nicht sehen kann – »kannst du erkennen, wer im Moment online ist. An dem grünen Punkt.«

»Online?«

»Ja. Wer sich auch gerade so auf Facebook rumtreibt. Und den kannst du dann anchatten, also gewissermaßen anquatschen. Und wenn der Lust hat, dann chattet der zurück. Und dann seid ihr in der Unterhaltung, dem Chat. Dann tippst du ein, was du sagen willst, und er seine Antwort. Total praktisch. Ich wäre froh, wenn ich schon selbst bei Facebook wäre. Darf ich aber noch nicht. Papa findet, ich bin dafür noch zu klein. Echt mies.« Sie seufzt. »Aber eine E-Mail-Adresse habe ich immerhin schon. Muss ich halt mit meinen Freundinnen mailen. Und das geht tatsächlich nur mit Leuten, die man wirklich kennt. Sonst hat man ihre Adresse nicht.«

Hedwig lächelt und streichelt ihrer Enkelin über den Kopf.

»Ach, mein Schatz, ich finde es gar nicht so schlimm, wenn

man die Leute, mit denen man sich im Internet unterhält, auch im wahren Leben kennt. Da hat dein Vater schon recht, wahrscheinlich musst du noch nicht überall mitmachen. Aber sag mal, wenn das alles Freunde von Papa sind, kann man die auch per Facebook zu einer Party einladen?«

Luisa nickt.

»Klar. Das geht sogar ganz einfach. Du machst bei Facebook eine Seite für die Veranstaltung, und dann schickst du die Einladung an jeden, den du dabeihaben willst. Dann wissen alle, wann die Party ist, und können zu- oder absagen. Wieso?«

Jaul, Hedwig wird doch nicht etwa …?

»Oooch, mir scheint, Papa braucht noch ein bisschen Hilfe bei den Einladungen zur Hochzeit. Ich dachte, so könnte ich ihm ein bisschen helfen.«

Grrr, tatsächlich. Ich lag mit meinem komischen Gefühl von Anfang an richtig. Hedwig will mit Gewalt die Gästeliste für die Hochzeit aufstocken!

»Super, Oma – das ist eine richtig coole Idee! Hochzeitseinladung per Facebook! Dann wird es vielleicht doch noch ein richtig tolles, großes Fest und nicht so 'ne kleine popelige Feier.«

Luisa ist begeistert, ich bin es nicht. An die Hochzeit von dieser Stefanie erinnere ich mich mit Grausen. Nein, so etwas wollen wir sicher nicht. Und noch sicherer nicht mit Leuten, die nur im Computer unsere Freunde sind!

»Luisa, ich bin ganz deiner Meinung. Aber wie schaffe ich es, Papas Freunden Bescheid zu sagen, ohne dass er es merkt? Das soll doch auch eine Überraschung werden.«

»Das ist doch ganz einfach. Wir legen dir einen Facebook-Account zu, Oma. Wir melden dich da an, und dann kannst du allen Freunden von Papa, die du dabeihaben willst, eine Einladung schicken. Ich glaube, ich kann dir von den meisten sagen, ob Papa sie wirklich kennt. Die fragst du dann, ob sie auch deine Freunde sein wollen, und dann lädst du sie ein. Kannst ja sagen, dass es geheim bleiben soll.«

»Puh. Ist das schwierig? Schaffen wir das noch, solange Henri schläft?«

»Klar. Kein Problem. Du musst dir nur einen anderen Namen ausdenken, sonst merkt Papa gleich, dass du auch auf Facebook bist. Der kriegt nämlich gezeigt, wenn irgendjemand so ziemlich dieselben Freunde hat wie er. Also, wie willst du heißen?«

Hedwig überlegt.

»Wie findest du Romy Bardot?«

»Hm, bisschen seltsam. Wie kommst du da drauf?«

»Es ist eine Kombination aus Romy Schneider und Brigitte Bardot.«

»Kenn ich beide nicht. Aber ist auch egal, Hauptsache, Papa checkt nicht gleich, was Sache ist.«

»Findest du Brigitte Schneider besser?«

Luisa nickt.

»Okay, dann nehmen wir Brigitte Schneider.«

Luisa sagt nichts, sondern beugt sich über den Computer und fängt an zu tippen. Nach einer Weile dreht sie sich wieder zu Hedwig-Brigitte.

»Fertig. Du hast jetzt ein Konto auf Facebook als Brigitte Schneider. Angemeldet bist du auf meine E-Mail-Adresse, aber die brauchst du nicht weiter. Jetzt schickst du allen Freunden von Papa eine Freundschaftsnachricht, erklärst kurz, wer du wirklich bist und dass du eine Überraschungshochzeitsfeier planst. Das finden die unter Garantie alle cool. Was allerdings gut wäre, wäre ein Foto für das Profilbild. Das kann ich eben mit meinem Handy machen und dann hochladen.«

Hedwig-Brigitte runzelt die Stirn.

»Na, aber dann erkennt mich dein Vater doch sofort.«

»Stimmt. Was könnten wir denn stattdessen nehmen?« Forschend sieht sich Luisa im Wohnzimmer um, dann bleibt ihr Blick an mir hängen. »Oma, ich hab's.«

ACHTZEHN

Dafür, dass Carolin eigentlich nur zur Arbeit will, donnert sie sich gerade ganz schön auf. Die Werkstatt ist normalerweise ein Fall für Jeans, T-Shirt und Pferdeschwanz. Anmalen tut Caro sich sonst auch nicht, aber jetzt steht sie schon eine ganze Zeit vorm Spiegel. Außerdem hat sie einen Rock an und eine Bluse. Sonderbar. So kenne ich sie eigentlich nur vor Abendterminen, wenn sie zum Beispiel mit Marc ins Theater geht. Ob das Theater ab und zu auch morgens aufmacht? Ich bin mir nicht ganz sicher, was da so geschieht, aber aus Erzählungen reime ich mir zusammen, dass es eine ganz entfernte Ähnlichkeit mit dem Fernsehen haben muss. Menschen erzählen dort offenbar Geschichten für Menschen, die sich wieder andere Menschen ausgedacht haben. Oder so ähnlich.

Caro malt ihre Lippen nun mit einem besonders dicken Stift an, betrachtet sich noch einmal prüfend im Spiegel, dann kommt sie aus dem Bad, geht zur Garderobe und greift nach meiner Hundeleine.

»So, Hedwig! Ich bin jetzt weg. Herkules nehme ich mit, dann kannst du mit Henri drinnen bleiben. Bei der Erkältung ist das wahrscheinlich am besten.«

Hedwig kommt aus Henris Zimmer in den Flur.

»Stört der Hund denn nicht?«

»Nee, glaube ich nicht. Die haben selbst auch einen Hund. Ansonsten lasse ich ihn im Auto. Bis später!«

Wie? Ich darf mit ins Theater? Und dort gibt es auch Hunde? Das ist ja interessant! Ich hoffe, ich muss nicht davor im Auto warten, denn das verspricht spannend zu werden. Schnell wetze ich zur Tür. Nicht dass sich Caro das noch einmal anders überlegt.

Draußen ist ein warmer Frühlingstag – schade, dass wir offenbar mit dem Auto fahren. Ich hätte große Lust auf einen ausgedehnten Spaziergang. Aber so hüpfe ich schwungvoll auf den Beifahrersitz, als mir Caro die Tür öffnet. Hoffentlich dauert die Fahrt nicht so lang!

Sie dauert lang. Als ich gerade eingeschlafen bin, hält Caro endlich an.

»Wir sind da, mein Süßer. Ich bin gespannt, wie es dir gefällt. Ich war beim ersten Mal sehr beeindruckt.«

Sie steigt aus und öffnet meine Tür, ich recke und strecke mich kurz, dann springe ich aus dem Auto. Ich lande in einem Kiesbett und schaue erwartungsvoll nach oben. Wow – wir parken vor einem großen Gebäude, das ein bisschen an Schloss Eschersbach erinnert. Es hat ein Portal und Säulen und zwei Türme. Die sind zwar nicht ganz so hoch wie die von Schloss Eschersbach, aber auch ziemlich eindrucksvoll. Jedoch scheint es keinen richtigen Park zu dem Schloss zu geben, es ist zwar umgeben von einem größeren Platz, aber direkt hinter der ersten Baumreihe sind schon die Nachbarhäuser zu sehen. Für ein normales Haus ist es trotzdem ein echter Hingucker.

»Schön, oder? Eine richtige Villa an der Elbchaussee, die hätte man doch selbst gern.«

Ja, ich könnte mir so ein Anwesen auch gut als Residenz für Carl-Leopold von Eschersbach vorstellen. Standesgemäß eben. Und wenn *Elbchaussee* bedeutet, dass hier auch irgendwo die Elbe ist, wäre mit Sicherheit der ein oder andere Elbspaziergang drin. Allerdings wundere ich mich langsam, wo die anderen Besucher des Theaters sind. Soweit ich weiß, ist Theater doch eher eine Gruppenveranstaltung – etwas, wo ganz viele Menschen hingehen. Außer uns ist jedoch weit und breit niemand zu sehen. Carolin scheint das nicht zu stören, zielstrebig geht sie auf das Portal zu. Na gut, sehen wir uns das Ganze mal aus der Nähe an.

Caro drückt die Klingel neben den Türflügeln des Portals, die Tür öffnet sich mit einem leisen Summen und gibt den Blick auf eine große Halle frei. Immer noch kein Mensch zu sehen. Dafür kann ich eindeutig einen Hund erschnuppern.

Am hinteren Ende der Halle sind mehrere Türen, eine davon wird nun geöffnet, und endlich kommt der erste Mensch zum Vorschein. Es ist eine Frau, ebenfalls gut gekleidet, vom Äußeren und der Bewegung her allerdings älter als Carolin.

»Hallo, Frau Neumann! Ich freue mich, dass es heute geklappt hat!«

»Das war doch selbstverständlich, Frau Hohwenser. Ich hoffe, es ist in Ordnung, dass ich Herkules dabeihabe?«

Die Frau lacht uns freundlich an.

»Klar, kein Problem. Da wird sich unsere Biene freuen. Kommen Sie beide rein!«

»Danke. Ich bin schon ganz gespannt, welche neuen Stücke noch dazugekommen sind.«

Aha! Stücke! Genau, davon hat Marc gesprochen: Theaterstücke. Dann sind wir wohl wirklich in einem Theater. Die Frau, die offenbar Hohwenser heißt, weist uns den Weg durch die Tür, hinter der ein Treppenhaus liegt. Der Hundegeruch wird stärker, und ich werde langsam ein wenig nervös.

Frau Hohwenser läuft die Treppe vor uns hoch und redet gleichzeitig mit Carolin.

»Mein Vater hatte zuerst überlegt, diesen Teil des Nachlasses in Süddeutschland zu behalten. Als er aber von meiner Idee der historischen Sammlung hörte, war er gleich begeistert. Die Lieferung ist gestern angekommen, ich bin schon ganz neugierig, was Sie dazu sagen.«

»Wenn die Stücke auch nur annähernd so gut erhalten sind wie der Rest der Sammlung, dann ist das eine ziemliche Sensation.«

Leute, nun macht es doch nicht so spannend für einen armen Dackel! Wann geht es denn nun los mit dem sensationellen Theaterstück?

Ein Stockwerk höher und eine weitere Tür später stehen wir in einem Raum, in dem es verdächtig nach altem Holz riecht. Fast wie in der Werkstatt. Ich bin enttäuscht. So hatte ich mir das nicht vorgestellt. Gelegenheit, länger über diese Enttäuschung zu sinnieren, bleibt aber nicht. Denn aus der gegenüberliegenden Ecke des Raumes kommt nun tatsächlich ein anderer Hund auf mich zugestürmt. Ein anderer Dackel! Genauer gesagt: eine Dackelin. Und was für eine: große braune Augen und langes, seidig glänzendes rotbraunes Fell. Mit anderen Worten – eine sehr attraktive Frau! Natürlich nicht so schön wie Cherie, aber trotzdem ansehnlich. Es ist fast schade, dass mich andere Hündinnen so gar nicht als Frau interessieren, diese hier ist wirklich hübsch. Aber eben nicht Cherie.

»Ach, sehen Sie mal, wie meine Biene sich freut! Das ist ja nett!«

Frau Hohwenser klatscht begeistert in die Hände.

Da will ich an Begeisterung natürlich in nichts nachstehen und mache schnell mal eine paar Luftsprünge und anschließend Männchen.

Carolin lacht.

»Wie Sie sehen, ist die Freude ganz unsererseits!«

»Ihrer ist auch ein Dackel, oder?«

»Fast. Ein Dackelmix.«

Grrrr! Was soll das, Caro? Musst du mich unbedingt vor den Damen bloßstellen? Das hätten die doch von allein vielleicht nicht gemerkt.

»Ach, das sieht man auf den ersten Blick gar nicht.«

Eben. Sag ich doch. Biene beschnuppert mich neugierig. Ich lasse sie gewähren.

»Wohnst du hier?«, will ich schließlich wissen.

Sie setzt sich und betrachtet mich.

»Ja. Ich bin gewissermaßen der Hofhund. Biene. Aber das weißt du ja schon.«

»Ich bin Herkules. Eigentlich Carl-Leopold von Eschersbach – aber Herkules reicht völlig.«

»Angenehm. Biene von der Harkortshöhe. Hier sind sonst fast nie andere Hunde. Sehr ruhig, sehr langweilig.«

Von der Harkortshöhe. Aha. Dieser Name in Verbindung mit Bienes äußerst reinrassigem Langhaardackelaussehen führt dazu, dass ich mich unwohl fühle. Unterlegen. Ich beschließe, das Thema zu wechseln.

»Und du wohnst hier im Theater?«

Biene macht große Augen – falls es überhaupt möglich ist, ihre Augen noch größer zu machen.

»Wieso Theater?«

»Na, das ist hier doch ein Theater, oder?«

Völlig verständnislos blickt sie mich an.

»Ich weiß zwar nicht genau, was ein Theater ist – aber eines weiß ich. Dies hier ist keines. Das wäre mir doch aufgefallen.«

Hm. Kein Theater? Trotz der sensationellen Stücke? Aber was genau ist es dann? Und was machen wir hier?

»Du meinst, hier gibt es keine Menschen, die andern

Menschen, also ganz vielen, Geschichten von wieder anderen Menschen erzählen? So ähnlich wie Fernsehen, nur anders?«

»So ähnlich wie Fernsehen, nur anders? Äh … nee. Glaub ich nicht. Wir haben einen Fernseher, aber ganz viele Menschen sind hier nur selten. Vorn an der Elbe, da sind viele. Vor allem bei gutem Wetter laufen die da in Heerscharen rum. Dann haben sie oft auch Hunde dabei, das ist dann ganz nett. Aber sonst? Nee.«

»Tja. Dann ist das wohl ein Missverständnis.«

»Wolltet ihr denn ins Theater?«

Unschlüssig wedele ich mit dem Schwanz hin und her.

»Dachte ich. Scheint aber nicht zu stimmen.«

»Ich glaube, ihr seid wegen der Instrumente da. Ich habe dein Frauchen schon mal gesehen. Da hat sie sich den ganzen alten Krempel da drüben angesehen. Ein Mann war auch dabei, machte einen ganz netten Eindruck.«

Ach so. Instrumente. Na klar. Wir sind nicht zum Spaß hier, sondern Carolin erledigt einen Job. Warum bin ich da nicht von allein draufgekommen? Schade, dann wird's doch eher langweilig hier. Ich gähne und lege mich hin.

Biene legt sich neben mich.

»Ich find's schön, dass du da bist. Soll ich dir mal unseren Garten zeigen? Die sind hier doch bestimmt noch beschäftigt.«

Ich bin unschlüssig. Biene scheint nett zu sein, doch irgendwie auch ein bisschen aufdringlich. Und sie ist zwar hübsch, aber bestimmt blasiert. *Von der Harkortshöhe*. Oder ich bin heute nicht so in Stimmung für Konversation.

Sie scheint zu merken, dass ich zögere.

»Ach, nun komm schon. Ist doch spannender, als hier auf dein Frauchen zu warten.«

Stimmt. Ich seufze und raffe mich auf. Sie läuft zurück in Richtung der Treppe, über die wir eben gekommen sind, ich folge ihr. Wieder in der großen Halle traben wir zu einem kleinen Flur, von dem wiederum ein Zimmer abgeht. Hier steht eine Terrassentür offen, durch die Biene verschwindet. Okay, ist wahrscheinlich wirklich besser, als bei dem schönen Wetter weiter hier drinnen rumzuhängen. Also hinterher.

Wuff! Sagte ich vorhin, dass diesem Haus zum Schloss der Park fehlt? Na, da kannte ich seine Rückseite noch nicht! *Garten* ist die Untertreibung des Jahres. Eine riesige Rasenfläche, eingefasst von haushohen Eichen und gesäumt von akkurat angelegten Beeten, fängt direkt hinter der Terrasse an und erstreckt sich bis hinunter zur Elbe. Uns trennt kein einziges anderes Haus von dem gewaltigen Fluss – fast sieht es so aus, als ob das große Schiff, das dort gerade entlangfährt, direkt durch den Garten kommt.

Ich bin wirklich beeindruckt, und das merkt man mir wohl auch deutlich an, denn Biene gibt mir einen kurzen Stups in die Seite.

»Hey, vergiss das Atmen nicht. Ich hab doch gleich gesagt, dass es im Garten spannender ist.«

»Gibt es hier auch Kaninchen?«

»Klar. Kaninchen. Amseln. Maulwürfe. Du kannst hier alles jagen, was du willst. Du bist auch ein Jagdhund, oder?«

Ich nicke.

»Und ob. Ich stamme aus einer ganz berühmten Dackelzucht. Alle meine Vorfahren sind zur Jagd gegangen. Das haben wir im Blut, wir von Eschersbachs.«

Stolz hebe ich die Nase. Ich mag ein *Betriebsunfall* gewesen sein, wie es irgendein Mensch mal bezeichnet hat. An meinen hervorragenden Instinkten ändert das überhaupt nichts!

Biene ist Gott sei Dank zu höflich, um weitere Fragen zu

diesem Thema zu stellen, stattdessen hüpft sie munter vor mir die Stufen der Terrasse zum Rasen hinunter.

»Komm, Herkules, ich zeige dir mal, wie blendend man sich hier amüsieren kann.«

Die nächste Stunde verbringen wir damit, um die Wette zu wetzen, Kaninchen einzuschüchtern und Eichhörnchen die Bäume hochzujagen. Wir legen uns mit einer Elster an und müssen mehrmals ihrem Schnabel ausweichen, aber das stört Biene überhaupt nicht, sie ist beeindruckend mutig und hart im Nehmen. Dackel eben. Dann rollen wir uns im Sandstrand auf der anderen Seite des Zaunes, der das Grundstück von der Elbe trennt, und bekommen sogar einmal nasse Pfoten, als ein besonders großes Schiff vorbeikommt. Es ist herrlich!

Als plötzlich Caro und Bienes Frauchen auf der Terrasse auftauchen und nach uns rufen, würde ich mich am liebsten taub stellen. Aber Frau Hohwenser pfeift nur einmal hoch und schrill, schon läuft Biene zu ihr. So ein gut erzogener Hund! Wenn Herr Beck hier wäre, es würde all seine Vorurteile über uns bestätigen. Langsam trotte ich auf Caro zu.

»Meine Güte, wie siehst du denn aus, Herkules? Du bist ja völlig verdreckt und sandig!« Carolin schüttelt tadelnd den Kopf. »Wie soll ich dich denn nach Hause transportieren, ohne dass Marc einen Schlag kriegt, wenn er das Auto sieht? Am besten, du nimmst im Kofferraum Platz.«

Ich, im Kofferraum? Was für eine bodenlose Unverschämtheit! Empört jaule ich auf.

Frau Hohwenser lacht.

»Da ist aber jemand gar nicht einverstanden mit Ihrem Plan. Warten Sie, ich gebe Ihnen eine alte Decke mit, da kann das Kerlchen drauf Platz nehmen. Es freut mich ja, dass die beiden anscheinend so viel Spaß hatten. Das nächste Mal, wenn ich in Ihre Werkstatt komme, nehme ich Biene einfach mit.«

Als ich das höre, wedele ich mit dem Schwanz. Das ist eine ausgezeichnete Idee! Biene ist ein richtig klasse Kumpel, auf so jemanden trifft man wirklich nicht alle Tage. Ich werfe ihr einen kurzen Blick zu – sie scheint das Gleiche zu denken wie ich. Jedenfalls wirkt auch sie sehr glücklich. Wer hätte gedacht, dass mein Ausflug ins Theater so ein Erfolg wird?

NEUNZEHN

»Aber was ist denn so schlimm daran, wenn Mama zur Hochzeit kommt? Ihr habt gesagt, dass ihr nur Familie einladen wollt. Und Mama ist eindeutig Familie.«

Luisa klingt enttäuscht und wütend. Marc seufzt.

»Luisa, ich habe doch schon versucht, es dir zu erklären: Wenn Mama zur Hochzeit kommt, fühlen sich Caro und ich nicht wirklich wohl. Und das wäre bei der eigenen Hochzeit schade, meinst du nicht auch?«

»Ach, und ob ich mich wohlfühle, ist anscheinend völlig egal. Das interessiert euch überhaupt nicht.« Okay, jetzt klingt das Kind nur noch wütend. »Du hast mal zu mir gesagt, dass es manchmal besser ist, wenn sich Eltern trennen, weil sie sich sonst nur noch streiten würden, und sie sich besser verstehen, wenn sie nicht mehr ein Paar sein müssen.«

»Ja, das habe ich gesagt. Und das stimmt auch.«

»Nee, das stimmt offensichtlich nicht. Denn wenn ihr euch jetzt besser verstehen würdet, dann könntest du Mama ruhig einladen. Das war also gelogen.«

Marc holt tief Luft und will anscheinend etwas sagen, lässt es dann aber. Irgendwie habe ich schon schönere Abende im Hause Wagner-Neumann erlebt. Die Stimmung ist auf dem Tiefpunkt, seit es wieder um das Thema Hochzeit geht. Dabei ist Hedwig nicht mal da, um sich mit kreativen Vorschlägen in die weitere Planung einzubringen. Es war Luisa, die noch einmal mit Fragen zur Einladungspolitik um die Ecke kam.

Ohne dabei freilich zu erwähnen, dass sie mit Oma bereits an einer kleinen Erweiterung der Gästeliste arbeitet. Ungefragt Sabine einzuladen hat sie sich aber offenbar nicht getraut.

Luisa funkelt Marc angriffslustig an. Ich ahne das Schlimmste, und bevor sie noch zur nächsten Attacke ausholen kann, hüpfe ich kurz entschlossen auf ihren Schoß. Vielleicht kann sie eine Runde Dackelkuscheln wieder gnädiger stimmen. Tatsächlich rückt sie ihren Stuhl noch weiter vom Küchentisch weg und beginnt, mich zu kraulen.

»Braver Herkules, lieber Herkules. Manchmal glaube ich, du bist der Einzige, der mich hier versteht. Außer Oma. Und Henri. Aber der zählt noch nicht. Papa ist jedenfalls richtig ätzend.«

Marc tut so, als ob er das alles nicht hört, und fängt an, betont fröhlich zu pfeifen, während er irgendetwas in einem der Küchenschränke sucht.

»Möchtest du auch einen Tee, Engelchen?«

»Nein. Ich möchte, dass du Mama einlädst.«

»Darüber möchte ich jetzt nicht mehr mit dir sprechen.«

Marc gibt sich alle Mühe, gelassen zu klingen. Aber dass er mittlerweile ziemlich gereizt ist, höre ich als geübter Zweibeinerversteher sofort.

»Okay, aber dann müsst ihr wenigstens den Willi einladen.«

Oh, gute Idee! Willi ist ein sehr alter Freund, den ich gleich in meinen ersten Tagen bei Carolin kennengelernt habe. Er wohnte damals praktischerweise auf einer Parkbank, so habe ich ihn bei einem meiner ersten Spaziergänge dort entdeckt. In der Zwischenzeit ist er in eine kleine Wohnung umgezogen, aber ich treffe ihn immer noch, wenn ich in unserem

Viertel unterwegs bin. Er verkauft nämlich mittlerweile Zeitungen vor unserem Supermarkt, und dort bindet mich Caro oft neben Willi an, und er passt dann auf mich auf.

Marc scheint von der Idee allerdings nicht ganz so begeistert zu sein wie ich.

»Willi? Wie kommst du denn auf den?«

»Ganz einfach: Ich finde, der gehört zur Familie.«

»Findest du.«

»Ja. Und er ist ein *richtig* guter Freund.«

»Hm, ich weiß nicht. Das ist vielleicht nicht so passend.«

»Wieso nicht?«

»Na, Willi ist schon reichlich speziell.«

»Ach, fühlt ihr euch da wieder nicht wohl, oder wie? Weil der Willi nicht so viel Geld hat wie alle anderen. Und nicht so tolle Klamotten, oder was?«

Jaul, sie kann aber auch ganz schön krabitzig sein, unsere kleine Luisa. Ob das auch an dieser Krankheit namens Pubertät liegt? Marc wirft ihr einen reichlich leidenden Blick zu. Wette, er fragt sich gerade, ob die Freuden eigener Kinder nicht maßlos überschätzt werden.

»Das ist doch Quatsch, Luisa. Natürlich ist Willi ein Freund und ein netter Kerl. Ich frage mich nur, ob so eine Hochzeitsfeier das Richtige für ihn ist. Könnte ja sein, er mag so etwas gar nicht.«

»Tja: Frag ihn. Dann bist du schlauer.«

Marc hebt die Hände.

»Okay, ich verspreche dir, ich frage erst mal Caro, was sie davon hält. Und wenn sie die Idee gut findet, dann frage ich Willi. Einverstanden?«

»Einverstanden. Und wenn du gerade dabei bist: Frag sie gleich auch noch mal nach Mama. Vielleicht hat sie doch nichts dagegen, und du bildest dir das nur ein. Für mich wäre das wichtig. Falls es dir nicht total egal ist, was mir wichtig ist.«

Marc stöhnt, sagt aber nichts mehr. Ob das der Grund ist, warum Hunde schon als Welpen abgegeben werden? Damit man ihren Muttertieren stundenlange Diskussionen mit dem Nachwuchs erspart? Und sie in der neuen Familie sind, bevor sie sich mit Pubertät anstecken können? Wäre jedenfalls eine Möglichkeit. Gäbe es sie auch für Menschenkinder, Marc würde sie wahrscheinlich gerade in Erwägung ziehen.

Die Wohnungstür wird geöffnet, Caro kommt mit Henri vom Kinderarzt wieder.

»Hallo, wo seid ihr denn alle?«, ruft sie gut gelaunt in den Flur.

»Hier«, brummelt Marc zurück, und kurz darauf steht auch Caro mit Henri auf dem Arm in unserer Küche.

»Also, Henri ist topfit. Hat die U6 quasi mit Auszeichnung bestanden. Er ist etwas größer als der Durchschnitt, sein Kopfumfang ist perfekt und sein freier Sitz mit geradem Rücken und locker gestreckten Beinen vorbildlich.«

Donnerwetter – klingt ganz so, als wäre sie mit Henri bei der Rassetauglichkeitsprüfung gewesen. Das heißt, eher nach Zuchtrichter als nach Kinderarzt. Ob es so etwas auch bei Menschen gibt? U6 scheint dann so etwas zu sein wie die offene Jugendklasse auf der Hundeausstellung. Tja, man lernt nie aus.

»Und hast du ihn auch mal nach dem Sprechen gefragt?«, erkundigt sich Marc.

Caro nickt.

»Natürlich. Super Sprachentwicklung, seine Silbenverdopplung ist wie aus dem Lehrbuch. Henri ist ein kleiner Supermann.«

Aus Caros Stimme tropft der Mutterstolz nur so heraus, aber ich muss zugeben, dass auch ich beeindruckt bin. So gute Noten hätte ich nicht für möglich gehalten, wo Henri doch so blöd ist. Am Ende ist unser Kleiner noch ein echter Champion! Während ich mir in Gedanken schon ausmale, wie Henri als Weltjugendsieger einen gigantischen Pokal überreicht bekommt, mischt sich Luisa ins Gespräch ein.

»Super, das mit Henri. Aber Papa und ich haben uns hier auch über ein paar wichtige Sachen unterhalten. Über eure Hochzeit nämlich und da ...«

»Mensch, Hochzeit – gut, dass du es sagst!«, unterbricht Caro Luisa mitten im Satz. »Das hätte ich ja fast vergessen, Marc! Bevor ich mit Henri zum Arzt bin, hat Frau Holtrop angerufen.«

Marc runzelt die Stirn.

»Wer war noch gleich wieder Frau Holtrop?«

»Die leitet die Gastronomie im Kloster Uetersen.«

»Stimmt, so hieß die. Und was wollte sie?«

»Am 15. Juni klappt es bei ihnen leider nicht. Es gab ja schon eine Option auf diesen Termin, von der sie dachte, dass die Leute sie nicht einlösen würden. Machen sie aber doch, die haben sich heute bei ihr gemeldet. Wir müssen uns also schleunigst nach einer Alternative umsehen.«

Caro zieht einen Stuhl zu sich und setzt sich neben Marc. Der gibt ihr einen Kuss und nimmt dann Henri auf seinen Schoß.

»Hm, Uetersen klappt also nicht? Doof. Mir hat es da richtig gut gefallen. Und wenn wir doch einen anderen Tag nehmen?«

»Habe ich auch schon überlegt. Als wir nur ganz klein feiern wollten, wäre das kein Problem gewesen. Aber mittlerweile haben wir fünfundzwanzig Gäste, die Hälfte davon kommt nicht aus Hamburg. Ich fürchte, zu einer Feier am Wochenende gibt es da gar keine Alternative.«

»Ja, wahrscheinlich hast du mit dieser Einschätzung recht. Aber was ist denn mit der Trauung? Die sollte doch im Kloster stattfinden. Klappt die auch nicht?«

»Den Termin haben wir zwar sicher, aber was bringt uns das? Dann traut uns der Standesbeamte im Konventsaal, aber wir können dort nicht feiern. Schon ein kleiner Empfang danach wird schwierig, wenn zeitgleich eine andere große Party stattfindet.«

»Scheiße. Was machen wir jetzt?«

»Ich werde morgen mal alle Hamburger Standesämter anrufen und fragen, ob irgendjemand noch einen Termin am 15. Juni vergibt. Wenn das nicht klappt, dann bleibt uns wohl nichts anderes übrig, als erst in Uetersen zu heiraten und dann zur Feier wieder nach Hamburg zu fahren. Irgendein nettes Restaurant werden wir hier schon finden. Am Datum würde ich jedenfalls nicht mehr rühren.«

Marc nickt.

»Ach, Mist, wir hätten mal bei dem Plan mit der kleinen Feier bleiben sollen. Für ein größeres Fest sind wir schon viel zu spät dran.«

»Bedank dich bei deiner Mutter«, erwidert Caro trocken. »Die große Sause war schließlich ihre Idee. Immerhin könnten wir noch auf den Michel ausweichen. Da passen wir mit fünfundzwanzig Leuten auch locker rein.«

Gut. Ich gehe da jetzt rein. Und ich bin souverän und witzig. Äh, hab ich was vergessen? Ach so: gelassen. Ich bin selbstverständlich gelassen. JAUL! Ich kann das nicht. Ich kann nicht einfach in *meine* Werkstatt spazieren, wenn ich genau weiß, dass Cherie auch dort ist.

»Herkules, was machst du da?«

Herr Beck kommt um die Ecke gebogen und sieht, wie ich vor dem Hauseingang sitze, mich hinlege, wieder aufstehe, mich dann wieder hinsetze, schließlich wieder liege. So geht das schon seit einiger Zeit, aber ich kann mich nicht aufraffen, einfach durch die Tür zu marschieren. Ich kann es nicht.

Carolin ist nicht einmal aufgefallen, dass ich ihr nicht gefolgt bin. Gut, ich bleibe oft im Vorgarten und komme dann durch die Terrassentür nach, vor allem, wenn so schönes Wetter ist wie heute. Aber gerade jetzt finde ich sie da trotzdem reichlich unsensibel. Gut, dass ich wenigstens noch einen wahren Freund hier habe, dem auffällt, dass etwas mit mir nicht stimmt.

»Ich habe Angst, Beck.«

Beck legt sich neben mich und wedelt mit dem Schwanz hin und her.

»Wovor?«

»Vor Cherie. Genauer gesagt, davor, wie es mit uns weitergeht. Noch genauer gesagt davor, dass es überhaupt nicht weitergeht.«

»Eines kann ich dir mit Sicherheit sagen: Wenn du hier draußen liegen bleibst, geht es garantiert nicht weiter. Und wenn du drinnen rumliegst und nichts machst, bestimmt auch nicht.«

Ratlos lege ich die Schnauze auf die Vorderläufe.

»Aber was soll ich denn *machen*? Was kann ich überhaupt machen?«

Beck überlegt einen Moment, bevor er antwortet.

»Du musst dich interessant machen.«

»Aha.«

Ein super Tipp. Und so leicht umzusetzen …

»Nee, mal im Ernst – wenn es irgendwie geht, mach dich mal ein bisschen rar.«

»Wie denn? Ich wohne quasi in der Werkstatt, und sie auch!«

»Ja, dann eben im übertragenen Sinne. Ignoriere Cherie einfach. Frau Wiese hat immer gesagt: Willste gelten, mach dir selten. Und ich glaube, da ist was dran.«

Rar machen. Cherie ignorieren. Ich glaube nicht, dass ich dazu in der Lage bin. Da müsste ich schon mit Augenbinde in der Werkstatt aufkreuzen. Sehr unauffällig.

Beck scheint zu merken, dass ich mehr als skeptisch bin.

»Am besten wäre es natürlich, du könntest sie eifersüchtig machen. Das ist immer ein probates Mittel.«

»Was ist das?«

Gott, red doch nicht so geschwollen daher, Kater. Vor dir sitzt ein liebeskranker Hund!

»Ein besonders wirksames Mittel. Mach sie eifersüchtig. Dazu bräuchten wir allerdings eine andere Hündin. Ich glaube nicht, dass Cherie deine Liebe zu einem alten, fetten Kater besonders beeindrucken wird.«

Großartig! Eine andere Hündin. Die zu besorgen ist überhaupt kein Problem. Da stelle ich mich doch einfach schnell in den Park, belle einmal laut und eindrucksvoll, schon werden sie in Heerscharen kommen. Die sind dann alle hinter mir her, Cherie erkennt ihren Fehler, und die Sache ist geritzt. Ha, ha! Guter Witz!

»Echt, Beck. Hast du keine anderen Tipps auf Lager? Wo soll ich denn jetzt so schnell eine Hündin herkriegen, die mich anbetet und auf die Cherie dann eifersüchtig ist?«

»Hm. Guter Punkt. Es wäre aber schon sehr praktisch. Würde auch reichen, wenn du ganz offensichtlich die Hündin anbetest. Cherie müsste eben merken, dass es neben ihr auch andere schöne Frauen gibt.«

Andere schöne Frauen. Woher nehmen, wenn nicht stehlen? Ich habe leider wegen Cherie in letzter Zeit auch überhaupt nicht mehr auf andere Damen geachtet. Könnte fast schwören, dass mir keine begegnet sind. Wobei – stimmt ja gar nicht! Stimmt überhaupt nicht!

Ich springe hoch und schüttle mich. Auf geht's! Erst ignorieren, dann eifersüchtig machen.

»Beck, du bist einfach genial!«

Der schaut mich völlig verwirrt an.

»Äh, bin ich?«

»Bist du.«

Und schon sause ich Richtung Werkstatt. Attacke!

ZWANZIG

Manchmal braucht man nur ein Quäntchen Glück. Kaum habe ich Cherie einen Tag lang mehr schlecht als recht ignoriert – was im Wesentlichen nur bedeutete, dass ich ihr nicht mehr auf Schritt und Tritt gefolgt bin –, schon kündigt sich am nächsten Morgen genau der Besuch an, den ich für meine Taktik brauche. Und zwar tut er das durch hektisches Aufräumen und Putzen der Werkstatt seitens Carolin. Selbst Daniel wundert sich, warum Carolin auf einmal anfängt, im Flur staubzusaugen, und schaut von seiner Werkbank auf.

»Sag mal, habe ich irgendetwas verpasst?«

»Ja, hast du. Frau Hohwenser hat vorhin angerufen. Sie ist gerade in der Nähe und will kurz vorbeikommen. Ich möchte nicht, dass sie den Eindruck erhält, ihre wertvollen Instrumente würden demnächst in einer ollen Rumpelbude liegen. Du könntest übrigens schnell mal die Küche in Ordnung bringen.«

Hohwenser. Bienes Frauchen! Mit einem Mal bin ich wie elektrisiert: Das ist meine Chance! Ich werde Cherie zeigen, dass sie nicht die einzige attraktive Frau auf diesem Planeten ist. Und dass ein schneidiger Kerl wie ich alle Möglichkeiten hat, wuff! Begeistert springe ich von meinem Platz neben Carolins Bank und schmeiße mich in Position. Wenn Biene durch die Tür kommt, soll sie gleich sehen, wie sensationell gut ich eigentlich aussehe.

»Wirst du eigentlich irgendwie krank, Herkules?«

Cherie mustert mich.

»Nein. Warum?«

»Du bist seit gestern so komisch.«

»Komisch?«

Sehr gut! Es ist ihr also schon aufgefallen.

»Na, so abwesend.«

»Findest du?«

»Ja. Finde ich. Du hast gestern kein Wort mit mir gesprochen. Hast du Halsschmerzen?«

Ich könnte mich kringeln! Es funktioniert tatsächlich – Cherie macht sich meinetwegen Gedanken. Das sollte ausbaufähig sein.

»Nee, ich hab keine Halsschmerzen. Ich bin gedanklich ganz woanders. Habe da neulich jemanden kennengelernt.«

»Aha.«

Mehr sagt Cherie dazu nicht. Gut, war vielleicht ein bisschen platt. Egal. Hauptsache, die Botschaft kommt an.

Kurze Zeit später klingelt es an unserer Tür. Ich überlege, ob ich gleich nach vorne stürzen soll, bleibe dann aber auf meinem Platz. Schließlich will ich möglichst lässig wirken. Hoffentlich ist Biene überhaupt mitgekommen. Dass ich Cherie nur durch Erzählungen von meiner neuen Bekanntschaft eifersüchtig machen kann, wage ich zu bezweifeln.

Als Caro die Tür öffnet, weiß ich sofort, dass meine Sorge unbegründet ist. Noch bevor ich Biene sehen kann, habe ich sie erschnuppert. Los geht es mit der Operation Herzensbrecher! Offenbar hat Biene auch gleich gemerkt, wo sie sich befindet, denn schon kommt sie in den Werkraum gelaufen und begrüßt mich freudig.

»Hey, Herkules! Du wohnst wirklich hier, wie toll!«

Sie springt vor mir hin und her und schleckt mir schließlich einmal über die Schnauze. Ah, das ist doch mal ein gebührender Empfang! Ich stelle mich ganz dicht neben Biene und versuche, aus den Augenwinkeln Cheries Reaktion zu beobachten. Hoffentlich hat sie das auch alles gesehen!

»Biene, wie schön, dass du da bist! Soll ich dir gleich mal alles hier zeigen? Wir haben auch einen Garten, natürlich nicht so ein Riesenteil wie bei euch, aber nicht schlecht.«

Mittlerweile ist auch Cherie von ihrem Platz aufgestanden.

»Willst du mir deine neue Bekannte nicht mal vorstellen?«

Täusche ich mich, oder klingt Cherie tatsächlich schon ein wenig zickig? Grandios! Die Beck'sche Strategie scheint zu verfangen.

»Oh, natürlich, entschuldige. Das ist Biene von der Harkortshöhe. Biene stammt aus einer extrem vornehmen Familie und wohnt in einer Art Schloss.«

Bei dieser Vorstellung schaut Biene schüchtern zu Boden.

»Ach, nun übertreib mal nicht. So toll ist es auch wieder nicht.«

»Doch, ist es – sei nicht so bescheiden! Euer Garten ist ein Park, und der reicht bis zur Elbe. Toll! Cherie wohnt hier im Haus in einer Studenten-WG.«

Cherie funkelt mich böse an, sagt aber nichts dazu.

»Was ist denn eine WG?«, will Biene wissen.

»Ach, das ist, wenn sich mehrere Leute eine Wohnung teilen. Ist ganz praktisch, vor allem, wenn man nicht so viel Geld hat.«

»Interessant. Kannte ich gar nicht.«

»Kein Wunder – du bist ja gewissermaßen eine Tochter aus gutem Hause. Da gibt es das wahrscheinlich gar nicht. Komm, ich zeig dir den Garten.«

Als ich an Cherie vorbei zur Terrassentür laufe, knurrt sie mir ins Ohr: »Was soll denn das? Bin ich etwa nicht aus gutem Hause? Und überhaupt: Daniel ist nicht arm. Der hatte nur keine Lust mehr auf Yoga.«

Ich mache, was mir Beck geraten hat – Cherie ignorieren und einfach weiterlaufen. Biene folgt mir, und kurz darauf stehen wir im Garten.

»Ui, hier ist es aber auch schön.«

»Genau wie du«, versuche ich mich an einem Kompliment. Vielleicht ein bisschen klebrig, aber ich habe eben nicht viel Übung. Biene scheint's nicht zu stören, die legt den Kopf schief und wedelt mit dem Schwanz.

»Gott, Herkules, schlimmer geht's nimmer!« Cherie ist uns gefolgt und teilt Bienes Freude über meine Charmeoffensive nicht. »Das ist ja zum Fremdschämen!«, raunt sie mir zu.

Ich gebe mich unbeeindruckt und mache einfach weiter.

»Weißt du, Biene, heute ist ein ganz besonderer Tag für mich.«

»Ehrlich?«

»Ja. Denn heute kann ich mein bescheidenes Heim endlich jemandem zeigen, der mir wirklich wichtig ist: nämlich dir!«

»Oh, danke, das ist aber nett!«, antwortet Biene artig, während Cherie im Hintergrund anfängt zu jaulen.

»Weiter hinten im Garten gibt es sogar einen Durchgang zu einem richtigen Park. Dort gibt es auch Kaninchen und Eichhörnchen – genau wie bei dir. Willst du mal sehen?«

»Gern.«

Gemeinsam laufen wir zum hinteren Gartentörchen. Cherie folgt uns in sicherem Abstand. Die Pforte steht einen Spalt offen, sodass wir uns gar nicht erst durch die Latten quetschen müssen. Auf der anderen Seite des Zauns bleiben wir stehen, und Biene schaut sich um. Sie ist sichtlich beeindruckt.

»Wow – und das gehört alles zu eurem Haus?«

»Ja, gewissermaßen schon«, übertreibe ich ein wenig.

»Nein, überhaupt nicht«, widerspricht Cherie, die schon wieder neben uns steht. »Das hier ist ein öffentlicher Park, in dem jeder spazieren gehen kann. Mit unserem Haus hat der rein gar nichts zu tun.«

Menno, was soll das denn? Ich meine, natürlich will ich in Wirklichkeit Cherie eifersüchtig machen – wie ein Trottel will ich trotzdem nicht vor Biene dastehen.

»Ach so.« Biene klingt verunsichert. Ich glaube, Cherie ist ihr nicht geheuer. »Aber schön ist er trotzdem. Wollen wir ein bisschen herumlaufen, Herkules?«

»Gern.« Ich überlege einen kurzen Augenblick, ob ich mich traue, richtig cool zu sein – und dann drehe ich mich zu Cherie und sage es einfach: »Tschüss, Cherie, wir sehen uns später.«

Uff, es ist raus. Cherie schaut mich völlig fassungslos an, dreht sich um und trottet wieder in unseren Garten. Jaul, hoffentlich habe ich es mit der Taktik nicht übertrieben!

Nachdem ich Biene meine Lieblingsecken im Park gezeigt habe, traben wir wieder in die Werkstatt zurück. Normalerweise wäre ich so lange geblieben, bis Caro am Zaun aufgetaucht wäre und nach mir gerufen hätte. Aber obwohl der kleine Ausflug mit Biene viel Spaß gemacht hat, fühle ich mich nicht ganz wohl in meinem Fell. Ich komme mir vor wie ein Lügner oder jedenfalls wie ein Schauspieler, und das behagt mir nicht.

Cherie liegt auf ihrer Decke neben Daniels Werkbank und würdigt uns keines Blickes, als wir wieder reinkommen. Das ist bestimmt ein Zeichen dafür, dass der Trick funktioniert, und ich sollte über den Dingen stehen – trotzdem gibt es mir einen Stich. Sie ist sauer auf mich, ein Zustand, mit dem ich nicht gut umgehen kann. Hoffentlich hat Herr Beck wirklich recht mit seiner These, und ich bin auf dem besten Weg in ihr Herz. Fühlt sich gerade gar nicht so an.

Biene hingegen ist bestens gelaunt. Sie ist fröhlich, weil wir fast ein Eichhörnchen geschnappt haben, und stolz, mit mir zusammen einen Kaninchenbau ausgehoben zu haben. Ohne Kaninchen zwar, aber mit jeder Menge Spaß. Wir sind noch dreckiger als bei unserem Ausflug an die Elbe, und ihr Frauchen schlägt die Hände über dem Kopf zusammen, als sie uns sieht.

»Du liebe Güte, Frau Neumann, schauen Sie mal, die beiden sehen schlimm aus. Biene verdreckt Ihnen die ganze Werkstatt – das ist mir aber unangenehm!«

Carolin lacht.

»Das muss es nicht sein. Wahrscheinlich hat Herkules mal wieder den Jagdhund raushängen lassen, und die beiden waren verbotenerweise im Park und haben hinter Kaninchen hergebuddelt. Ich muss das hintere Grundstück echt besser sichern, irgendwann kriege ich sonst garantiert richtig Ärger.«

Sie beugt sich zu mir herunter und krault mich unten am Hals.

»Herkules, du weißt doch, dass du das nicht darfst! Aber war bestimmt schön, oder?«

Daniel dreht sich mit einem Grinsen zu Caro.

»Da siehst du mal, wie gut erzogen mein Hund ist. Wohnt noch keinen Monat hier und weiß schon, dass er im Park nichts zu suchen hat. Vorbildlich!«

Von wegen, wenn der wüsste! Cherie wäre bestimmt auch gern mitgekommen. Der Blick, den sie mir jetzt zuwirft, sorgt jedenfalls dafür, dass sich mir die Nackenhaare aufstellen. Wuff, sie ist richtig wütend!

Das Telefon klingelt, und Daniel geht ran.

»Carini, hallo. Frau Neumann? Ja, die ist da. Moment.« Er reicht Caro den Hörer. »Ist für dich. Das Standesamt Altona.«

»Neumann. Genau.« Sie lauscht und fängt an zu lächeln. »Oh, das ist ja toll. Richtig. Am 15. Juni, 14 Uhr. Passt super. Danke, dass Sie an uns gedacht haben.« Sie greift nach einem Blatt auf ihrer Werkbank und wedelt mit der Hand, Daniel gibt ihr einen Stift. »Ja, habe ich notiert. Machen wir gleich heute noch. Okay, da rufe ich an.« Kurze Pause. »Ja. Super! Vielen, vielen Dank! Tschüss.«

Kaum liegt der Hörer wieder auf dem Tisch, schon macht Caro einen Luftsprung.

»Hurra! Endlich mal gute Neuigkeiten in Sachen Hochzeit! Das war das Standesamt Altona – da hat eben ein Paar seinen Samstagstermin abgesagt. Und weil ich erst gestern dort angerufen hatte, konnte sich der Beamte noch an mich erinnern und hat Bescheid gesagt. Und jetzt haben wir den Termin. Klasse, oder?«

Daniel nickt, Frau Hohwenser lächelt.

»Ach, Sie wollen heiraten?«

»Ja, schon in drei Wochen. Aber ehrlich gesagt ist bei unseren Vorbereitungen so einiges schiefgegangen. Wir haben nämlich überraschend einen Wedding-Planer an Bord bekommen, und seitdem ist unser Fest nicht mehr ganz so, wie wir uns das eigentlich vorgestellt haben.«

»Einen Wedding-Planer?« Frau Hohwenser klingt erstaunt. »Ich dachte immer, den muss man extra engagieren. Wie kann man denn überraschend an den geraten?«

Caro lacht.

»Na ja. Es ist nicht wirklich ein Profi, sondern meine angehende Schwiegermutter. Sie meint es vermutlich gut. Aber das Gegenteil von gut ist eben gut gemeint.«

»Oh, oh«, Frau Hohwenser seufzt, »das kenn ich – allerdings von meiner eigenen Mutter. Die mischte sich auch in bester Absicht immer in alles ein.«

»Na ja, eigentlich wollten wir ganz klein und beschaulich in einem alten Kloster in Uetersen heiraten – nur wir, unsere Kinder und Eltern und die Trauzeugen. Mit zehn Leuten ist man natürlich viel beweglicher bei der Planung. Aber kaum hatte Hedwig ihre Finger im Spiel, schon hat sich die Gästezahl mehr als verdoppelt, und nun passt es mit dem Termin nicht mehr, und wir brauchen plötzlich eine neue Location. Und ein neues Standesamt. Also habe ich gestern alle Hamburger Standesämter angerufen, ob sie am 15. Juni noch einen Termin frei haben. Ich habe aber selbst nicht geglaubt, dass das noch klappt.«

Auch Daniel scheint sich mittlerweile für das Hochzeitsdrama zu interessieren, jedenfalls hat er seinen Stuhl zu Caros Bank gezogen.

»Normalerweise trauen die Standesämter samstags nicht, oder wie?«

»Doch, schon. Aber so kurz vorher sind natürlich meistens alle Termine weg. Als sich der Standesbeamte in Altona gestern meine Nummer notiert hat – nur für den Fall der Fälle, wie er sagte –, dachte ich, das macht der nur, um mich zu trösten. Ich war nämlich schon ganz schön verzweifelt. Tja, und jetzt, tataa, ist wohl ein Termin geplatzt. Eine Außentrauung im Gartensaal vom Goßlerhaus in Blankenese. Ein ganz toller Ort!«

»Außentrauung?«

Daniel ist genauso unwissend wie ich.

»Ja, außen im Sinne von nicht in den Amtsräumen des Standesamtes.«

»Das Goßlerhaus ist wirklich schön«, bestätigt Frau Hohwenser, »liegt mitten in einem traumhaften Park. Ist gar nicht weit von uns, ich gehe da ab und zu mit Biene spazieren.«

»Ja, so ein Glück!«, freut sich Caro. »Und ich dachte schon, wir müssten nur für die Trauung nach Uetersen fahren. Dreiviertelstunde hin, Dreiviertelstunde zurück und dann feiern in Hamburg.« Sie atmet tief durch. »Jetzt brauchen wir nur noch ein nettes Restaurant an der Elbe. Feiern können wir im Goßlerhaus selbst nicht, nach uns findet noch eine Trauung statt. Da gibt's nur ein Glas Sekt, und dann müssen wir das Feld räumen. Aber das Problem löse ich auch noch.«

»Nun, ich will jetzt nicht Ihrer Schwiegermutter Konkurrenz machen, aber ich hätte da eine Idee.« Bienes Frauchen lächelt. »Sie könnten doch bei uns feiern. Wir haben unser Haus schon öfter an Filmteams vermietet – ich würde denken, mehr Chaos können Sie mit Ihrer Hochzeit auch nicht anrichten. Früher haben wir oft richtig große Feste bei uns gefeiert. Als unsere Familienstiftung ihr fünfzigjähriges Bestehen beging, hatten wir fast fünfhundert Gäste! Aber seit mein Mann tot ist und meine Tochter in den USA studiert, ist es ziemlich ruhig bei uns geworden. Eigentlich viel zu ruhig.«

Caro reißt erstaunt die Augen auf.

»Meinen Sie wirklich? Ist das nicht viel zu viel Aufwand für Sie?«

Frau Hohwenser schüttelt den Kopf.

»Nein. Wie ich schon sagte: Es ist viel zu ruhig bei uns. Zeit, das zu ändern! Alles, was Sie brauchen, ist ein guter Caterer. Vielleicht darf sich Ihre Schwiegermutter ja um den kümmern, dann hat sie etwas zu tun.«

Daniel lacht und knufft Caro in die Seite.

»Das trifft den Nagel auf den Kopf: Hedwig sollte man gut beschäftigt halten. Dann kommt sie nicht so schnell auf dumme Gedanken. Und wenn es noch etwas anderes zu organisieren gibt, helfe ich auch gern. Bin ja schließlich Trauzeuge.«

Caro räuspert sich.

»Ich würde gern mit meinem Mann vorbeikommen und ihm Ihr Haus zeigen. Wenn er die Idee genauso toll findet, nehme ich Ihr großzügiges Angebot gern an.«

Frau Hohwenser nickt.

»Machen Sie das. Eine Bedingung habe ich aber doch noch. Sozusagen anstelle der Miete.«

Sie macht eine kleine Kunstpause.

»Nämlich?«, fragt Caro.

»Sie müssten zwei weitere Gäste einplanen. Biene und mich. Wir würden gern mitfeiern. Ich war schon so lange bei keinem schönen Fest mehr.«

Caro lächelt und reicht Frau Hohwenser die Hand.

»Abgemacht.«

Ich kann sehen, wie Cherie ihre Schnauze unter ihren Vorderläufen vergräbt. Der Gedanke an eine gemeinsame Feier mit Biene scheint ihr überhaupt nicht zu gefallen.

EINUNDZWANZIG

Und stell dir vor, der Sascha kann sogar das Ave Maria. Was meinst du, wie bewegend das wird!«

Hedwig ist allein bei der Vorstellung so gerührt, dass sie in ein Taschentuch schnäuzt. Caro verdreht die Augen, Marc hüstelt.

»Mutter, ich weiß jetzt nicht – Ave Maria? Wir heiraten doch gar nicht kirchlich.«

»Na gut, er kann aber auch wunderschön *Amazing Grace* singen.«

»Ja, ganz wunderschön. Das allerdings passt eher zu einer Beerdigung«, ätzt Caro.

Hedwig schnaubt empört.

»Euch kann man es aber auch nicht recht machen! Und wenn ihr es schon nicht schätzt: Denkt doch mal an eure Gäste! Stellt euch vor, ihr kommt nach der Trauung auf diese wunderschöne Terrasse in diesem großartigen Park, und dann steht da der Chor und begrüßt euch. Das ist doch ein Traum!«

Wieder ein lautes Schnäuzen.

»Ja, ein Alptraum«, flüstert Caro Marc schnell ins Ohr. Der muss sich alle Mühe geben, nicht zu kichern.

»Ich finde es wirklich toll, dass du uns eine Freude machen willst, Mutter, aber meinst du nicht, es ist ein bisschen übertrieben, wenn für eine Hochzeitsgesellschaft mit fünfundzwanzig Leuten ein Chor kommt, der doppelt so viele Mitglieder hat?«

»Nein, das finde ich überhaupt nicht.« Hedwig guckt ihren Sohn über den Küchentisch hinweg sehr böse an. »Der Orff-Chor ist normalerweise das ganze Jahr über ausgebucht. Hochklassige Konzerte bestreiten die. Private Veranstaltungen nur ganz ausnahmsweise. Du weißt gar nicht, wie viel Überredungskunst es mich gekostet hat, Jean noch einen Termin aus den Rippen zu leiern.«

Marc seufzt, und Caro sagt dazu gar nichts, sondern schnappt sich ihre Tasse und verschwindet aus der Küche.

»Wer ist denn nun gleich wieder Jean? Ich dachte, der Typ heißt Sascha«, will Marc wissen.

»Nein. Sascha ist nur einer der Solisten. Jean leitet den Chor. Und er ist Dirigent. Ein ganz hervorragender. Außerdem der Lebensgefährte von Stefan.«

»Aha. Und wer ist Stefan?«

»MEIN Chorleiter! Junge, das habe ich dir nun aber wirklich schon dreimal erzählt. Der mit den Verbindungen zu St. Michaelis. Ohne Stefan wäre ich an einen so besonderen Künstler gar nicht herangekommen.«

»Ach so, stimmt, dein Chorleiter. Dabei fällt mir ein – eigentlich wolltest du doch mit deinem Damenchor singen. Was ist denn aus diesem hübschen Plan geworden?«

Hedwig schüttelt den Kopf.

»Ihr habt nun endlich so einen schönen Rahmen für euer Fest. Da muss der Chor etwas ganz Besonderes sein. Und das ist der Orff-Chor. Ihr werdet gar nicht merken, dass er so viele Mitglieder hat. Er singt achtstimmig. Und zwar exakt. Einfach großartig. Der beste, den ich kriegen konnte.«

Marc fährt sich mit der Hand durch die Haare.

»Dann kann ich wohl froh sein, dass du nicht die Fischer-Chöre engagiert hast.«

Hedwig runzelt die Stirn.

»Hm, die Fischer-Chöre. Auch eine gute Idee. Meinst du, Gotthilf Fischer hätte so kurzfristig noch Zeit?«

»Mutter! Das war ein Scherz!«

»Mit einer Hochzeit scherzt man nicht. Mit der Ehe noch viel weniger. Ich will diesmal eben alles von Anfang an richtig machen.«

Nun lächelt Marc und greift nach der Hand seiner Mutter.

»Ich weiß das wirklich zu schätzen, aber ich glaube nicht, dass es mit Sabine schiefgegangen ist, weil nicht der richtige Chor gesungen hat. Wenn du dich um etwas kümmern willst, habe ich aber eine andere Idee.«

Bei dem Wort *kümmern* geht ein Strahlen über Hedwigs Gesicht.

»Gern, Junge! Du musst mir nur sagen, was.«

»Caro hat mir gestern ja die Villa Hohwenser gezeigt. Es ist wirklich der perfekte Ort für unser Fest. Weil es aber ein Privathaus ist, brauchen wir noch einen Caterer. Am besten einen, der auch Stühle, Tische und so weiter hat. Also ein richtig guter Partyservice. Und natürlich richtig gutes Essen.«

Richtig gutes Essen – da sind die Geschmäcker doch sehr verschieden. Vielleicht sollte ich mich auch an der Suche beteiligen, damit später auch richtig gute Fleischwurst angeliefert wird! Aber wie ich meine Menschen kenne, spielt das leider wieder keine Rolle. Na, Hauptsache, Hedwig ist glücklich und kann mal ihre überschüssigen Energien abbauen.

»Das mach ich, Marc. Darauf kannst du dich verlassen. Ich brauche nur noch die genaue Adresse von der Villa, dann lege ich los.«

»Moment.« Marc steht auf und holt einen Zettel und einen Stift aus dem Wohnzimmer. »So, ich schreibe dir alles auf.« Er kramt sein Handy aus der Hosentasche. »Hier ist auch die Telefonnummer von Frau Hohwenser, dann kannst du dich direkt mit ihr abstimmen. Eine sehr angenehme Frau. Und bitte nett zu ihr sein, ist nämlich gleichzeitig eine extrem wichtige Kundin von Carolin.«

Hedwig schüttelt den Kopf.

»Also wirklich Marc, wie kommst du denn dazu, mir das extra zu sagen? Ich bin immer nett.«

Marc zuckt mit den Schultern.

»Wie ich darauf komme? Keine Ahnung. War nur so ein Gedanke. So, ich muss wieder in die Praxis. Danke für die Hilfe!«

Als er aus der Küche ist, murmelt Hedwig etwas, das wie *Unverschämtheit!* klingt, und räumt die restlichen Kaffeetassen weg. Dann wischt sie den Tisch und schaut auf die Uhr.

»So, Herkules. Dann will ich mal hoffen, dass Luisa gleich aus der Schule kommt und mir bei diesem Facebook hilft. Irgendwie bekomme ich das allein nicht hin. Bevor ich den Caterer suche, müssen wir doch wissen, wie viele Gäste es wirklich werden.« Sie kichert vor sich hin. »Na, das wird eine Überraschung für die beiden werden!«

O ja. Das wird es garantiert. Allerdings ist mir völlig schleierhaft, warum Hedwig glaubt, dass es eine freudige sein wird. Andererseits: Wenn sie weiterhin denkt, dass Marc und Caro bei ihrem Chor in Begeisterung ausbrechen werden, dann ist sie eben einfach beratungsresistent. Ich wünschte, ich könnte Caro und Marc irgendwie warnen! Dann wäre das Schlimmste vielleicht noch zu verhindern. Aber ich fürchte, es gibt keinen Weg, wie ich als kleiner Dackel hier die Notbremse ziehen könnte. Mist. Man müsste mit Menschen sprechen können.

Über den Flur kommt ein Quäken. Henri ist wach. Das Quäken kommt näher. Ist er etwa von allein aus seinem Gitterbett geflüchtet? Das wäre schlecht, denn die Tatsache, dass

Henri dort bisher nicht von selbst herauskommt, ist zuweilen sehr praktisch. *Babyknast*, nennt Luisa das Bettchen manchmal. Ich laufe zur Küchentür, um nachzuschauen.

Nein. Es ist Caro, die mit Henri auf dem Arm in unsere Richtung kommt.

»So, Hedwig. Der Lütte ist wach. Nimmst du ihn? Ich muss noch mal los.«

Hedwig nickt, steht auf und geht zu Caro hinüber. Kaum sieht Henri seine Oma, schon streckt er die Arme zu ihr aus. Eben ein echter Hedwig-Fan, was sehr selten ist dieser Tage.

»Komm zu Omili! Wollen wir vielleicht einen Kakao zusammen trinken?«

Henri strahlt und nickt. Okay, auch wenn er noch nicht in ganzen Sätzen spricht, der Meister der Silbenverdopplung, versteht er jedes Wort.

Ich will gerade hinter Caro herlaufen, da dreht sie sich noch einmal zu Hedwig um.

»Ach, kann ich dir Herkules hierlassen? Ich muss noch einmal ins Standesamt, da fehlt noch eine Gebühr. Ist mit Hund immer ein bisschen doof.«

»Ja, mach ruhig. Dann schicke ich Luisa später mit ihm Gassi gehen.«

Caro bedankt sich, und weg ist sie. Stört mich nicht weiter. Gassi gehen mit Luisa klingt nach einem ziemlich guten Programm.

Kurz darauf kommt sie auch schon durch die Wohnungstür und schmeißt ihren Schulranzen in die Ecke. Ich warte an der Tür auf sie, die Leine im Maul.

»Hey, hey, Herkules! Lust auf einen Spaziergang, richtig? Aber ich muss erst mal irgendetwas essen, hab 'nen Riesenhunger.«

Jaul. Nie wird hier auf meine Bedürfnisse Rücksicht genommen. Keine Fleischwurst zur Hochzeit, zu viele Gäste zum Fest, kein Gassigehen nach der Schule. Immerhin bückt sich Luisa zu mir und krault mich ein wenig, bevor sie zur Küche weitergeht.

»Hallo, Oma! Ich hab einen Bärenhunger, gibt es noch etwas zu essen?«

»Natürlich, mein Kind!«

Hedwig stellt einen Teller mit Milchreis, der noch vom Mittagessen mit Henri übrig geblieben ist, auf den Tisch.

»Gut, dass du da bist! Du musst mir gleich mal mit dem Computer helfen. Ich versuche herauszufinden, wer denn nun alles unserer geheimen Einladung folgen wird. Und ich muss unseren Gästen noch mitteilen, wohin genau sie am 15. Juni kommen sollen. Ich habe mir überlegt, dass wir sie nicht zum Standesamt, sondern gleich zur Party lotsen. So haben dann Papa und Caro die Trauung im kleinen Kreis, und danach steigt die Hochzeitsfeier mit allen Gästen.«

»Ich helfe dir gleich«, murmelt Luisa mit vollem Mund.

Zwei Teller später geht sie mit Hedwig zum Computer rüber, ich hefte mich an ihre Fersen, auch Henri krabbelt hinterher. Luisa setzt sich vor den Computer und tippt los.

»So, mal sehen, wer sich schon gemeldet hat.«

Sie tippt weiter, wartet einen Moment. Und sagt dann nur noch *oh, oh*. Von unterhalb des Schreibtisches kann ich ihren Gesichtsausdruck dazu nicht sehen, aber die zwei kleinen *Ohs* klangen irgendwie unheilvoll.

»Sag mal, Oma, ist dir eigentlich klar, dass du alle dreihundertzweiundvierzig Facebook-Freunde von Papa zur Hochzeit eingeladen hast?«

»Äh, nein. Du hattest mir doch diese Liste gemacht mit den fünfzig Namen. Ich dachte, ich hätte nur die … äh … hab ich etwa nicht?«

Luisa schüttelt den Kopf.

»Nee. Haste nicht. Und die schlechte Nachricht ist: Es gibt schon zweihunderteinundachtzig Zusagen, sechzehn Leute kommen vielleicht, und nur fünfundvierzig haben abgesagt.«

Hedwig ringt nach Luft.

»Um Gottes willen! Zweihunderteinundachtzig Zusagen! Das ist ja entsetzlich!«

Luisa grinst.

»Cool, Oma. Du hast eine Facebook-Party gestartet! Vielleicht kommen wir damit ins Fernsehen.«

»Aber ... aber ... was machen wir denn jetzt?«

»Tja, ich würde sagen: Genug zu essen bestellen. Oder willst du jetzt absagen?«

»Das geht doch nicht! Ich kann doch nicht einem Teil absagen, und der andere Teil darf kommen. Unmöglich! Die Leute kennen sich doch wahrscheinlich untereinander, wie sieht das denn aus? Nachher fällt da noch etwas auf deinen Vater zurück, das will ich auf keinen Fall.«

Luisa zuckt mit den Schultern.

»Dann musst du da wohl durch. Aber keine Sorge: Ich helfe dir. Wenn du möchtest, bastle ich Tischkärtchen für alle. Und wenn das jetzt zu teuer wird: Ich kann dir auch Geld leihen. Auf meinem Mäusesparbuch sind schon fast 250 Euro.«

»Ach, mein Engelchen«, Hedwig streicht Luisa über den Kopf. »Das ist wirklich sehr lieb von dir. Aber Oma hat die Suppe eingebrockt, Oma löffelt die Suppe wieder aus. Ich habe auch noch einen gut gefüllten Sparstrumpf. Hauptsache, wir finden noch einen Partyservice, der das innerhalb von zwei Wochen hinkriegt. Da wird mir schon ein bisschen bang. Zweihundertachtzig Leute, ogottogottogott ...«

»Ich kann Brötchen schmieren helfen. Das kann ich sogar sehr gut.«

»Danke, im Notfall machen wir das so. Dann spanne ich noch meine Chordamen zum Kellnern ein, singen müssen sie nun ja nicht mehr. Ich hoffe aber ganz stark, dass ich mit dem nötigen Kleingeld die passenden Helfer finde – ich werde wohl mein Konto plündern müssen.«

»Sag mal, Omaaa …«

Aha. Das Kind will irgendetwas. Ich kann es genau hören.

»Ooomaaa?«

»Ja?«

»Wenn es jetzt sooo viele Gäste sind, dann könnte ich doch auch noch jemanden einladen, oder? Das fällt gar nicht auf, finde ich.«

Hedwig kneift die Augen zusammen und mustert ihre Enkeltochter.

»Es kommt ganz darauf an, wen du einladen möchtest.«

Dazu sagt Luisa erst mal nichts.

»Nun komm schon: Wer soll noch mit auf die Liste?«

Hedwig scheint irgendeine Ahnung zu haben. Luisa seufzt.

»Die Mama. Ich würde gern auch Mama einladen.«

»Und hast du das deinen Vater schon gefragt?«

Luisa nickt.

»Ja. Aber Papa will nicht. Er sagt, Caro und er würden sich dann nicht wohlfühlen. Das versteh ich nicht. Wir sind doch eine Familie. Wieso können die sich nicht einfach verstehen? Das wäre viel schöner!«

Hedwig steht von dem Schreibtischstuhl auf und nimmt Luisa in den Arm.

»Engelchen, ich verstehe, dass du dir das wünschst. Und ich bin mir sicher, dass Papa sich das eigentlich auch wünscht. Und meistens klappt das zwischen deinen Eltern doch auch ganz gut. Aber es gibt Gelegenheiten, da darf man ruhig sagen, dass man den anderen nicht dabeihaben will. Die eigene Hochzeit ist so eine Gelegenheit.«

Luisa sieht nicht so aus, als sei sie schon völlig überzeugt.

»Aber du hast es selbst gerade gesagt: Mama und Papa haben sich wieder vertragen. Was ist denn so schlimm daran, wenn Mama auch zur Hochzeit kommt?«

»Guck mal, Mausi: Wenn man jemanden mal sehr geliebt hat und es hat dann nicht geklappt mit der Liebe, dann ist das schon traurig. Und wenn man ein paar Jahre später wieder jemanden sehr liebt und diesmal wieder hofft, dass es für immer hält, dann will man bei der Hochzeit vielleicht nicht daran erinnert werden, dass das schon mal schiefgegangen ist.«

Also, mir leuchtet das sofort ein. Ich bin nur ein kleiner, dummer Hund, und trotzdem würde es mir genauso gehen. Wenn die Taktik von Beck nicht aufgeht, möchte ich auch nicht daran erinnert werden, dass die Liebe zwischen Cherie und mir endgültig gescheitert ist. Keinesfalls möchte ich ihr überraschend auf einem Fest begegnen. Oder ihr überhaupt weiter begegnen. Wie das allerdings funktionieren sollte, obwohl ich Cherie doch jeden Tag in der Werkstatt sehe, ist mir schleierhaft.

»Na gut. Dann ohne Mama. Aber wenn ich mal heirate, dann sollen beide zu meiner Hochzeit kommen!«

Luisa schiebt ihr Kinn entschlossen nach vorn. Hedwig lacht.

»Natürlich, Engelchen! Wenn du heiratest, dann werden sich Mama, Papa und Caro mit dir freuen, alle werden kommen und gemeinsam ein schönes Fest feiern. Da bin ich mir ganz, ganz sicher! Und dann wird deine Hochzeit das, was sie für ein Mädchen sein sollte: Der schönste Tag seines Lebens!«

Endlich lächelt Luisa wieder.

»Das klingt gut, Oma. Und wenn ich bis dahin endlich bei

Facebook bin, dann kann ich so viele Leute einladen, wie ich will. Mindestens auch dreihundert!«

»Genau. Und ich helfe dir dabei und schmiere Brötchen!«

Ich fasse zusammen: Wir haben Tischkärtchen für dreihundert Leute, Luisas Mäusesparbuch, Omas Sparstrumpf und *keine* Exfrau. Beste Voraussetzungen für eine Riesensause, würde ich denken. Wenn dann noch Fleischwurst für alle dazukommt, könnte selbst ich mich mit einer Riesenfete anfreunden. Und trotzdem habe ich das Gefühl, dass Marc und Caro die ganze Sache auch ohne Sabine und mit Fleischwurst anders beurteilen werden. Ich muss die beiden irgendwie warnen. Sonst wird dies niemals der schönste Tag im Leben meines Frauchens.

ZWEIUNDZWANZIG

»Nina, ich stehe vor deiner Tür mit einer Friedenspfeife. Einer sehr großen Friedenspfeife.«

Nichts geschieht, obwohl Daniel erst geklingelt und dann sehr laut geklopft hat. Als er eben unten in der Werkstatt angekündigt hat, sich jetzt ein Büßergewand überzustreifen und zu Nina zu gehen, bin ich sofort hinterher. Ich habe nämlich noch nie ein Büßergewand gesehen. Mittlerweile ist mir klar, dass das nicht wörtlich gemeint war. Insofern wundere ich mich auch nicht, dass Daniel entgegen seiner Ankündigung gar keine Pfeife in der Hand hält. Erst recht keine große.

Daniel schaut mich unschlüssig an.

»Immer Ärger mit den Weibern, was, Herkules?«

Wem sagt er das! Ob er mitbekommen hat, dass Cherie seit der Aktion mit Biene ausgesprochen frostig zu mir ist? Bisher war meine Strategie nicht von Erfolg gekrönt, ich hoffe sehr, dass ich mir damit nicht endgültig alles vermasselt habe. Falls doch, ist das nur die Schuld von diesem fetten Kater. Immer Ärger mit den Katzen!

Daniel klopft noch einmal.

»Nina, ich weiß, dass du da drin bist. Nun mach schon auf. Ich bin gekommen, um mich in den Staub zu werfen.«

Schritte hinter der Wohnungstür, die Tür öffnet sich einen Spalt. Von meinem Platz auf der Fußmatte aus kann ich deutlich Ninas Gesicht von unten sehen. Guckt sie böse? Von hier aus schwer zu sagen.

»In den Staub? Das will ich sehen!«

Zumindest klingt sie nicht so, als würde sie Daniel gleich den Hals umdrehen.

»Das war eher im übertragenen Sinn gemeint.«

»Schade.«

»Na gut.«

Rums! Daniel wirft sich tatsächlich direkt neben die Fußmatte und verfehlt nur um Haaresbreite meine Schwanzspitze.

»Ist es dir so staubig genug?«

Nina öffnet die Tür ganz.

»Du Spinner! Komm rein, bevor der Nächste über dich stolpert.«

»Danke, sehr großmütig von dir.«

Daniel rappelt sich auf, klopft sich den Schmutz von seinen Sachen und geht an Nina vorbei in ihre Wohnung.

»Möchtest du vielleicht einen Kaffee?«, bietet sie an.

»Warum nicht. Vor allem möchte ich mit dir reden.«

»Okay, dann geh doch schon mal ins Wohnzimmer. Wieso hast du eigentlich den Dackel dabei?«

»Gewissermaßen als Schutzhund. Ich dachte, wenn du mir an die Gurgel gehen willst, dann kann mich Herkules verteidigen.«

Daniel grinst.

»Ha, ha, sehr lustig das. Aber dann denk daran, dass hier ein äußerst gefährlicher Kampfkater wohnt. Da sieht der Dackel schnell alt aus.«

»Du meinst, im Gegensatz zu deinem Kater? Weil der nicht nur alt aussieht, sondern auch alt ist?«

Jetzt lachen beide. Sehr gut! Versöhnung also nicht ausgeschlossen.

Der Kampfkater liegt lang ausgestreckt auf der Wohnzimmercouch und döst. Als wir reinkommen, schreckt er hoch.

»Oh, was macht ihr denn hier? Dachte, Daniel hat hier Hausverbot.«

»Ich glaube, er will sich mit Nina vertragen.«

Herr Beck springt vom Sofa und landet direkt neben mir.

»So, so. Eigentlich müsste er sich auch mit mir vertragen. Dieser Spruch über Frauen, die mit Katzen zusammenleben – so, als ob das etwas Schlimmes wäre –, dieser Spruch war ja wohl das Allerletzte! Pfui, dafür wünsche ich ihm glatt eine Katzenallergie!«

»Nun nimm das doch nicht so persönlich.« Typisch Kater. Immer dreht sich alles um ihn. »Ich bin mir sicher, Daniel hat das gar nicht so gemeint. Du siehst ja, dass ihm der ganze Streit mit Nina leidtut, sonst wäre er nicht hier. Wäre doch wirklich schade, wenn zwei Menschen, die sich schon so lange kennen wie die beiden, sich richtig zerstreiten würden.«

Mittlerweile ist Nina mit zwei Tassen Kaffee an der Couch angekommen und stellt sie auf den kleinen Tisch, bevor sie sich in einen der gegenüberstehenden Sessel setzt.

»Also, Herr Carini. Was haben Sie zu Ihrer Verteidigung vorzubringen?«

»Würden Sie mir kurz noch einmal den Tatvorwurf erläutern?«

»Sehr gern, Herr Carini. Ihnen wird zur Last gelegt, eine grobe Gefühllosigkeit begangen zu haben, indem Sie sich in die Wohnung des Exfreundes der Frau Bogner einmieteten, obwohl seine Leiche noch warm war. Außerdem beschimpften Sie Frau Bogner in der Folge als hysterische Zicke.«

»Echt jetzt? Das ist eigentlich nicht meine Wortwahl. Blöde Kuh vielleicht, aber bestimmt nicht hysterische Zicke.«

»So. Ist das Ihre gesamte Verteidigungsstrategie? Ist ein bisschen dünne, finden Sie nicht?«

Finde ich ehrlich gesagt auch. Ich hoffe, Daniel hat noch ein Ass im Ärmel. Er richtet sich auf und beugt sich vor zu Nina.

»Eine Strategie habe ich nicht. Aber ich hätte noch die Wahrheit anzubieten: Wenn man selbst Liebeskummer hat, achtet man vielleicht nicht genug auf die Gefühle seiner Mitmenschen.«

Das kann ich nur bestätigen. Wie ich aus eigener leidvoller Erfahrung weiß, achten liebeskummerkranke Menschen auch nicht auf die Gefühle ihrer Haustiere. Bevor Caro mit Marc zusammenkam, hatte sie einmal fürchterlichen Liebeskummer wegen Thomas. Ich habe alles versucht, um sie aufzumuntern – zwecklos. Sie hörte nur stundenlang schaurige Musik, sodass mir schon die Ohren schepperten, und zur Krönung machte sie eines Tages eine Flasche Cognac nieder, wurde bewusstlos, übergab sich neben mich auf den Teppich, und ich musste sie retten. Es war eines meiner gruseligsten Menschenerlebnisse überhaupt.

»Hab schon gehört – mit Claudia ist auch Schluss. Tut mir natürlich leid.«

»Danke. Aber es wäre mit uns auch nicht gutgegangen. Ich wollte meine Seele nicht dem großen Yoga-Mann verschreiben. Und Claudia war nur noch gepestet von mir. Deswegen war ich froh, als mir Alex den Tipp mit seinem Zimmer gegeben hat. Du hast natürlich recht: Wäre netter gewesen, dich vorher mal zu fragen oder es dir zumindest zu sagen. Hab ich nicht böse gemeint – ich wollte einfach nur raus bei Claudia.«

»Danke. Ich war aber auch zu empfindlich. Mir ist schon klar, dass ich an der ganzen Geschichte selbst schuld bin, aber traurig bin ich trotzdem. Und deswegen war ich an dem Tag, als wir uns gestritten haben, eine hysterische Zicke.« Sie lächelt.

»Hey, ein Geständnis!« Daniel lacht und steht vom Sofa auf, dann reicht er Nina die Hand. »Vertragen?«

Sie nickt und schlägt ein.

»Vertragen!«

»Ich habe übrigens eine echte Weltklasseidee, was wir als Trauzeugenpaar noch zur Hochzeit beisteuern könnten. Und wo wir doch gerade beide gleichzeitig Liebeskummer haben, wäre es eigentlich auch eine gute Traumatherapie, Frau Psychologin.«

»Oha! Sind wir jetzt Kollegen? Lass hören!«

»Was hältst du davon, wenn wir den beiden eine, oder besser, mehrere Best-of-CDs unserer liebsten Abtanz- und Liebeslieder zusammenstellen? So vier, fünf Stunden lang. Das schmeißen wir dann in dieser Villa in die Anlage, und wenn wir zum gemütlichen Teil des Abends übergehen, kann getanzt werden. Für fünfundzwanzig Leute lohnt sich ja kein DJ, aber ein bisschen gute Musik wäre nicht schlecht, oder?«

Nina legt den Kopf schief und überlegt.

»Nicht übel, Herr Kollege, aber ich vermisse den therapeutischen Ansatz.«

»Echt? Dabei liegt der doch klar auf der Hand: Wir müssen uns vorher treffen, stundenlang gemeinsam Lieblingslieder hören und von alten Zeiten schwärmen. Wenn das nicht Balsam für die Seele ist, weiß ich auch nicht.«

Nina lacht.

»Schon klar. Also, wann treffen wir uns?«

»Wie wär's mit übermorgen? Bis zur Hochzeit sind's nur noch zehn Tage, da wird es langsam Zeit.«

»Okay. Dann übermorgen um 20 Uhr bei mir. Als Therapieunterstützung halte ich einen guten Rotwein bereit.«

Sehr gut! Ich mag es, wenn sich alle in meinem Rudel vertragen. Für einen Jagdhund bin ich eben ganz schön friedliebend.

Als ich höre, dass Hedwig zur Villa Hohwenser fahren will, um vor Ort alles mit der Hausherrin und dem Partyservice zu besprechen, weiche ich nicht mehr von ihrer Seite. Da will ich unbedingt mit! Eine Runde mit Biene an der Elbe entlangzutoben ist nämlich mit Sicherheit viel spannender, als Luisa weiter beim heimlichen Basteln von dreihundert Tischkärtchen zuzuschauen.

Tatsächlich ist meine Taktik erfolgreich, und ich darf mitkommen. Mit Bus und Bahn *und* einem quengelnden Henri in der Karre dauert die Anreise zwar eine halbe Ewigkeit, aber die Vorfreude auf ausgelassene Stunden mit einem guten Kumpel macht das locker wett.

Frau Hohwenser hat die Tür noch nicht ganz geöffnet, da bin ich auf der Suche nach Biene schon an ihr vorbeigesaust. In der Halle drehe ich eine große Runde und belle ein paarmal. Aber nix. Keine Antwort. Ratlos laufe ich zu den Frauen zurück, die noch am Eingang stehen und damit beschäftigt sind, für Henri Faxen zu machen, um das nörgelige Kerlchen zum Lachen zu bringen. Auf mich achtet natürlich mal wieder niemand! Hey, wo ist Biene? Ich springe auf die Hinterläufe und mache neben der Karre Männchen.

»Pfui, Herkules, runter mit dir!«, schimpft Hedwig.

Aber Frau Hohwenser errät sofort, was mit mir los ist.

»Du suchst Biene, richtig? Da hast du heute leider Pech. Unsere Haushälterin ist eben mit ihr zum Hundefriseur gefahren. Bienchen musste dringend getrimmt werden. So verzottelt, wie das Bienchen war, dauert das bestimmt ein paar Stunden. Tut mir leid!«

O nein! Nun habe ich mich extra mit öffentlichen Verkehrsmitteln hierhergequält, habe ertragen, dass der schlecht gelaunte Henri ständig versucht hat, mich an den Ohren zu ziehen, und dass er ab der Hälfte der Strecke so infernalisch stank, dass Hedwig ihn noch schnell auf der Bank eines Wartehäuschens wickeln musste – und wofür das alles? Nur um mir jetzt die nächste Stunde anhören zu müssen, welchen Stuhl man am besten wohin stellt. Da hätte ich gleich zu Hause bleiben und mir weiter das Tischkärtchenbasteln anschauen können. Bravo!

Missmutig schleiche ich hinter den beiden Damen her, während Frau Hohwenser Hedwig erklärt, wo die Festtafel aufgebaut werden kann, welche Bestuhlung wohl sinnvoll wäre und wo das Büfett stehen soll. Gähn!

»Ich freue mich, dass Sie den Partyservice beauftragt haben, den ich Ihnen empfohlen habe. Das sind echte Profis, die das Haus hier auch schon kennen. Die letzten zwei Filmteams haben mit denen zusammengearbeitet, und es hat, soweit ich das mitbekommen habe, alles geklappt wie am Schnürchen. Ist ja nicht ganz unwesentlich, wenn sich die Gästezahl auf einmal verzehnfacht.«

Sie lacht, und Hedwig stimmt mit ein, allerdings etwas verhalten.

»Es war mir ehrlich gesagt ganz unangenehm, dass Sie über die wahre Gästezahl nicht informiert waren und ich Sie damit so überfallen musste. Aber es soll eben eine richtige Überraschung für meinen Sohn und seine Verlobte werden.«

»Aber das muss Ihnen doch nicht unangenehm sein – ich finde Ihre Idee von der Überraschungsparty genial! Ich bin selbst ganz begeistert davon, dass wir hier endlich mal wieder groß feiern. Sie werden sehen – Ihre Kinder werden sich ganz bestimmt freuen!«

Klar. Ganz bestimmt. Und im Himmel ist Jahrmarkt! Ich kann immer noch nicht fassen, dass Hedwig das für einen tollen Plan hält. Und dass es offensichtlich Leute gibt, die diese Einschätzung teilen.

»Ach, danke, das freut mich, dass Sie das so entspannt sehen.«

»Tu ich. Und was kann Ihrem Sohn denn Besseres passieren? Sie planen alles und bezahlen sogar alles. Großzügiger geht's doch nicht.«

Hedwig nickt. Man sieht, wie gut ihr dieser Zuspruch tut.

»Apropos planen: Haben Sie vielleicht ein Faxgerät? Ich muss dem Partyservice noch die Menüfolge und die endgültige Gästezahl schicken. Normalerweise gehe ich immer in die Praxis meines Sohnes, wenn ich etwas faxen möchte. Aber diesmal hatte ich Sorge, dass ich auffliege, wenn ich der Sprechstundenhilfe das Blatt zum Faxen gebe.«

»Verstehe. Geheime Verschlusssache.« Frau Hohwenser lächelt. »Kommen Sie, ich zeige Ihnen, wo mein Büro ist. Dort steht auch ein Faxgerät.«

Hm, ich habe verstanden. Das Blatt ist gewissermaßen ein Beweismittel. Auf ihm steht, wie viele Gäste Hedwig tatsächlich eingeladen hat. Wenn ich also irgendwie an dieses Blatt käme und es zu Caro schleppen könnte, dann wüsste sie, was los ist. Nur: Wie kommt ein Vierbeiner wie ich unauffällig an ein ziemlich großes Blatt? Immerhin ist das, was Hedwig da gerade aus ihrer Handtasche zieht, kein kleines Zettelchen, das ich mal eben im Maul transportieren könnte.

Frau Hohwenser geht mit Hedwig in den ersten Stock, ich folge den beiden. In einem kleineren Zimmer hinter dem Raum mit den Instrumenten stehen alle möglichen Möbel herum, die ich auch aus der Praxis von Marc kenne. Das muss das Büro sein. Hedwig gibt Frau Hohwenser das Blatt, die legt es auf eine Art Tischchen und tippt an der Stirnseite des Tischchens auf irgendetwas herum. Kurz darauf verschwindet das Blatt in der einen Seite des Tisches, nur um gleich wieder auf der anderen Seite aufzutauchen. Dann fängt das Gerät an zu rattern und laut zu piepen. Höchst interessant!

Mit einem Mal ist von dem Piepen nicht mehr viel zu hören. Allerdings nicht, weil es nun leiser geworden wäre, sondern, weil etwas anderes viel lauter geworden ist: Henri! Der saß eben noch friedlich in der Halle und spielte mit seinem mitgebrachten Kuscheltier – nun schreit er wie am Spieß. Hedwig und Frau Hohwenser lassen das Fax Fax sein und stürzen nach unten. Einen Moment zögere ich: Soll ich ein guter Familienhund sein und auch nach Henri gucken? Oder die Gunst der Stunde ergreifen und mir das Blatt schnappen?

Ich entscheide mich für Letzteres, springe an dem Tischchen hoch und erwische den Zettel auf Anhieb. Aber wohin mit ihm? Wenn ich ihn im Maul transportiere, wird es Hedwig sofort bemerken. Eine Handtasche wie Hedwig müsste ich haben, dann wäre das deutlich einfacher. Unten tröstet Hedwig ihren Enkel, der schon nicht mehr ganz so laut weint. Bestimmt kommt sie gleich wieder hoch. Was mach ich nur?

Mit dem Zettel im Maul laufe ich aus dem Büro heraus und linse Richtung Treppe. Noch sind die Damen nicht zu sehen, aber bevor sie auf den Stufen auftauchen, muss mir etwas eingefallen sein. Ich schaue mich im Instrumentenraum um und entdecke einen kleinen Beistelltisch. Wenn ich das Blatt dort ablege und dann schnell wieder nehme, wenn die beiden im Büro sind? Dann könnte ich in die Halle laufen und das Blatt in den Korb unter Henris Karre legen. Die Wahrscheinlichkeit, dass es Hedwig dort sofort sieht, ist nicht besonders hoch. Immerhin stecken in dem Korb ein Windelpaket, Feuchttücher, Wechselwäsche für den Lütten und, und, und. Etwas zusammengeknüllt fällt der Zettel da bestimmt nicht auf. Um den weiteren Transport müsste ich mir keine Sorgen machen, Hedwig würde mir den Zettel direkt zu Caro bringen – ohne es selbst zu merken. Falls das so klappt, wäre es grandios!

Schnell trabe ich zu dem Tischchen und lege das Blatt darunter. Dann laufe ich zum Treppenabsatz und warte schwanzwedelnd auf Hedwig und Frau Hohwenser, die kurz darauf auftauchen. Hedwig trägt Henri auf dem Arm und tätschelt seine Wange.

»Armer Spatz, so ein böser Stuhl! Der hat dich aber auch wirklich hinterrücks angegriffen, kein Wunder, dass du dich so erschreckt hast.«

»Oje, unsere Eichenstühle sind sehr massiv, da bekommt das Kerlchen bestimmt eine Beule. Ich hätte nicht gedacht, dass er sich da schon mit so viel Kraft hochzieht.«

»Ich auch nicht. Aber ich werde ihm gleich ein Eis kaufen, dann ist bestimmt alles wieder gut. Lassen Sie uns nur eben schauen, ob das Fax durchgegangen ist, dann mache ich mich auf den Rückweg.«

Die beiden beachten mich nicht, als sie ins Büro weitergehen. Selbst Schuld. Ich wetze zum Tischchen, fische das Blatt darunter hervor, und dann ab nach unten in die Halle. Henris Karre steht immer noch am Eingang. Ich kaue ein bisschen auf dem Blatt herum. Nun ist es zwar angesabbert, aber so zusammengeknüllt, dass es mühelos und sehr unauffällig in den Korb passt. Perfekt.

»Komisch, wo ist denn bloß die Bestellung geblieben?«, wundert sich Hedwig laut, als die Damen wieder nach unten kommen. »Ich hätte schwören können, ich habe die auf dem Fax liegen lassen.«

»Tja, ich wundere mich auch. Oder habe ich sie eben mitgenommen, als wir runtergelaufen sind? Und falls ja, wo habe ich den Zettel bloß hingelegt?« Frau Hohwenser seufzt. »So ist das, wenn man zu viele Sachen gleichzeitig macht. Man kann sich einfach nichts mehr merken. Na ja, wenn der Zettel wieder auftaucht, lege ich ihn für Sie zurück.«

Hedwig schüttelt den Kopf.

»Ach, keine Umstände. Wir haben ja die Faxbestätigung. Das wird schon geklappt haben, ich rufe den Caterer zur Vorsicht nachher mal an. Jetzt besorge ich Henri erst mal ein Eis, und dann muss ich auch zurück, meiner Enkelin bei den Hausaufgaben helfen.«

»Also, wie Sie das alles machen, Frau Wagner – toll! Ihre Familie ist doch bestimmt froh, so eine patente, tatkräftige Oma zu haben, die sich um alles kümmert.«

Ich würde sagen: Es kommt darauf an. Aber den Hund fragt wie immer keiner.

DREIUNDZWANZIG

Es nützt der schönste Plan nichts, wenn die Menschen einfach nicht das machen, was sie sollen. Oder zumindest das, was sie sonst immer machen. *Normalerweise* nimmt Hedwig die Karre mit ins Haus, wenn wir von einem Ausflug oder Spaziergang kommen. Und drinnen räumt sie alles aus der Karre heraus, was wir unterwegs dabeihatten, und nimmt es mit in die Wohnung. Auf diese Weise hätte eigentlich auch der Korb mit dem zerknüllten Zettel auf direktem Weg in die Wohnung gelangen müssen. Wie gesagt: *hätte.*

Heute allerdings lässt sie die Karre einfach im Vorgarten neben dem Hauseingang stehen und trägt Henri, der mittlerweile eingeschlafen ist, nach oben. Ich muss ihr wohl oder übel folgen, Hedwig kann es gar nicht ausstehen, wenn ich allein draußen bleibe. Sie sagt, ein herumlungernder Hund vor einer Tierarztpraxis gehöre sich nicht. Wuff! Ich und herumlungern. So ein Quatsch! Ich begrüße höchstens freundlich Marcs Patienten, wenn sie uns besuchen. Wenn sie ein gut gelauntes, gesundes Kerlchen wie mich sehen, dann wissen sie doch gleich, dass Marc ein guter Tierarzt ist. Im Vorgarten sitzen ist demnach eher eine vertrauensbildende Maßnahme.

Wie dem auch sei – ich darf nicht draußen bleiben, und so komme ich natürlich auch nicht ungehindert an den Zettel im Korb. So ein Mist! Was mache ich denn jetzt? Vielleicht ein bisschen an der Tür kratzen? Aber als ich damit anfange, bekomme ich sofort richtig Mecker von Hedwig.

»Aus, Herkules! Böser Hund. Ich war gerade erst mit dir spazieren. Ins Körbchen!«

Ich tue wie befohlen. Vielleicht muss ich einfach ein bisschen abwarten und kann dann auf schwache Blase machen? Nein. Auch bei meinem nächsten Versuch lässt sich Hedwig nicht erweichen.

»Sag mal, was ist denn heute bloß los mit dir? Ich muss mit Luisa Mathe üben, die schreibt morgen eine Arbeit. Also gib Ruhe.«

Pöh! *Gib Ruhe* – wie unfreundlich! Ich beschließe, einfach direkt an der Tür liegen zu bleiben. Irgendwann wird sie irgendwer schon öffnen. Und dann wird mich nichts und niemand daran hindern, den Zettel zu schnappen und Carolin vor der drohenden Party zu warnen.

Endlich höre ich Schritte auf dem Flur. Die Tür geht auf – leider so schwungvoll, dass ich einen ordentlichen Stoß in die Rippen bekomme. Jaul!

»Mensch, Herkules, was machst du denn da? Spielst du Fußmatte?«

Es ist mein Frauchen. Hurra! Ich stelle das Jaulen ein und wedele mit dem Schwanz. Hedwig kommt aus der Küche.

»Oh, bist du schon da?«

»Ja, ich habe ein bisschen früher Feierabend gemacht. Ich will noch mit Nina einkaufen gehen. Oder besser gesagt: shoppen. Sie steht schon unten und wartet, ich wollte nur eben meine Kreditkarte holen.«

»Tu mir einen Gefallen und nimm den Hund mit. Der macht mich gerade wahnsinnig. Kratzt die ganze Zeit an der Tür und will spazieren gehen. Dabei muss ich mit Luisa lernen. Ich wollte die Zeit nutzen, solange Henri noch schläft, denn Luisa schreibt morgen eine Klassenarbeit.«

Caro zögert.

»Hm, das passt mir eigentlich nicht so …«

»Ach, nun komm. Ich hatte ihn schon den ganzen Tag. Was wollt ihr denn kaufen? Lebensmittel?«

»Nee, keine Lebensmittel. Aber mehr wird nicht verraten.«

»Na, wunderbar! Dann könnt ihr ihn mitnehmen, da stört er doch nicht«, sagt Hedwig mit einer Stimme, die keinen Widerspruch duldet. Wenn es um Luisas Leistungen in der Schule geht, kennt Hedwig keinen Spaß.

Caro seufzt.

»Na gut, Herkules. Dann komm mit.«

Und bevor sie mich noch anleinen kann, flitze ich schon an ihr vorbei in den Flur und die Treppe hinunter. So, Hedwig, gleich bist du geliefert!

Die Haustür steht offen, draußen wartet Nina und unterhält sich mit Frau Warnke, die gerade eine kleine Zigarettenpause macht. Ich steuere zielstrebig auf die Kinderkarre zu und wühle mit meiner Schnauze in dem Korb. Hab ihn, den Zettel! Jetzt brauche ich ihn nur noch Carolin zu geben, dann ist meine Mission erfüllt.

»So, bin ausgerüstet!« Caro ist mittlerweile auch vor der Tür angekommen. »Wir müssen leider Herkules mitnehmen. Hedwig ist irgendwie genervt von ihm.«

Nina verzieht den Mund.

»Och, ich dachte, wir machen jetzt zu zweit Hamburgs Edelboutiquen unsicher. Ob ein Dackel am Neuen Wall so gern gesehen wird? Die machen doch eher in Haute Couture als in Hundefutter.«

»Mach dir keine Sorgen um unser Shoppingerlebnis.« Caro klopft Nina beruhigend auf die Schulter. »Ich glaube, notfalls kann ich die mit einer gut gedeckten Kreditkarte gnädig stimmen.«

Ja, bestimmt. Aber Shopping ist doch nicht das Wichtigste, Carolin! Guck doch mal, was ich in der Schnauze habe! Ich springe an ihr hoch und versuche, den Papierball dabei möglichst auffallend zu präsentieren.

»Was hast du denn da, Herkules?«

Carolin greift nach dem Papier. Ah, es funktioniert.

»Weiß nicht, das hat er eben aus der Kinderkarre rausgeholt«, erzählt ihr Frau Warnke. »Vielleicht 'ne olle Windel oder dreckige Feuchttücher?«

»Igitt! Es ist auch ganz nass! Wie eklig, Herkules! Was soll das denn?«

»Geben Sie ruhig her, ich schmeiße es weg«, bietet Frau Warnke an, »ich muss mir nach dem Rauchen sowieso die Hände waschen.«

NEIN! NICHT! Nicht wegschmeißen! Lesen! Ich fange an zu bellen und zu hecheln, aber ich kann nicht verhindern, dass das Unheil seinen Lauf nimmt: Carolin bedankt sich artig und drückt Frau Warnke das Knäuel in die Hand, die dreht sich um und geht wieder rein. VERFLUCHT! Mein schöner Plan!

»Komm, Herkules, wir müssen los. Aber benimm dich, wenn du schon mitdarfst! Das ist eine große Ehre. Und eine Riesenausnahme. Normalerweise sind Männer bei der folgenden Aktion verboten!«

Danke, Frauchen. Ich fühl mich gerade auch richtig gut.

»15. Juni, sagen Sie? Dann sind Sie aber wirklich sehr früh dran. Aber das macht natürlich nichts. Vorfreude ist die schönste Freude, und es ist auch nicht verkehrt, sich verschiedene Kollektionen anzusehen. Wir bekommen ja alle drei Monate neue Ware. Immer topaktuell. Mailand und Paris. Wir führen beides.«

Wir stehen in einem Laden voller Baisers. So jedenfalls hat Nina diese Sorte Kleid doch mal genannt: Baiser. Sie sind fast alle lang und fast alle weiß – wobei sich Caro gerade ein Kleid anschaut, das kurz ist, aber auch weiß. Sie hängt das Keid wieder an den Ständer und dreht sich zu der älteren, ziemlich stark angemalten Dame um, die hier die Verkäuferin zu sein scheint.

»Nein, nicht 15. Juni nächstes Jahr. Ich meine 15. Juni dieses Jahr. Ich brauche ein Brautkleid für den 15. Juni dieses Jahres.«

Dabei lächelt Caro sehr sanft. Die Verkäuferin schnappt nach Luft und findet im ersten Moment keine Worte. Nina, die schräg hinter ihr steht, scheint krampfhaft ein Kichern zu unterdrücken, jedenfalls zittert sie am ganzen Körper. Kurz darauf hat sich die ältere Dame wieder gefangen.

»Dieses Jahr? 15. Juni dieses Jahres? Aber, aber ... das ist in fünf Tagen! Diesen Samstag. Heute haben wir Montag!«

Caro nickt, immer noch sehr freundlich lächelnd.

»Ja, ich weiß. Und morgen haben wir schon Dienstag. Da suche ich mir wohl besser schnell etwas aus, nicht wahr?«

»Äh, ja, dann schaue ich jetzt mal nach Kleidern in Ihrer Konfektionsgröße. Für eine Bestellung beim Couturier bleibt definitiv keine Zeit mehr. 36/38, nehme ich an?«

Caro nickt. Die Verkäuferin verschwindet mit hektischen Schritten zwischen den Kleiderständern. Couturi-wer? Ein seltsamer Laden hier.

Nina kichert.

»Na, der haste aber den Schock ihres Lebens verpasst. Ich dachte schon, ich müsste meine verstaubten Kenntnisse über die Herzdruckmassage wieder ausgraben.«

Caro kichert ebenfalls.

»Och, ich finde, es kann einem Schlimmeres passieren als eine Kundin, die ganz spontan viel Geld ausgeben will.«

»Stimmt. Ich habe allerdings auch noch nicht ganz verstanden, woher dein plötzlicher Sinneswandel kommt. Ursprünglich wolltest du doch kein Brautkleid. Vor ein paar Monaten haben wir noch Witze darüber gemacht. Als du mich gestern Abend gefragt hast, ob ich heute mitkommen will, habe ich mich schon ein bisschen gewundert.«

»Tja, weißt du, ich stand vorletzte Woche mit Marc auf der Terrasse vom Goßlerhaus. Und da wurde mir erst so richtig bewusst, was für eine wahnsinnig besondere Sache das eigentlich ist. Ich meine – ich blickte in den Park und stellte mir vor, wie wir alle nach der Trauung dort mit einen Glas Sekt in der Hand stehen werden. Und ich konnte die Aufregung spüren, die mich Samstag garantiert am Wickel haben wird. Und dann fand ich meine Ursprungsidee mit dem normalen Abendkleid doch nicht mehr so gut. Weil es eben kein normaler Tag ist. Dann habe ich ein paar Nächte darüber geschlafen, und das Gefühl war immer noch da. Deswegen habe ich dich angerufen.«

»Cool. Verstehe.«

Nee, ich verstehe es nicht. Was kann denn ein Kleid mit einem Gefühl zu tun haben? Wieso macht das einen so großen Unterschied für Caro? Aber vielleicht kann hier jemand nicht mitreden, der jeden Tag das Gleiche anhat, nämlich: sein eigenes Fell.

Die Verkäuferin taucht wieder auf und schleift drei riesige Säcke hinter sich her, die sie schließlich an die Kleiderstange neben dem großen Spiegel hängt.

»So, wenn Sie mal schauen mögen?« Sie öffnet den ersten Sack und zieht etwas heraus, was wie ein gigantischer Wattebausch aussieht. »Unser Modell Prelude. Majestätisch voluminöser Rock in Organza, mit Wabenrüschen. Bei Ihrer schmalen Figur bestimmt sehr schön. Der tiefe Ausschnitt der Büste ist drapiert.«

Nina und Caro starren das Teil an und rufen gleichzeitig »Das Baiser!«, dann fangen sie an zu lachen.

Die Verkäuferin guckt irritiert.

»Also eher nicht?«

»Nein«, antwortet Caro, »eher nicht.«

»Aber wieso denn?«, mischt sich Nina ein, »ich möchte es wenigstens mal an dir sehen. Vielleicht sind wir überrascht, wie gut es dir steht.«

»Na gut. Wenn du meinst.«

Caro will nach dem Kleid greifen, aber die Verkäuferin hält lächelnd einen Arm vor die Kleiderstange.

»Nein, nein. Das können Sie nicht einfach so anziehen. Dabei brauchen Sie Hilfe. Ich gebe Ihnen jetzt erst mal eine Korsage, einen Reifrock und passende Schuhe. Und wenn Sie das alles angezogen haben, rufen Sie mich. Dann komme ich mit dem Kleid und helfe Ihnen hinein.«

Heilige Fleischwurst! Man kann dieses Ungetüm nicht allein anziehen? Was für einen Sinn macht denn bitte schön Kleidung, in die ein Mensch nicht allein hineinkommt? Das wird ja immer absurder. Das Gleiche scheint sich auch Nina zu denken. Die kramt nämlich in der großen Schultertasche, die sie dabeihat, und zieht erst eine Flasche und dann zwei Gläser hervor.

»Sie gestatten, dass sich meine Freundin erst mit einem Schluck Champagner stärkt?«

Zu meinem Erstaunen lächelt die ältere Dame und nickt.

»Aber selbstverständlich! Man kauft ja nicht jeden Tag ein Brautkleid. Warten Sie, ich hole Ihnen zwei Stühle.«

Wie nett! Ein kleines Picknick. So etwas habe ich beim

Shoppen mit Caro noch nie erlebt. Schade, dass Nina für mich nichts mitgenommen hat. Ich könnte auch ein Leckerli vertragen.

Ein Glas Champagner später verzieht sich Caro mit den Sachen, die ihr die Verkäuferin eben in die Hand gedrückt hat, in die Umkleidekabine. Es dauert eine ganze Weile, dann ruft sie: »Kann losgehen!«

Die Verkäuferin nimmt den Organzatraum von der Stange und verschwindet ebenfalls in der Kabine. Als die beiden wieder herauskommen, haut es mich von den Pfoten: Carolin sieht genauso aus wie das Mädchen in Luisas Lieblingsmärchen. Carolin hat sich in Cinderella verwandelt! Vor Schreck fange ich an zu bellen.

»Herkules gefällt es nicht«, kommentiert Nina trocken.

Dabei stimmt das gar nicht. Es sieht schon toll aus, aber es ist eben eine völlig fremde Frau, die auf einmal vor mir steht.

»Nun ja«, erwidert die Verkäuferin, »Ihr Dackel in allen Ehren, aber ich glaube nicht, dass wir uns allzu sehr nach seinem Geschmack richten sollten. Ich finde, das Kleid steht Ihrer Freundin ganz wunderbar.«

»Das finde ich auch. Ich bin sogar überrascht, wie sehr! Wie findest du es denn selbst, Caro?«

Carolin wendet sich vor dem Spiegel hin und her, dabei wogt der bauschige Rock um sie herum, als hätte er ein Eigenleben.

»Es sieht toll aus, keine Frage. Allerdings finde ich es für eine standesamtliche Trauung mit fünfundzwanzig Leutchen ein bisschen übertrieben. Ich glaube, ich hätte lieber etwas Schlichteres. Außerdem habe ich Angst, dass mich Marc dann gar nicht erkennt. Nicht, dass es ihm so geht wie Herkules.«

Wuff! Was kann ich dafür, dass Caro in diesem Kleid so verändert aussieht?

»Aber bevor ich es ausziehe, musst du ein Foto von mir machen.«

»Klar, wird erledigt.«

Nina zieht ihr Handy aus der Hosentasche und knipst. Die Verkäuferin betrachtet Carolin nachdenklich.

»Hm, schlichter, sagen Sie. Die Größe war ja gut, also eine 38. Warten Sie mal, vielleicht habe ich da etwas, was Ihnen gefallen könnte.«

Sie verschwindet wieder. Nina schenkt Caro und sich selbst noch mal ein Glas nach.

»Feine Sache, so ein Brautkleidkauf. Könnte man glatt häufiger machen.«

»Ja. Ich hätte auch nichts dagegen, mal ein Kleid für dich zu kaufen, Nina.«

Caro grinst, und Nina schüttelt heftig den Kopf.

»Nee, um Gottes willen! Ich glaube, vom Heiraten bin ich momentan weiter entfernt als von der Wahl zum Papst. Und das, obwohl ich evangelisch bin.«

Ich weiß zwar nicht, wer der Papst ist und wie der gewählt wird, aber ich würde Nina in diesem Punkt ohne Zögern zustimmen. Dass die mal heiratet, scheint mir geradezu ausgeschlossen. Ich glaube, Daniel lag gar nicht so falsch mit seiner Einschätzung: Nina wird wahrscheinlich allein mit dem fetten Kater zusammen alt werden. Was soll sie da mit einem Brautkleid?

»So, das ist jetzt eines meiner Lieblingsmodelle. Kurz und zweiteilig. Der untere Teil ist aus Dupionseide, gerader Ausschnitt vorne und hinten, dazu doppelte Spaghettiträger. Das Überkleid ist aus Seidenorganza mit Dreiviertelärmeln und hat einen Peter-Pan-Kragen, ebenfalls aus Dupionseide, die Ränder der Ärmel und des Kragens sind handbestickt mit Perlen und Strasssteinen.«

Caro starrt das Kleid an und trinkt ihr Glas in einem Schluck aus.

»Wow. Das muss ich sofort anprobieren. Ich glaube, das wird mir stehen.«

Eine ganze Zeit später wissen wir, dass Caro mit dieser Einschätzung goldrichtig lag. Nachdem ihr die Verkäuferin erst aus Kleid Nummer eins hinaus- und dann in Kleid Nummer zwei hineingeholfen hat, kommt Caro erneut aus der Kabine. Diesmal gibt es überhaupt keinen Grund zu bellen, denn vor uns steht eindeutig Carolin. Und sie sieht traumhaft schön aus, das fällt sogar einem ignoranten Vierbeiner wie mir auf. Ihre Beine wirken in dem Kleid noch ein Stück länger als normalerweise, und auch wenn lange Beine bei mir der Makel sind, der mich vom echten Dackel trennt, so sind sie meines Wissens bei Menschenfrauen höchst willkommen. Der Stoff schmiegt sich sanft an Carolins Körper – eng, aber nicht zu eng, sodass man ihre Formen gut sieht, aber sie nicht wie eine Wurst in der Pelle wirkt. Auch Nina ist begeistert.

»Carolin, das ist perfekt! Das muss du unbedingt nehmen!«

Carolin dreht sich vor dem Spiegel einmal im Kreis.

»Ja, ich glaube auch, dass wir nichts Schöneres finden werden. Genauso habe ich es mir vorgestellt. Was kostet es denn?«

»Ach, das ist eines unserer günstigeren Modelle. Lassen Sie mich mal kurz schauen: Ah ja, da steht's: 1150 Euro.«

Nina hustet und schenkt sich schnell noch ein Glas ein, Carolin hingegen zuckt nicht mal mit der Wimper.

»Wie gut, dass wir keine teure Riesenfeier veranstalten werden. Dann brauche ich jetzt nur noch die passenden Schuhe.«

Wieder zu Hause angekommen, will ich mich sofort in die Praxis schleichen. Schließlich vermute ich dort den Zettel mit Hedwigs Bestellung, und ich habe noch eine Mission zu erfüllen. Glücklicherweise hat Carolin das dringende Bedürfnis, Marc zu küssen, sodass ich gar nicht schleichen muss, sondern gemeinsam mit ihr durch die Tür spazieren kann.

Marc steht vorne am Tresen bei Frau Warnke – nur gut, dass Nina das Kleid mitgenommen hat. Das darf Marc nämlich vor der Hochzeit nicht sehen, sonst gibt es Unglück. So jedenfalls hat es uns die Verkäuferin eingeschärft, als sie das Kleid sehr kunstvoll in lange Bahnen aus Seidenpapier eingeschlagen und dann in einer großen Tüte verstaut hat.

»Na, erfolgreich geshoppt?«, begrüßt uns Marc fröhlich.

»Das kannst du wohl sagen. Jedenfalls bin ich nun pleite – und glücklich!«

»Oh, dann bin ich gespannt. Erzähl!«

Caro schüttelt den Kopf.

»Nee, mein Lieber, mehr wird nicht verraten!«

Doch, mehr wird verraten! Dazu brauche ich nur den verdammten Zettel. Wo kann der bloß sein? Wenn Frau Warnke ihn wegschmeißen wollte, dann ist er doch wahrscheinlich im Müll. Vielleicht im Papierkorb hinter dem Tresen, da, wo Frau Warnke sitzt? Ich lauf dorthin und versuche, unauffällig in den Korb hineinzulinsen. Aber leider bin ich dafür zu klein und muss Männchen machen. Hopp, schon besser! Mit den Vorderläufen auf dem Rand des Korbs habe ich einen ganz guten Blick. Also, wo ist das Teil?

In diesem Moment verliere ich das Gleichgewicht, und ich kippe mit dem Papierkorb um. Der gesamte Müll, der in ihm lag, verteilt sich über mich und den Boden. Auffälliger geht's kaum! Heilige Fleischwurst, was für ein Chaos!

»Mann, Herkules, was soll das denn?«, schimpft Marc.

Frau Warnke seufzt, steht auf, stellt den Papierkorb wieder hin und bückt sich dann, um den Abfall einzusammeln. In diesem Moment entdecke ich ihn, meinen zum Ball zerknüllten Zettel! Noch bevor Frau Warnkes Hand ihn erreicht, schnappe ich zu. Frau Warnke stößt einen spitzen Schrei aus, dabei habe ich sie gar nicht gezwickt. Glaube ich jedenfalls. Mit dem Zettel im Maul springe ich zur Seite und laufe auf Carolin zu. Marc rennt hinter mir her und packt mich ziemlich grob am Halsband.

»Jetzt reicht es aber, du ungezogener Hund! Ich glaube, du musst mal wieder zum Hundetrainer! Hat er Sie erwischt, Frau Warnke?«

»Nein, nein, alles gut. Ich habe nur einen Schreck bekommen, als er auf einmal so auf meine Hand zuschoss. Aber er wollte wohl nur diesen Zettel. Der muss ja ganz interessant riechen, den hatte er vorhin doch schon aus Henris Wickeltasche geklaut.«

Meine Güte, wie schwer von Begriff kann man denn sein! Der riecht gar nicht! Nun guckt euch das Teil endlich mal an! Marc lässt mich wieder los, und ich setze mich fast auf Caros Füße, um den Zettel direkt vor ihr hinzulegen. Nun beugt sie sich tatsächlich und hebt den Zettel hoch.

»Hm, was will er denn damit? Das ist kein Feuchttuch, das ist irgendein Formular.«

Sie faltet die Knitterkugel auseinander und überfliegt murmelnd den Text.

»Hochzeit am 15. Juni. Menüfolge … Anzahl Gäste …«

Dann verstummt sie und reicht Marc den Zettel, der ihn etwas angewidert anfasst.

»Lies mal. Und dann sag mir, dass ich das alles falsch verstehe.«

Marc legt den Zettel auf den Tresen, streicht ihn noch einmal glatt und beginnt dann ebenfalls zu lesen. Als er fertig ist, schüttelt er den Kopf.

»Nein. Ich fürchte, das hast du ganz richtig verstanden. Ich fasse es nicht. Das kann sie unmöglich gemacht haben! Was geht bloß im Kopf meiner Mutter vor sich? Die kaufe ich mir gleich!«

»Dreihundert Gäste. Pfffff.«

Carolin atmet langsam aus.

»Das passende Kleid für so eine Veranstaltung hätte ich jetzt allerdings. Und was für ein unglaublicher Zufall, dass Herkules sich gerade diesen Zettel fürs Ballspielen ausgesucht hat. Man könnte fast meinen, er wollte uns warnen.«

Zufall? Es ist nicht schön, so unterschätzt zu werden!

VIERUNDZWANZIG

Komisch. Dafür, dass Marc mit Hedwig schimpfen wollte, ist sie noch bemerkenswert gut gelaunt, als sie mit einem kleinen Köfferchen am Vorabend der Hochzeit bei uns auftaucht. Sie wird heute bei uns übernachten und sich um die Kinder kümmern, während Carolin und ich bei Nina schlafen werden und Marc mit Daniel und Georg ein Bier trinken geht. Vor der Hochzeit müssen Braut und Bräutigam in verschiedenen Wohnungen schlafen. Sagt jedenfalls Hedwig. Mir war das neu. Aber ich bin noch nicht so lang im Hochzeits-Business. Und Marc darf Carolin vor der Trauung auch keinesfalls im Brautkleid sehen. Sonst bringt es Unglück. Das wiederum wusste ich schon von der Brautkleidverkäuferin.

Also Hedwig. Nicht schlecht gelaunt. Im Gegenteil: Ich würde sagen, sie ist *blendend* gelaunt. Das lässt nur einen Schluss zu: Marc hat ihr noch nichts gesagt. Weder in den letzten vier Tagen noch heute. Aber warum nicht? Finden Caro und Marc den Plan mit der großen Hochzeit jetzt doch völlig in Ordnung? Freut sich Caro gar, dass nun so viele Menschen ihr tolles Kleid bewundern können? Grrr, ich merke, dass ich anfange, mich zu ärgern. Ich habe mir doch so viel Mühe gegeben, Hedwigs Plan aufzudecken. Und nun? Passiert nichts. Wuff, die ganze Anstrengung umsonst!

Carolin ist übrigens mindestens ebenso gut gelaunt wie Hedwig. Sie pfeift sogar vor sich hin, als sie ihren Riesenkoffer aus dem Schlafzimmer rollert. Was da wohl alles drin ist? Das Kleid ist schon bei Nina, das kann es nicht sein.

»So, Herkules. Ich bin startklar. Dann verlässt du jetzt zum letzten Mal als Dackel einer ledigen Frau dieses Haus. Ab morgen lebt dein Frauchen in geordneten Verhältnissen. Nix mehr wilde Ehe!«

Sie lacht, und ich verstehe den Witz nicht. Unsere Verhältnisse sind doch geordnet. Manchmal sogar zu sehr. Jedes Mal, wenn Marc findet, dass Henri, Luisa oder ich für Unordnung gesorgt haben, regt er sich auf und fängt an aufzuräumen. Von wegen *wild*. Ich lebe nun schon zwei Jahre hier und kann nur sagen: Rock 'n' Roll geht anders.

Missmutig trotte ich hinter Carolin her und bin auch nicht besser gelaunt, als wir kurz darauf bei Nina eintrudeln. Im Gegenteil, denn ich erkenne auf den ersten Blick, dass hier wieder einer dieser entsetzlich öden *Frauenabende* droht. Ich muss nur die langstieligen Sektgläser und die Flasche auf dem Couchtisch sehen, dann weiß ich Bescheid. Och nööö!

Der einzige Lichtblick ist Herr Beck, der natürlich auch da ist. Wobei ich auf den gerade nicht so gut zu sprechen bin. Bisher ist seine Cherie-Taktik nämlich ein einziger Reinfall. Ich will gar nicht erst an morgen denken, denn auf der Feier werden sich Cherie und Biene wieder begegnen, und so wie es bisher ausschaut, wird Cherie mich ignorieren und Biene denken, dass ich an mehr als nur Freundschaft interessiert bin. Beste Voraussetzungen für schlechte Stimmung also. Und wer ist schuld? Richtig. Ein Kater namens Beck.

Ich lasse mich neben die Couch sinken und warte auf das unvermeidliche *Plopp*, welches den Beginn jedes Frauenabends markiert. *Plopp*, da ist es auch schon. Gähn!

»Und, bist du aufgeregt?«, will Nina von Caro wissen, während sie ihr das Glas mit Sekt füllt.

»Klar bin ich das! Hoffentlich sehe ich morgen auch wirklich gut aus.«

»Daran besteht doch wohl kein Zweifel! Du hast nicht nur ein wunderschönes Kleid, sondern auch Hamburgs Top-Stylistin an deiner Seite: Dr. Bogner! Und Frau Dr. Bogner hat sich sehr gewissenhaft vorbereitet und sich Anleitungen für diverse Hochsteckfrisuren aus dem Internet geladen. Da kann gar nichts schiefgehen. Und falls doch: Meine Friseurin hat Rufbereitschaft. Ich habe ihre Handynummer, wenn wir nicht allein klarkommen, darf ich sie anrufen.«

»Wow, du hast wirklich an alles gedacht! Danke, Nina!«

»Ehrensache – ich bin schließlich Trauzeugin. Fünfundzwanzig Gäste sind zwar ein paar weniger als bei William und Kate, aber du sollst trotzdem toll aussehen.«

Ob Caro diese gute Gelegenheit nutzt, wenigstens Nina von Hedwigs stark erweiterter Gästeliste zu erzählen?

»Das werde ich ganz bestimmt, bei so viel Unterstützung!«

Fehlanzeige. Wieder nichts. Ich rolle mich zur Seite und schließe die Augen. Vielleicht sollte ich die Zeit hier sinnvoll nutzen und einfach eine Runde schlafen.

Aber selbst das ist mir nicht vergönnt. Kaum habe ich die Augen geschlossen, schon stupst mich jemand in die Seite. Kann mir schon denken, wer das ist. Es riecht auf einmal verdächtig nach Katze.

»Huhu, schläfst du?«

»Ich versuche es wenigstens, werde aber leider gestört.«

»Oh, ’tschuldigung. Warum bist du denn so schlecht gelaunt?«

Da wundert der Kater sich. Denkt wahrscheinlich, dass er ein Monopol auf schlechte Laune hat. Ich rolle mich wieder zurück und gucke ihn an.

»Erstens habe ich mir in den letzten Tagen alle Mühe mit

meinen Menschen gegeben, und es war völlig umsonst. Und zweitens leide ich immer noch unter den Auswirkungen deiner angeblich genialen Taktik, Cheries Herz zu gewinnen. Seitdem guckt sie mich nicht mal mehr an. Tolle Wurst.«

Erwartungsgemäß lässt sich Herr Beck durch mein Leid nicht beeindrucken.

»Zu zweitens kann ich nur sagen: Geduld. Rom ist auch nicht an einem Tag erbaut worden.«

»Rom? Was ist das denn?«

»So ungefähr das Gleiche wie Stockholm. Nur wärmer. Also eine andere Stadt. Und zu erstens: Mit Menschen gibt man sich doch meistens vergeblich Mühe. Kein Grund, sich aufzuregen, das müsstest du doch mittlerweile wissen. Was genau ist denn passiert?«

Obwohl ich eigentlich nicht mehr mit Beck sprechen wollte, erzähle ich ihm die Geschichte von Hedwigs und Luisas Facebook-Party, der Bestellung über das Faxgerät von Frau Hohwenser und dem dramatischen Finale in der Tierarztpraxis. Wenigstens guckt der Kater nun angemessen beeindruckt.

»Okay, du hast dich wirklich schwer ins Zeug gelegt. Das war ja fast so spektakulär wie damals, als wir das schwarze Spitzenhöschen geklaut haben, um Carolin zu beweisen, dass Thomas sie betrügt.«

Typisch Kater. Natürlich war die Aktion mit dem Zettel viel spektakulärer, immerhin musste ich das Teil sogar noch aus dem Müll fischen, aber da Beck nicht selbst daran beteiligt war, kann er das nicht zugeben. Egal. Sein Lob tut trotzdem gut. Wenigstens einer, der meinen Einsatz zu schätzen weiß.

»Ich verstehe einfach nicht, warum Marc Hedwig noch nicht den Marsch geblasen hat. Wenn ich mal Mist baue, werde ich immer sofort eingenordet. Hier wird mit zweierlei Maß gemessen. Das ist unfair!«

Herr Beck gibt ein kicherndes Brummen von sich.

»Herkules, ich bitte dich! Du bist sein Haustier, Hedwig ist seine Mutter. Das *sind* zweierlei Maß. Außerdem weißt du doch noch gar nicht, ob er nicht doch noch etwas unternimmt. Ich kann mir eigentlich nicht vorstellen, dass Marc und Caro sich das einfach so bieten lassen. Wart's ab, da kommt noch was.«

Ich mustere ihn skeptisch.

»Wenn du meinst.«

»Meine ich. Du brauchst einfach mehr Geduld. Übrigens auch beim ersten Punkt. Dass Cherie noch beleidigt ist, sagt überhaupt nichts. Sie muss sich natürlich erst einmal an die neue Situation gewöhnen. Bisher hast du den Boden angebetet, über den sie gegangen ist. Damit ist nun Schluss – das ist für sie natürlich ein ziemlicher Schlag. Aber ich sage dir: Die wird schon wieder ankommen. Du darfst jetzt nicht aufgeben! Sei weiter nett zu Biene, dann wird Cherie irgendwann kapieren, dass sie von ihrem hohen Ross runtermuss, wenn sie dich gewinnen will.«

Ob Herr Beck recht hat? Das wäre ja zu schön! Vielleicht muss ich wirklich nur noch ein wenig warten. Zu verlieren habe ich schließlich nichts.

»Na gut. Ich probiere es noch einmal aus. Ein bisschen Angst habe ich aber schon vor dem Fest morgen. Da treffe ich nämlich auf beide: Cherie und Biene.«

Die Schwanzspitze von Beck zuckt hektisch hin und her.

»Siehst du: Genau das ist der Fehler. Du hast Angst. Und das merken die Frauen. Stattdessen solltest du Selbstbewusstsein und Wagemut ausstrahlen, dann klappt das schon.«

Sehr lustig! Wie soll man denn Wagemut und Selbstbewusstsein ausstrahlen, wenn man weder das eine noch das andere hat? Jedenfalls in Bezug auf Cherie. Herr Beck scheint zu merken, dass meine Zuversicht nicht gerade überwältigend ist.

»Pass auf. Ein letzter guter Tipp: Wenn du morgen Cherie triffst, dann stell dir einfach vor, sie sei ich. Mit anderen Worten: Ein alter, dicker, kurzsichtiger Kater. Du machst das schon!«

Das Trauzimmer im Goßlerhaus sieht erstaunlicherweise genauso aus wie der Salon von Schloss Eschersbach. Ein Holzboden, der nicht aus langen Dielen wie in der Werkstatt besteht, sondern aus lauter großen Quadraten, auf Hochglanz blankgewienert, dazu Decken so hoch, dass ich ganz nach oben schauen muss, um das feine Musterband, das einmal ringsherum läuft, überhaupt sehen zu können, und bodenlange, helle Vorhänge an jedem Fenster. Wau! Das hat Gesicht! Gut, dass Carolin so ein tolles Kleid anhat – damit passt sie genau hierher. Nina hat ihr morgens die Haare zu Locken gedreht und dann alles auf einen großen Haufen getürmt und mit zwei Flaschen Haarspray festgeklebt, nur eine einzelne Strähne lockt sich lässig an Caros Wange vorbei. Wobei *Haufen* längst nicht so elegant klingt, wie die Frisur in Wirklichkeit aussieht. Es hat zwar Stunden gedauert, das Gebilde so hinzukriegen, aber es hat sich gelohnt: Carolin sieht wunderschön aus. Ich hätte nicht gedacht, dass eine solche Steigerung bei meinem Frauchen noch möglich wäre.

Aber auch alle anderen haben sich mächtig in Schale geschmissen: Marc sieht in seinem Anzug so vornehm aus, wie ich ihn sonst nur von Weihnachten kenne, Daniel hat ausnahmsweise auch nicht Jeans und T-Shirt an, sondern eine helle Stoffhose nebst Hemd, und selbst Willi, den Marc offenbar doch eingeladen hat, hat sich in ein Jackett gezwängt. Das Hemd darunter spannt zwar ein wenig, und zwischen zwei

Knöpfen blitzt ab und zu sein Bauch durch, aber gemessen an dem, was er sonst immer trägt, wenn er Zeitungen verkauft, ist er heute superchic. Hedwig trägt Hut, Caros Mutter Erika ebenfalls, und bis auf Willi und Daniel haben alle Männer eine Krawatte umgebunden. Die Stimmung ist also sehr festlich, und als endlich alle Gäste auf den hellen Stühlen Platz nehmen und sich Carolin und Marc, begleitet von Daniel und Nina, vor den Tisch an der Stirnseite des Saales setzen, könnte man eine Stecknadel fallen hören.

Der Mensch, der nun darangeht, Marc und Carolin miteinander zu verheiraten, setzt sich auf die andere Seite des Tisches und guckt sehr ernst. Dann hält er eine kurze Ansprache über den Sinn der Ehe, was für Pflichten sie mit sich bringt und was passiert, wenn Marc und Caro auf die Frage, ob sie einander heiraten wollen, gleich mit »Ja« antworten. Puh, das scheint wirklich eine ernste Sache zu sein. Hoffentlich hat sich Carolin das auch gut überlegt.

Der eigentliche Knaller kommt aber noch: Wenn ich mich nicht verhört habe, heißt Carolin nicht mehr Neumann, wenn sie das unterschreibt, sondern auch Wagner. Warum denn das? Sie ist doch nicht Marcs Tochter! Erstaunlich. Was ist denn an *Neumann* verkehrt? Ein Hund ändert niemals seinen Zwingernamen, welchen Sinn sollte das auch machen? Auch ich bleibe immer und ewig ein Von Eschersbach – Herkules hin oder her. Ich schaue mich vorsichtig um – aber niemand erhebt Einspruch. Nicht mal Carolins Eltern, die doch auch Neumann heißen und im weitesten Sinne diese Zucht aufgebaut haben. Auf Anhieb sehe ich nicht den geringsten Grund für diese seltsame Entscheidung und beschließe, Herrn Beck danach zu fragen. Der weiß bestimmt, was es damit auf sich hat.

Während ich noch darüber sinniere, ob sich Cherie wohl Cherie von Eschersbach nennen würde, wenn ich sie heiraten könnte, rollt mir auf einmal etwas Kleines, Kaltes und Glänzendes direkt vor die Nase. Ein Ring! Wie kommt der denn hierher? Plötzlich macht sich eine gewisse Unruhe am Tisch von Caro und Marc bemerkbar, Marc ist aufgestanden und schaut sich um, Gleiches tun Daniel und Nina. Offenbar habe ich gerade etwas Wesentliches verpasst. Marc räuspert sich.

»Ähm, könnt ihr mal alle auf den Boden sehen? Mir ist gerade der Trauring runtergefallen.«

Gelächter unter den Gästen.

»Ja, ich weiß, schön blöd. Aber meine Hände haben so gezittert!«

Nun zeigt sich, dass es immer gut ist, einen Dackel dabeizuhaben! Vorsichtig nehme ich den Ring in mein Maul und trabe nach vorn, mache neben Carolin Sitz und jaule ein bisschen. Sie guckt zu mir herunter.

»Nanu, Herkules? Hast du etwa den Ring gefunden?«

Sie hält ihre Hand unter meine Schnauze, ich lasse den Ring hineinfallen. Erstaunt betrachtet sie meinen Fund und krault mich dann hinter den Ohren.

»Super, Herkules! Braver Hund – du rettest mal wieder die Veranstaltung! Was wir dir bei dieser Hochzeit schon alles zu verdanken haben, unglaublich!«

Was soll ich sagen – das finde ich auch! Auch wenn mein Spürsinn bis jetzt noch nichts gebracht hat. Trotzdem schön, mal gelobt zu werden!

Carolin steht von ihrem Stuhl auf und dreht sich zu den Gästen um.

»Herkules hat den Ring gefunden! Also keine Sorge – diesen Saal verlasse ich erst als verheiratete Frau wieder. Da können meinem Mann noch so sehr die Hände zittern.«

Wieder lachen alle, und Marc geht zu seinem Stuhl zurück. Bevor er sich aber setzt, gibt er Caro noch einen Kuss. Den hätte eigentlich ich verdient! Ich sehe aber ein, dass Marc lieber Caro küsst. Bin heute mal großzügig.

Gut, Hedwigs Idee mit der Facebook-Party war nicht zu gebrauchen. Ihre Idee mit dem Chor hingegen war großartig. Nachdem die Trauzeremonie zu Ende ist und endlich Braut und Bräutigam den passenden Ring am Finger tragen, kommen wir bei strahlendem Sonnenschein auf die Terrasse und werden sofort von Gesang empfangen.

I feel it in my fingers
I feel it in my toes
Love is all around me
And so the feeling grows

Die Stimme des Sängers ist warm und weich, und die Männer und Frauen, die hinter ihm stehen und ebenfalls mitsingen, klingen überhaupt nicht nach Beerdigung, wie von Caro befürchtet, sondern nach Freude und Glück. Was genau sie singen, verstehe ich nicht, denn wenn mich nicht alles täuscht, singen sie in diesem seltsamen Englisch. Aber das ist völlig egal, denn obwohl ich kein Wort verstehe, weiß ich genau, wovon sie singen: von der Liebe, da bin ich mir absolut sicher.

It's written on the wind
It's everywhere I go, oh yes, it is
So if you really love me
Come on and let it show, oh

Ich werfe Carolin und Marc einen Blick zu – Caro hat bereits ein Taschentuch gezückt und wischt sich verstohlen die Tränen aus dem Gesicht.

You know, I love you, I always will
My mind's made up
By the way that I feel
There's no beginning
There'll be no end
'cause on my love you can depend

Jetzt kämpft auch Marc mit den Tränen. Ich bin beeindruckt. Männer habe ich bis jetzt wirklich selten weinen sehen. Außer Henri natürlich, der flennt bei jeder Gelegenheit, aber das zählt wohl nicht. Als der Chor fertig ist, applaudieren und pfeifen alle Gäste, und Marc geht zu Hedwig und umarmt sie ganz fest.

»Danke, Mutter! Woher wusstest du das?«

Hedwig schaut erstaunt, allerdings wirkt es gespielt.

»Was meinst du denn?«

»Na, das Lied. *Love Is All Around*. Das ist Caros und mein Lied!«

Nun lächelt Hedwig.

»Junge, du solltest deine Mutter nicht unterschätzen. Ich bin zwar nicht mehr die Jüngste, aber noch einigermaßen pfiffig.«

Die Umstehenden nicken. Ja, Hedwig ist pfiffig. Wer wollte das bestreiten.

»Und ich habe noch eine Überraschung für euch.«

Aha! Aufgemerkt! Ich ahne, was jetzt kommt.

»Ich habe etwas organisiert, was ihr wahrscheinlich anders geplant hättet. Aber ich fand, dass es zu einer richtigen Hochzeit dazugehört.«

Alles klar. Nun wird Hedwig gestehen, dass gleich die Riesensause steigen wird. Ob Marc geahnt hat, dass seine Mutter beichten wird? Hat er deswegen noch nicht mit ihr geschimpft?

»Na, dann leg mal los. Was ist denn die Überraschung?«

»Moment. Werdet ihr gleich sehen.«

Sie holt ihr Handy aus der Handtasche, tippt eine Nummer ein und sagt nur kurz: »Kann losgehen.«

Hä? Auch Marc und Caro gucken verwirrt. Und gucken noch verwirrter, als kurz darauf ein sehr seltsames Geräusch näher kommt. Ehe ich noch überlegen kann, wo ich dieses Geräusch schon mal gehört habe, kann ich sehen, was es ist: Hufgetrappel und Pferdeschnauben. Eine Kutsche mit zwei Pferden biegt um die Ecke und hält genau vor der Terrasse. Grundgütiger. Hedwig hat eine Kutsche bestellt!

Ein Raunen geht durch unsere Gäste, Marc hat offenbar eine Kiefersperre, und Carolin fängt hysterisch an zu kichern. Nur Hedwig bleibt ganz ruhig und strahlt.

»Liebes Brautpaar, keine Hochzeit ohne Hochzeitskutsche! Auf dass euch diese schönen Pferdchen ins Glück ziehen! Es lebe das Brautpaar, hipp hipp!«

Geistesgegenwärtig rufen Willi und Daniel *hurra*, daraufhin stimmen alle mit Hurrarufen ein. Carolin und Marc wirken immer noch fassungslos und erholen sich nur langsam von dem Schreck. Nach einer Weile legt sich die allgemeine Aufregung jedoch. Marc stellt sich vor die Gäste und klatscht laut in die Hände.

»Ich weiß nicht, wie es euch geht, aber ich würde jetzt gern feiern. Deswegen werde ich nun meine Frau und meine Kinder in diese wunderschöne Kutsche packen und losfahren. Fahrt ihr doch bitte alle schon mit dem Auto vor, am besten hinter Hedwigs Wagen her, die kennt den Weg. Oh, und kann jemand Herkules mitnehmen?«

»Ja, gib ihn mir«, meldet sich Daniel.

Wuff, in seinem Auto sitzt Cherie, das habe ich eben schon gesehen. Ich merke, wie mein Maul ganz trocken wird. Okay, wie war das gleich? Ich stelle mir vor, dass Cherie ein dicker, fetter Kater ist? Wenn das mal funktioniert …

Zumindest führt es dazu, dass ich während der Autofahrt nicht gleich ohnmächtig werde, sondern sogar einen halbwegs belanglosen Smalltalk mit Cherie hinbekomme, die mich dankenswerterweise wenigstens wieder anguckt. Ich erzähle ihr von der Kutsche, und sie ist amüsiert, dann parkt Daniel auch schon vor der Villa.

Auf dem Kiesbett hat der Partyservice Stehtische aufgebaut, und junge Frauen mit schwarzen Kleidern und weißen Schürzen sind dabei, allen Gästen Getränke anzubieten. Und es sind viele Gäste – im Vergleich zur Trauung wahre Massen. Das Hallo ist dementsprechend groß, als den Neuankömmlingen klar wird, dass sie in eine Überraschungsparty geraten sind. Ich bereite mich innerlich schon mal auf den großen Knall vor, den es mit Sicherheit geben wird, wenn die Kutsche hier eintrifft. Hoffentlich schimpft Marc nicht zu doll mit Hedwig. So vor allen Gästen finde ich das dann doch unangenehm. Ein Rudel muss jedenfalls nach außen Geschlossenheit zeigen.

Endlich kommt auch die Kutsche an und hält ebenfalls vor den Stehtischen. Hedwig läuft nach vorn, um den Schlag aufzureißen. Sie steigt die Stufe zum Kutscheninneren hoch – und fällt fast rückwärts wieder hinunter. Dabei schwingt die Tür nach außen auf, und wir alle können sehen, was Hedwig im wahrsten Sinne des Wortes so umgehauen hat: Das Innere der Kutsche ist leer. Keine Spur von Marc, Carolin und den Kindern.

FÜNFUNDZWANZIG

Die wollten nicht mitfahren. Ich war auch überrascht, aber da war nichts zu machen, ehrlich!«

Dem Kutscher ist die Situation sichtlich unangenehm. Er ist von seinem Bock geklettert und steht nun vor Hedwig, die am ganzen Körper zittert.

»Vielleicht hatte einer der Herrschaften eine Pferdeallergie oder so – jedenfalls haben die sich dann ein Taxi gerufen, als Sie alle außer Sichtweite waren. Na ja, und bevor sie dann weg sind, hat mir der Herr noch das für Sie gegeben.«

Er reicht Hedwig eine Tasche. Mit ihren zitternden Händen lässt sie die fast fallen, sodass Daniel rettend neben Hedwig springt und die Tasche festhält.

»Danke. Wissen Sie, was das ist?«, fragt er den Kutscher.

Der schüttelt den Kopf. Hätte Daniel mal mich gefragt. Ich kenne die Tasche nämlich. In der transportiert Marc immer den kleinen Computer, den man überallhin mitnehmen kann. Man muss ihn dann vor Ort nur aufklappen, schon funktioniert er genauso wie das große Teil im Wohnzimmer.

Hedwig sagt immer noch kein Wort, sondern hat mittlerweile angefangen, leise zu schluchzen. Auweia! Das kann ja heiter werden.

Vorsichtig öffnet Daniel die Tasche und lugt hinein.

»Ein Laptop. Sehr mysteriös.«

Er zieht ihn aus der Tasche, und ich kann sehen, dass ein heller Zettel auf dem kleinen Computer klebt.

Daniel liest laut vor:

»*Liebe Hochzeitsgesellschaft, anbei ein Grußwort vom Brautpaar. Findet ihr unter ›Brautpaar‹. Beamer ist vorhanden, einfach Frau Hohwenser fragen. Danke und viel Spaß!* Aha, wer ist denn hier Frau Hohwenser?«

»Ich!«

Bienes Frauchen schält sich aus dem Pulk der anderen Gäste. Auch sie sieht sehr festlich aus – aber auch sie wirkt verwirrt.

»Haben Sie im Haus einen Beamer angeschlossen?«

»Ja, habe ich. Lustig, dass Sie danach fragen. Das Gleiche wollte auch der Bräutigam wissen, als er mich vorgestern angerufen hat. Ich habe ihm versprochen, in der Halle einen aufzubauen – ich habe ihn ja sonst im Büro stehen.«

»Okay«, ruft Daniel laut den anderen Gästen zu, »dann gehen wir jetzt mal alle in die Halle. Das Brautpaar macht es spannend.«

Es dauert einen Moment, bis sich sämtliche Gäste in der großen Halle der Villa eingefunden haben. Sie sieht ganz anders aus als beim letzten Mal, denn nun ist sie wie ein Restaurant hergerichtet, mit festlich gedeckten Tischen und sehr viel Blumenschmuck. Die Flügeltüren zu dem hinteren Raum sind geöffnet, sodass man direkt in den Garten sehen kann. Auch dort sind Stehtische aufgebaut, außerdem eine Art Bar – so sieht der Tisch mit den vielen Gläsern und Flaschen jedenfalls aus.

An der Stirnseite der Halle steht ein Tischchen mit einem Kästchen darauf. Daniel nimmt den kleinen Computer und stöpselt ihn mit einem Kabel an das Kästchen an. Einen Augenblick später erscheint ein großes, helles Bild an der gegenüberliegenden Wand. Wuff, Zauberei! Wie hat Daniel das gemacht?

»Sag mal, weißt du, was hier los ist?«

Cherie ist neben mir aufgetaucht.

»Das Brautpaar fehlt. Marc und Carolin waren nicht in der Kutsche. Stattdessen hat der Kutscher Daniel den Computer in die Hand gedrückt. Was das soll, weiß ich aber auch nicht.«

Daniel dreht an einem runden Teil herum, das vorn an das Kästchen geschraubt ist, das Bild an der Wand wird daraufhin schärfer, und man kann deutlich eine Schrift erkennen. Schade, dass ich nicht lesen kann, sonst wäre ich jetzt schlauer.

»Liebe Familie, liebe Freunde!«, dröhnt auf einmal Marcs Stimme durch die Halle. Ich zucke zusammen und sehe mich um – wo ist er denn? Sehen kann ich ihn nicht, was aber verständlich ist, denn um mich herum stehen so viele Leute, dass ich nur von einem Bein zum anderen gucken kann. Allerdings kann ich Marc auch nicht riechen – und das ist wirklich ungewöhnlich!

»Da, guck mal!«

Cherie stupst mich an.

»Wo denn?«

»Na, da vorn, an der Wand!«

Tatsächlich! Auf dem großen, hellen Bild an der Wand sehe ich auf einmal Marc und Carolin, die uns überlebensgroß anlächeln. Der Fall ist klar: In dieser Villa spukt es!

»Ich freue mich, dass so viele von euch der Einladung meiner Mutter gefolgt sind und heute mit uns feiern wollen. Wie ich sehe, hat Hedwig auch alles für ein rauschendes Fest arrangiert. Laut der Liste des Partyservice lauert sogar irgendwo eine fünfstöckige Hochzeitstorte«

Ob uns Marc wirklich sehen kann? Und hören? Luisa hat mir mal erklärt, dass die Leute im Fernsehen nicht sehen können, wer auf der anderen Seite vor der Kiste sitzt. Aber vielleicht ist das etwas anderes, wenn man von einer Wand guckt? Mir ist ein bisschen gruselig, ich rücke näher an Cherie heran, die das auch geschehen lässt. Angenehm!

»*Hedwig, ich weiß, dass dir eine große Feier wichtig ist, und deswegen finden wir es gut, wenn du sie nun so feierst, wie du dir das vorgestellt hast. Wir allerdings müssen uns nach dem offiziellen Teil leider verabschieden, denn wir haben uns die nachfolgende Feier ja etwas kleiner gewünscht. Nun wird sie ganz klein – nur wir und die Kinder. Also, sei uns bitte nicht böse, wir sind es umgekehrt auch nicht. Wenn ihr unsere Botschaft hört, sind wir schon hier*«, jetzt sind nicht mehr Marc und Caro im Bild, sondern ein großes Fenster, hinter dem gerade ein Flugzeug sehr lautstark startet, »*und bald auf dem Weg in unsere Flitterwochen in der Sonne. Macht euch keine Sorgen, in zwei Wochen sind wir wieder da!* Nun sind die beiden wieder zu sehen. *Und jetzt wünschen wir euch ganz viel Spaß, trinkt auf uns und feiert schön!*«

Danach meldet sich Carolin zu Wort. »*Ach so, eine Sache wollen wir euch natürlich nicht vorenthalten: den Hochzeitskuss!*« Sie lächelt und dreht sich zu Marc, und dann küssen sich beide seeehr ausgiebig. Hinter uns pfeifen und johlen einige der Gäste, dann verschwindet das Bild, und die Wand ist wieder dunkel.

Einen kurzen Moment herrscht Schweigen, dann fangen die ersten Menschen an zu applaudieren. Erst etwas zögerlich und leise, dann immer lauter. Schließlich klatschen alle Gäste, und auch Hedwig scheint sich wieder gefangen zu haben. Jedenfalls weint sie nicht mehr, geht nach vorn und stellt sich neben Daniel.

»Tja, liebe Gäste, es gibt anscheinend Sachen, aus denen hält man sich als Mutter besser raus. Diese Botschaft ist angekommen.« Sie ringt sich zu einem Lächeln durch. »Andererseits – Marc ist doch erst Ende dreißig, und ich habe bisher alle Partys für ihn organisiert. Sein letzter Kindergeburtstag war jedenfalls ein voller Erfolg.« Gelächter, wieder Applaus. »Ihr würdet mir also einen großen Gefallen tun, wenn ihr auch diese Feier zu einem rauschenden Fest werden lasst. Sonst muss ich vor lauter Trauer den ganzen Champagner allein trinken!«

Sie hebt das Sektglas, das ihr eine der Damen mit Schürze schon in die Hand gedrückt hatte, und ruft:

»Auf das Brautpaar! Es lebe hoch, wo immer es auch sein mag!«

»Hoch!« »Hoch!« »Hoch!«

Überall wird angestoßen, Gläser klirren, Menschen lachen – ich würde sagen, beste Voraussetzungen für eine gute Party.

Ein paar Stunden später hat sich meine Einschätzung schon bewahrheitet. Es ist ein heiteres, ausgelassenes Fest. Daniel und Nina sorgen dafür, dass alle tanzen. Auf den kleinen, glänzenden Scheiben, die sie besorgt haben, scheinen sich Unmengen von Musik zu verbergen. Für die Tänzer gibt es sogar eine eigene Fläche in dem kleineren Saal neben der Halle, von dem die Terrasse abgeht. Auf dieser wirbeln und zappeln die Menschen, was das Zeug hält. Um einige muss man sich ernsthaft Sorgen machen, so wild sieht ihr Gehopse aus. Hoffentlich verletzt sich da niemand.

Die Zweibeiner sind demnach glücklich. Zeit, sich um die Vierbeiner zu kümmern. Da bin ich allerdings noch etwas zögerlich. Mit Cherie habe ich mich seit vorhin nicht mehr unterhalten, und Biene ist von den vielen fremden Menschen so eingeschüchtert, dass sie sich überhaupt nicht von Frau Hohwensers Bein wegbewegt. So wird es natürlich schwierig, mit ihr zu flirten – es sei denn, ich klebe ebenfalls an ihrem Frauchen. Jaul, die Lage ist misslich – was mache ich bloß?

Ratlos sitze ich am Rande der Tanzfläche und beobachte die Menschen dabei, wie sie ihren Spaß haben. Auch Daniel und Nina sind unter die Tänzer gegangen. Offenbar haben sie über die Hochzeitsvorbereitungen ihren gemeinsamen Musikgeschmack entdeckt. Der nette Daniel und die zickige Nina. Wer hätte gedacht, dass die so gut zusammenpassen, jedenfalls beim Tanzen? Selbst Hedwig tanzt mittlerweile ausgelassen – und zwar mit Willi, der sie in einem Anfall von Wagemut vorhin aufgefordert hat.

Wagemut. Vielleicht ist es das. Was hatte Beck gesagt? Strahle Wagemut und Selbstbewusstsein aus! Das ist wahrscheinlich nicht ganz verkehrt. Wenn ich mich doch nur dazu aufraffen könnte!

Hedwig und Willi kommen an mir vorbei – Hedwig ist völlig aus der Puste und hat Schweiß auf der Stirn, sie sieht aufgelöst, aber glücklich aus. Willi begleitet sie zu ihrem Platz und gießt ihr mit galanter Geste ein Glas Wasser ein. Er fragt sie irgendetwas, sie nickt. Dann geht er weiter und fordert als Nächstes Frau Hohwenser zum Tanzen auf. Willi! Teufelskerl! Ich sollte mir ein Beispiel an ihm nehmen.

Als er mit Frau Hohwenser auf der Tanzfläche ankommt, trabe ich zu den Tischen hinüber. Irgendwo dort muss doch nun eine einsame Dackeldame sitzen. Richtig – schon habe ich Biene gesichtet, die etwas unglücklich zwischen all den Menschen- und Tischbeinen hockt. Ich schleiche mich zu ihr und muss dabei höllisch aufpassen, dass mir niemand auf die Pfoten tritt.

»Hallo, Biene! Ist nicht so deine Veranstaltung, richtig?«

»Nee, echt nicht. Zu viele Fremde. Da bekomme ich Angst.«

»Hm, wollen wir in den Garten? Da geht es dir bestimmt besser.«

Der Vorschlag ist nicht ganz uneigennützig. Ich habe gesehen, dass auch Cherie mittlerweile auf der Terrasse hockt. Wenn Biene und ich rausgehen, wird sie uns mit Sicherheit sehen. Wagemut!

»Gute Idee. Finde ich total nett, dass du dich so um mich kümmerst.«

»Mach ich doch gern.«

Draußen angekommen legen wir uns zusammen ins Gras. Es ist noch warm und kitzelt ein bisschen am Bauch, ein sehr schönes Gefühl. Aus den Augenwinkeln kann ich sehen, dass Cherie uns genau beobachtet. Auch das ist ein schönes Gefühl!

»Schon komisch, dieses Fest, oder? Warst du vorher schon einmal auf einer Hochzeit?«, will Biene wissen.

»Ja. Einmal. Da ging es auch wild her. Das Brautpaar war allerdings dabei. Die Braut hat dann ihren Blumenstrauß geworfen, und ich habe ihn gefangen und wollte ihn apportieren – da war vielleicht was los! Wie die Meute hinter dem Fuchs waren auf einmal alle Frauen hinter mir her.«

»Ach, und wieso?«

»Na ja, das ist offenbar ein alter Brauch bei den Menschen. Wer den Strauß fängt, heiratet als Nächstes. Und da sind anscheinend alle ganz scharf drauf. Ist auch verständlich, wer will schon allein bleiben und nicht die Liebe seines Lebens finden.«

»Hm.«

Mehr sagt Biene nicht.

»Liebe ist doch wichtig, findest du nicht?«

»Ich finde, Freundschaft ist wichtig. Liebe ist bestimmt auch schön, nur kann ich das noch nicht so beurteilen. Aber wenn man einen richtig guten Freund hat, dann ist das eine wirklich tolle Sache. Und allein ist man dann auch nicht.«

Ich denke kurz darüber nach.

»Sicher. Freundschaft ist auch toll. «

Biene schweigt eine Weile.

»Weißt du, manchmal ist es schade, dass man eine Freundschaft verliert, weil man Liebe sucht. Denn die Freundschaft wäre doch genauso wertvoll gewesen.«

Hm, was will Biene mir damit sagen? Ich bin etwas erstaunt über die Richtung, die das Gespräch hier nimmt.

»Wie meinst du das?«

Biene schluckt.

»Na ja, weißt du, das erste Mal, als du hier zu Besuch warst, da hatten wir so viel Spaß zusammen. Es war, als ob wir uns schon ganz lange kennen würden. Wir sind rumgetobt wie zwei alte Kumpel – das war toll! Ich habe es so genossen und mich riesig gefreut, als mich mein Frauchen mit zu euch in die Werkstatt genommen hat.«

»Ging mir ganz genauso!«, pflichte ich ihr bei.

»Ja, aber dann warst du auf einmal so komisch. Ich meine, einerseits hast du mir Komplimente gemacht und so, und andererseits warst du gar nicht mehr so kumpelig. Guck mal, du hast nicht mal den hübschen Retriever mitspielen lassen, der heute Abend auch da ist, Cherie oder wie die heißt. Du warst fast ein bisschen gemein zu ihr – das hat mich überrascht. So kannte ich dich nicht.«

Wuff, wie peinlich! Biene hat es gemerkt!

»Äh, ich weiß jetzt gar nicht, was du meinst«, versuche ich mich aus der Situation zu retten.

»Ich habe mich halt im Nachhinein gefragt, warum du so anders warst. Und bin zu dem Schluss gekommen, dass es eher mit Cherie als mit mir zu tun haben muss. Und deswegen wäre es toll, wenn du das mit ihr klärst. Damit du bei mir wieder so sein kannst wie an dem Nachmittag an der Elbe. Ich hätte nämlich furchtbar gern einen Freund wie dich, Herkules.«

Sie guckt mir direkt in die Augen, und mir wird auf einmal sehr, sehr warm. Wenn ich kein Fell hätte, könnte man jetzt sehen, dass ich mich tiefrot verfärbe – jede Wette! Gott, ist mir das unangenehm.

»Ich … äh … also …«

Dieses Gestammel ist grauenhaft. Ich beschließe, wenigstens zu Biene ehrlich zu sein. Sie hat völlig recht – eine Freundschaft ist wertvoll. Da sollte ich nicht gleich mit Lügereien anfangen.

»Weißt du, ich fand den Nachmittag mit dir auch große Klasse und habe mich genauso gefreut wie du, als du in die Werkstatt gekommen bist. Und es stimmt – ich war so komisch wegen Cherie. Ich bin schon ziemlich lange verliebt in sie, aber irgendwie kann ich es ihr nie so richtig sagen. Ein paarmal habe ich schon den Anlauf genommen, aber dann wurde es immer nichts.«

Biene rollt sich auf den Rücken.

»Tja, so etwas Ähnliches dachte ich mir schon. Ich finde, dass man sofort merkt, dass du in sie verknallt bist.«

»Ich habe halt gehofft, dass sie ein bisschen eifersüchtig wird, wenn sie dich sieht und merkt, wie gut wir uns verstehen. War 'ne Idee von dem fetten Kater, mit dem ich immer rumhänge. Hat aber leider nicht geklappt. Stattdessen ist Cherie nun sauer auf mich.«

»So viel zu Tipps von Katzen. Nimm lieber einen Tipp von mir: Da vorne liegt deine Herzensdame. Nichts wie ran!«

»Und du meinst, ich soll Selbstbewusstsein und Wagemut ausstrahlen?«

»Nee. Nicht ausstrahlen. Selbstbewusst und wagemutig

sein! Ich weiß, du kannst das, du alter Kaninchenschreck! Los, nun mach schon.«

Ich atme tief durch. Vermutlich stimmt das. Aber schon bei dem Gedanken an ein Liebesgeständnis schlottern mir die Pfoten. Ich schaue zu Cherie hinüber – sie guckt betont gelangweilt. Okay, das ist nicht Cherie, das ist ein dicker, fetter Kater, mit dem ich nun einfach mal ein paar Worte wechseln werde.

»Hallo, Cherie. Nette Party, oder?«

Gut, nicht besonders einfallsreich, aber immerhin zwei gerade Sätze.

Cherie schaut mich an.

»Findest du?«

»Ja, du nicht?«

»Geht so. Ist halt eher für Menschen. Für uns ist es doch langweilig.«

»Hm.«

Mehr fällt mir dazu nicht ein. Komm schon, Herkules, da geht noch was!

»Äh, da unten fließt gleich die Elbe.«

Jaul, wenig geistreich!

»Ich weiß. Du erwähntest es schon, als deine neue Freundin zu Besuch war. Vielleicht willst du einfach mit ihr dort ein bisschen spazieren gehen.«

Cherie steht auf und will sich umdrehen.

Los, Herkules, tu was, sonst ist sie gleich weg! Wagemut, sofort!

»Nein. Ich würde lieber mit dir dort spazieren gehen. Kommst du mit?«

Cherie reißt die Augen auf und starrt mich an.

»Mit mir?«

»Habe ich gerade gesagt. Mit dir!«

Sie zögert, dann dreht sie sich wieder in meine Richtung.

»Gut, können wir machen.«

Schweigend laufen wir nebeneinanderher, und ich überlege krampfhaft, was genau ich zu ihr sagen soll, wenn wir unten am Strand angekommen sind. Leider fällt mir nichts Intelligentes, Charmantes, Beeindruckendes ein – nur die Wahrheit. Dann muss es eben die werden.

Wir setzen uns in den Sand. Ich nehme all meinen Mut zusammen.

»Cherie, ich weiß nicht, ob du es schon weißt, aber …«

»Ja, was denn?«

»Cherie, ich liebe dich. Seit dem ersten Moment, als ich dich gesehen habe, finde ich dich toll. Und dieses Gefühl ist in der vergangenen Zeit nicht weniger geworden, sondern mehr. Ich will, dass du das endlich weißt.«

Mir ist so heiß, am liebsten würde ich in die Elbe springen, aber dann könnte ich natürlich nicht mehr hören, was Cherie dazu sagt. Ob sie überhaupt was sagt – oder ob sie gleich vor Lachen zusammenbricht.

Aber sie lacht nicht. Kein bisschen. Sie guckt mich aus ihren großen braunen Augen ganz lange an, und dann reibt sie ihre Nase an meiner.

»Ich finde dich auch toll.«

Was? Hat sie gerade tatsächlich gesagt, dass sie mich auch toll findet? Ich bekomme Herzrasen.

»Äh, echt?«

»Ja, echt. Ich dachte nur immer, dass du mich mittlerweile viel zu groß findest. Eben nicht passend für dich. Weißt du, ich habe dir schon einmal gesagt, dass du ein ganz besonderer Hund für mich bist. Damals, als du mir zu verstehen gegeben hast, dass du gern mal was mit mir zusammen machen würdest. Und danach haben wir uns so lange nicht gesehen. Als wir uns dann wiedergetroffen haben, hast du nichts mehr gesagt. Na ja, ich habe mir gedacht, dass du mittlerweile erwachsen geworden bist und sich dein Geschmack bestimmt geändert hat.«

Wuff, ich muss bellen! Das stimmt doch gar nicht!

»Überhaupt nicht! Mein Geschmack ist immer noch derselbe wie früher! Du bist für mich die schönste Hündin auf der ganzen Welt.«

»Echt?« Cherie legt den Kopf schräg. »Ich dachte schon, du stehst jetzt eher auf Dackeldamen.«

»Ich weiß, was du meinst, aber Biene ist nur eine Freundin. Ein echter Kumpel eben. Und das soll sie auch bleiben, das finden wir beide am besten.«

»Ach so.«

Sie schweigt.

»Du, Cherie?«

»Ja?«

»Warst du ein bisschen eifersüchtig auf Biene?«

Sie nickt.

»Schon.«

Wieder wird mir unglaublich warm, aber diesmal ist es ein tolles Gefühl. Es durchströmt mich vom Kopf bis zur Schwanzspitze und macht mich noch mutiger, als ich eben schon war.

»Meinst du, wir könnten mehr sein als nur Freunde, Cherie?«

Sie wedelt wild mit dem Schwanz.

»Auf jeden Fall.«

Ich rücke noch näher an sie heran und beginne, sie abzuschlecken – sie erwidert es. Mein Fell scheint in Flammen zu stehen, aber um nichts in der Welt würde ich dieses Feuer löschen wollen. Mittlerweile schlägt mein Herz so schnell, dass ich fürchte, es könnte jederzeit aus meinem Schlund hüpfen. Ein unglaubliches Gefühl!

Es ist schon dunkel, als ich mich so weit beruhigt habe, dass ich meine Umgebung wieder wahrnehmen kann. Cherie sitzt noch neben mir. Gott sei Dank, es war kein Traum.

»Guck mal«, sie stupst mich in die Seite, »da drüben sind Daniel und Nina.«

Tatsächlich. Daniel und Nina hat es auch an den Elbstrand verschlagen. Sie sitzen im Sand und reden miteinander. Cherie verrenkt sich fast den Hals, um die beiden hören zu können.

»Hey, die verstehen sich heute ja richtig gut! Lass uns mal da hinschleichen, ich bin neugierig.«

»Och nö! Hier ist es gerade so schön«, widerspreche ich.

»Nun komm schon! Daniel ist immerhin mein Herrchen. Ich will wissen, worüber die reden.«

Ich seufze.

»Na gut. Dann los.«

Wir pirschen uns an die beiden heran, was eigentlich überflüssig ist, da sie sehr ins Gespräch vertieft sind. Etwa drei Hundelängen vor ihnen verstecken wir uns hinter einem angeschwemmten Baumstamm. Von hier kann man sie sehr gut hören und sehen.

»Als die Kutsche heute ohne die beiden ankam, dachte ich schon: Ach, du Scheiße, das geht hier gleich richtig in die Hose«, sagt Daniel.

Nina lacht.

»Aber so war es doch noch eine tolle Feier.«

Daniel nickt.

»Aber eine Sache fehlt trotzdem.«

»Ach ja? Was denn?«, will Nina wissen.

»Ein Hochzeitskuss. Ich finde, per Videobotschaft zählt das nicht.«

»Meinst du?«

»Ja. Und es ist meine Pflicht als Trauzeuge, diesen stellvertretend für den Bräutigam auszuführen. Wenn ich darf.«

Er schaut Nina an, die kichert.

»Na gut. Aber nur aus Gründen der Pflichterfüllung.«

Daniel sagt nichts mehr. Sondern küsst Nina – was übrigens überhaupt nicht nach Pflichterfüllung aussieht.

Diese Menschen. Wohin soll das nur wieder führen? Ach, ist mir eigentlich auch egal. Für solche Gedanken bin ich heute selbst viel zu glücklich.

BETR.: DANKSAGUNG

Verschiedene Menschen haben sich um dieses Buch verdient gemacht. Einige möchte ich hier gern erwähnen.

Zuallererst das nervenstarke Dreigestirn im Hintergrund dieser Buchwerdung – Barbara Heinzius, Sebastian Strohmaier und Bettina Keil. Aus diversen Gründen herrschte diesmal ein gewisser … ähem … Termindruck. Viele wären angesichts des sehr ambitionierten Zeitplans nervös geworden, diese drei blieben ruhig und gelassen. Oder taten zumindest so. Barbara, meine Lektorin, hat »scheibchenweise« mitgelesen und schon am nächsten Tag ihr wie immer treffsicheres Feedback präsentiert. Von den guten dramaturgischen Hinweisen und Tipps will ich erst gar nicht anfangen. All das hat mir die Arbeit enorm erleichtert. Vielen Dank, liebe Barbara! Schließlich meine Agentin Bettina, die auch mitgelesen und immer behauptet hat, sich blendend zu amüsieren. Und dass überhaupt alles gut werde und sie sich um alle Sachen, die nicht von allein gut würden, schon kümmern werde. Was sie auch gemacht hat. Dafür und für vieles andere: Herzlichen Dank!

Dann: Ein sehr dickes Dankeschön an Bernd, meinen Mann. Ich weiß nicht, warum mein Biorhythmus so beschaffen ist, dass mir die besten Einfälle immer erst nach 16 Uhr kommen, wenn vier von vier Kindern wieder zu Hause sind und mein

Einsatz als Mutter dringendst erforderlich wäre. Es ist eben so. Unter normalen Umständen eine Katastrophe. Aber nicht, wenn man mit Bernd verheiratet ist. Der ist mittlerweile zum Multitasker mutiert und kann locker gleichzeitig eine Telefonkonferenz schalten, Mathehausaufgaben kontrollieren und unseren dreijährigen Henri davon überzeugen, dass man als echter Mann nicht in den Teekocher pischert, obwohl man es könnte. Sondern zur Toilette geht.

Zuletzt, aber in Wirklichkeit zuallerallerwichtigst, danke ich meinen Leserinnen und Lesern, die so mit Herkules mitgefiebert und mich oft genug mit klugen Anregungen und Hinweisen versorgt haben. Ohne Euch, ohne Sie, wäre es mit Sicherheit bei einem einzigen Dackelbuch geblieben. Es hat mir enormen Spaß bereitet und mich sehr angespornt, als ich gemerkt habe, dass es »da draußen« Leute gibt, die sich tatsächlich dafür interessieren, wie es mit Herkules weitergeht und welche Abenteuer er noch erlebt. Die mir auch geschrieben haben, dass ihr Hund genauso »denkt« – oder mich zum Beispiel darauf aufmerksam gemacht haben, dass Schokolade sehr, sehr schlecht für Herkules ist. Und die mir manchmal auch die Lebensgeschichte ihres eigenen geliebten Vierbeiners geschickt haben. Also – vielen, vielen, vielen Dank für dieses überwältigende Echo, das mich oft auch sehr gerührt hat!

Nichtsdestotrotz: Herkules wird jetzt eine kleine Pause einlegen. Böse Stimmen behaupten, ich würde sonst selbst zu bellen anfangen. Die Wahrheit ist, dass mir schon lange ein neuer Stoff im Kopf herumspukt, den ich gern als Nächstes aufschreiben möchte. Ohne Hund zwar, aber auch mit viel Komik, viel Familie und natürlich: Liebe. So lange machen

Herkules und Herr Beck ein bisschen Urlaub. Den haben sie sich doch auch verdient, oder? Und um einen anderen berühmten Vierbeiner zu zitieren: *Heute ist nicht alle Tage. Ich komm wieder, keine Frage!*

Für heute sagen wir erst mal »Tschüss«.
Es hat Spaß gemacht!

Frauke und Herkules